हिन्द पॉकेट बुक्स

ये जासूस महिलाएं

सत्यदेव नारायण सिन्हा प्रसिद्ध भारतीय साहित्यकार थे, जिन्होंने कई फिल्मों की पटकथाएं भी लिखी और हिन्दी में दर्जनों मौलिक पुस्तकों की रचना की। वे राजनीति और समाजसेवा में भी हस्तक्षेप रखते थे। उन्हें अनेक सामाजिक एवं साहित्यिक पुरस्कार प्रदान किए गए।

ये जासूस महिलाएं

सत्यदेवनारायण सिन्हा

हिन्द पॉकेट बुक्स
पेंगुइन रैंडम हाउस इम्प्रिंट

हिन्द पॉकेट बुक्स

यूएसए। कनाडा। यूके। आयरलैंड। ऑस्ट्रेलिया। सिंगापुर
न्यू ज़ीलैंड। भारत। दक्षिण अफ़्रीका। चीन

हिन्द पॉकेट बुक्स, पेंगुइन रैंडम हाउस ग्रुप ऑफ़ कम्पनीज़ का हिस्सा है,
जिसका पता global.penguinrandomhouse.com पर मिलेगा

पेंगुइन रैंडम हाउस इंडिया प्रा. लि.,
चौथी मंजिल, कैपिटल टावर -1, एम जी रोड,
गुड़गांव 122 002, हरियाणा, भारत

पेंगुइन
रैंडम हाउस
इंडिया

प्रथम संस्करण हिन्द पॉकेट बुक्स द्वारा 1969 में प्रकाशित
यह संस्करण हिन्द पॉकेट बुक्स में पेंगुइन रैंडम हाउस द्वारा 2022 में प्रकाशित

10 9 8 7 6 5 4 3 2

इस पुस्तक में व्यक्त विचार लेखक के अपने हैं, जिनका यथासंभव तथ्यात्मक
सत्यापन किया गया है, और इस संबंध में प्रकाशक एवं सहयोगी
प्रकाशक किसी भी रूप में उत्तरदायी नहीं हैं।

ISBN 9789353493899

मुद्रकः रेप्रो इंडिया लिमिटेड

www.penguin.co.in

क्रम

देवदासी बनकर जासूसी करनेवाली—

जर्मन महिला जासूस : माताहारी

[अभारतीय होने पर भी भारतीय देवदासी के रूप में अनगिनत पुरुषों को विमोहित करनेवाली यह रहस्यमयी नारी अपने ज़माने में सारे संसार में प्रसिद्ध हो गयी थी।]

राजनीतिक कार्यों में नारियों का, खास कर रूप-गुण-सम्पन्न नारियों का उपयोग, आज से नहीं बल्कि सृष्टि के आदिकाल से ही किया जाता रहा है। सुनते हैं, पौराणिक काल में जब कोई ऋषि उग्र तपस्या ठानते थे, तो रूप-गुण-सम्पन्न नारियों की सहायता से ही इन्द्र महाराज उन्हें तपस्या से विरत करने में सफल होते थे। चन्द्रगुप्त मौर्य के समय में राजनीतिक स्वार्थ-साधन के लिए सुन्दरी वनिताओं को विषकन्या बनाए जाने की चर्चा मिलती है। आज ज़माना बदल गया है। इन्द्र की रूप-गुण-सम्पन्न अप्सराएं आज कपोलकल्पना-मात्र मानी जाती हैं। विषकन्याओं की परम्परा लुप्त हो चुकी है। लेकिन राजनीतिक कार्यों में महिलाओं का उपयोग आज भी जारी है। आज भी आए दिन महिला जासूसों के ऐसे-ऐसे रहस्यमय कारनामे प्रकाश में आते हैं कि सुननेवालों को बरबस दांतों तले अंगुली दबा लेनी पड़ती है।

महिला जासूसों में एक प्रख्यात नाम है—'माताहारी' का। जर्मनी की यह महिला भारतीय देवदासी के छद्मवेश में जासूसी करती थी। किन्तु, इस रहस्यमयी नारी की कहानी जानने के पूर्व, आप 'जासूसीकला' सम्बन्धी कुछ मुख्य बातों से परिचित हो लें, तो आसानी रहेगी।

जासूसी-कला आज के युग की खोज नहीं है। इसका इतिहास संभवतः उतना ही पुराना है जितना मानव-जाति का इतिहास। छिपकर सुनने, छद्मवेश में घूमने, प्रलोभन देकर भेद निकाल लेने के आरंभिक उपायों से लेकर (जो आज भी उतने ही प्रचलित हैं) हवाई जहाज़, पनडुब्बी, राडार, मिशनरियों, राजदूतों आदि की सहायता से भेद लेने के आधुनिक उपायों तक

जासूसी-कला कई दौरों से गुज़र चुकी है।

जासूसों के पकड़े जाने पर सरकारें हमेशा यही कहती आयी हैं कि उनका उन जासूसों से कोई सम्बन्ध नहीं है। अवैध शिशु की तरह उसे कोई अपनाता नहीं। वस्तुतः जासूसी का कार्य उस अनैतिक कृत्य के समान है जिसे व्यक्तिगत रूप से करते तो सभी हैं, लेकिन पकड़े जाने पर निर्दोषता की दुहाई देते हैं।

बाइबल में एक जगह स्पष्ट उल्लेख मिलता है कि मूसा ने कनान प्रदेश की जानकारी प्राप्त करने के लिए वहां अपने आदमी भेजे। उन आदमियों से मूसा ने कहा, "आंखें खोलकर चतुर्दिक् देखना—जनसंख्या कितनी है, लोग दुर्बल हैं या शक्तिशाली, जनता खुशहाल है या गरीब, शहर प्राचीरों से घिरे हैं या नहीं... और, वहां की पैदावार के नमूने लेते आना।"

यही कार्य आज के गुप्तचरों को भी सौंपा जाता है। अन्तर केवल इतना है कि उनके साधनों और उपायों की संख्या आज बेहद बढ़ गयी है; क्योंकि आज का युद्ध केवल सेनाओं की मारकाट तक सीमित नहीं रहता। सेना का लड़ने में सदैव मुख्य स्थान रहा है, किन्तु उसका संचालन सेनापति पर निर्भर करता है और सेनापति का सैन्य-संचालन बहुत कुछ जासूसों द्वारा लायी हुई खबरों पर। लड़ाई की सफलता के लिए यह आवश्यक है कि शत्रु का इरादा पहले से मालूम हो। यदि शत्रु का आक्रमण होगा, तो कितनी संख्या सेना की होगी, कितनी मोटरें, टैंक आदि होंगे, कितना रसद का सामान होगा, किस समय आक्रमण होगा, किस ओर से होगा, शत्रु की कितनी तैयारी है, आदि बातों की जानकारी होना बचाव करनेवाली सेना के लिए बहुत आवश्यक है। इसके विपरीत यदि शत्रु पर आक्रमण करना है, तो उसके पास कितनी फौज है, सिपाहियों का साहस घटा या बढ़ा है, उनके खाने-पीने का प्रबन्ध अच्छा है या खराब, कम है या ज़्यादा, इन सब बातों को ध्यान में रखे बिना आक्रमण अथवा बचाव की सफलता में सदैव आशंका रहती है। यदि हमें यह पता न हो कि कितनी संख्या में शत्रु सामने है और अक्रमण कर दिया जाए, तो मुंह की खानी पड़ेगी और काफी जन-धन की हानि होगी। जीवन-मरण के प्रश्न की इतनी भारी खबरें शत्रु-दल में घुसकर खोज लाना जासूसों का ही काम होता है।

जासूसों का काम बड़ा ही विकट होता है। यदि पकड़े गए तो बचाने के लिए अपने देश की सरकार कुछ नहीं कर सकती। चुपचाप दंड पाकर (प्रायः मृत्युदंड ही मिलता है) सन्तोष करना पड़ता है; क्योंकि अधिक झगड़ा या बातचीत करने

पर दूसरे गुप्तचरों का भेद खुल जाने का भय रहता है। अधिकतर एक ही राष्ट्र के जासूस एक-दूसरे को पहचानते तक नहीं और सीधे अपने देश के गुप्तचर विभाग से आदेश पाकर काम करते हैं।

गुप्तचर बनने के लिए असीम साहस, धैर्य और बुद्धि की आवश्यकता होती है। एक गुप्तचर को उच्चकोटि का अभिनेता भी होना चाहिए ताकि संकट आने पर अपना भोलापन दिखाकर बच सके। उसके लिए कई भाषाओं की अच्छी जानकारी होनी चाहिए। खबरें इकट्ठी करना बड़ा कठिन होता है। ऐसा तो होता नहीं कि शत्रु के देश में पहुंचते ही सब खबरें अपने-आप टपक पड़ें। विभिन्न तरीकों से उसे खबरों को जमा करना पड़ता है। इन खबरों को जमा करने के भी विभिन्न तरीके होते हैं; जैसे, होटल में बैठे हुए दो व्यक्तियों की बातचीत सुनकर समझ लेना और उसीसे अपना निर्णय निकालना, शत्रु के पत्र आदि रोककर पढ़ लेना और फिर उसे चलता कर देना, सैनिक-पुलिस द्वारा पूछे जाने पर उसीकी भाषा में उत्तर देना तथा उसका मित्र बनकर भेद निकालना, फौज के बड़े-बड़े अफसरों के घर नौकरी करना।

खबरें इकट्ठी कर अपने देश में सही-सलामत तथा जल्द से जल्द भेज देना जासूसों का दूसरा सबसे ज़रूरी कार्य है। पत्र भेजने में सांकेतिक लिपि या भाषा का सबसे अधिक उपयोग होता है; क्योंकि इसमें पकड़े जाने का भय कम रहता है। सीधे-सादे पत्र में संकेत-शब्दों के द्वारा सारा समाचार लिख दिया और तटस्थ राष्ट्र के किसी देश के पते पर भेज दिया। वहां से वह फिर अपने देश में पहुंच सकता है।

युद्ध के समय जल्द से जल्द खबरें भेज देना काफी महत्व रखता है; क्योंकि देर से आयी हुई खबरों का कुछ भी महत्त्व नहीं रह जाता। साधारण पत्रों में लिखित लाइनों के बीच में अदृश्य स्याही द्वारा खबर लिख देना भी एक उपाय है। देश के रसायनशास्त्री हमेशा नयी-नयी अदृश्य स्याहियों का आविष्कार करने में लगे रहते हैं; क्योंकि शत्रु द्वारा एक बार भी पकड़े जाने पर वह स्याही बेकार हो जाती है। शुरू-शुरू में चावल के मांड़ से गुप्त सन्देश लिखने की प्रथा थी। प्याज़ के रस को भी अक्सर काम में लाया जाता था। इसे आग पर गरम कर देने से अदृश्य अक्षर स्वयं चमकने लगते हैं। इस प्रकार खबर भेजने के नये-नये तरीके हमेशा निकलते रहते हैं और उनको पकड़ने के लिए राष्ट्र को नया विभाग खोलना

पड़ता है जिसका काम ही शत्रु की गुप्तचर संस्था को उखाड़ फेंक देना होता है।

याद रखिए, जासूसी का धंधा हर देश और काल में अपनाया जाता रहा है और रहेगा। बीसवीं सदी में संसार के केवल दो बड़े देशों में ही नहीं, छोटे-बड़े सभी देश अपनी सामर्थ्य के अनुसार दत्तचित्त होकर जासूसी करते-कराते हैं। अमेरिका के गुप्तचर संघटन का कहना है कि रूस अपने जासूसों पर प्रतिवर्ष दो अरब डालर खर्च करता है। इसी तरह रूसी खुफिया विभाग का दावा है कि अमेरिका जासूसी पर प्रतिवर्ष तीन अरब डालर खर्च करता है और करीब एक लाख व्यक्ति इस काम में लगे हुए हैं। अमेरिकी अधिकारियों का यह भी कहना है, जानकारी प्राप्त करने के उपायों में से अस्सी-नब्बे प्रतिशत ऐसे है, जो दूसरे देश की सत्ता का अतिक्रमण नहीं करते।

जैसाकि आपको पहले ही बताया जा चुका है कि जासूस बनने के लिए असीम साहस, धैर्य और बुद्धि की आवश्यकता होती है। तब प्रश्न उठता है कि क्या नारियां जासूसी के क्षेत्र में भी उतनी ही सफल हो सकती हैं, जितने पुरुष जासूस ? निःसंदेह जासूसी के क्षेत्र में कई महिलाएं उस चोटी तक पहुंची हैं, जहां अब तक एक भी पुरुष जासूस नहीं पहुंच सका है। या यों कहिए, वैसे काम कर लेना पुरुष जासूसों के लिए हथेली पर बीज जमाने के समान होता। कई देश जासूसी के लिए महिलाओं की उपयोगिता आज अत्यन्त आवश्यक मानते हैं, तो कई देशों का ऐसा विश्वास है कि वे अपने मालिक के लिए लाभप्रद सिद्ध न होकर अन्त में घाटे का ही सौदा बन जाती हैं और जब वे पकड़ी जाती हैं, तब अपनी जान बचाने के फेर में सारे भेद खोल देती हैं।

महिला जासूसों की नियुक्ति में कोई भी देश सबसे पहले उसकी अपरूप सुन्दरता का ध्यान रखता है; क्योंकि अपने इसी रूप-जाल के द्वारा वे शत्रु-देश के बड़े से बड़े अधिकारियों को फंसाने की चेष्टा करती हैं। उन्हें कई भाषाएं सिखायी जाती हैं; हर देश के रीति-रिवाज से परिचित कराया जाता है; कठिन से कठिन परिस्थितियों में रहकर भी भेद न खोलने की बातें सिखायी जाती हैं और अन्त में उन्हें बता दिया जाता है कि प्रकृति ने यह जो अनमोल रूप, कुन्दन-सा शरीर तुम्हें दिया है, उसका उपयोग अपने देश की भलाई करने के लिए तुम खुलकर करना। यही वह 'चीज़' होती है जिसके वशीभूत होकर बड़े से बड़ा तपस्वी भी उसके आगे टिक नहीं पाता। जासूस बनी अनिंद्य सुन्दरी पहले तो

अपने रूप की ज्वाला से अधिकारियों को पिघलाती है और जब उसे भेद लेने में सफलता नहीं मिलती, तो 'शय्या-सुख' प्रदान करते समय किसकी मज़ाल है कि जो अपने देश, अपनी सेना की या अन्य जानकारी उसे न बता सके ! इस तरह वह सुन्दरी शत्रु-देश से सारे भेद निकाल लेती है।

तो, इस लेख की नायिका माताहारी भी एक ऐसी ही महिला जासूस थी, जो शत्रु-दल के भेद निकालने में उच्चाधिकारियों को 'शय्यासुख' प्रदान करने में सबसे आगे रहती थी।

प्रथम विश्वयुद्ध के समय (सन् 1914 ई० से 1917 ई० तक) जर्मन महिला जासूस साताहारी का नाम सारे संसार में फैल गया था और लोग उसके हैरत-अंग्रेज़ कारनामे देख-सुनकर भौचक रह गए थे। माताहारी शब्द का अर्थ है—'उषा सुन्दरी'। लेकिन सौन्दर्य-पारखियों ने उसे कभी सुन्दर नहीं कहा। उसका सांवला रंग, उसका मुखमंडल, उसके शरीर की गठन सुन्दरता की दृष्टि से अनुकूल नहीं थे—फिर भी उसकी सुन्दरता निहित थी, उसकी आंखों में, उसकी भुजाओं में। आंखों में डोरे डालकर पुरुष के मन को बांध लेने की उसमें अद्भुत शक्ति थी। और, इसीलिए माताहारी के प्रेमियों की संख्या दिनानुदिन बढ़ती ही चली गयी। उसने न जाने कितने लब्धप्रतिष्ठ राज्याधिकारियों और धनियों पर डोरे डाले, उन्हें अपना वशवर्ती बनाकर उनका धन शोषण किया, उनसे महत्त्वपूर्ण बातें मालूम कीं और उन गोपनीय बातों के बल पर वह विश्वसनीय और सफल गुप्तचरी होती चली गयी।

माताहारी के विषय में कहा जाता है कि, संसार के प्रायः सभी प्रमुख नगरों में उसके प्रेमी थे, परन्तु उनमें से किसी को भी उसकी असलियत का पता नहीं था। ऐसी रहस्यमयी थी वह। पेरिस के क्लबों में वह रात के आमोद-प्रमोद की ही नहीं, बल्कि बड़े-बड़े घरों की भी प्रभावशाली नायिका बनी हुई थी। पेरिस के 'साएंलीस' नामक धनाढ्य होटल में वह रहती थी। हज़ारों-लाखों रुपयों के कपड़े-गहने खरीदती थी और रूप-श्रृंगार में सबको मात करती हुई लोगों पर बिजलियां गिराती थी। उसके कृपा-कटाक्ष के भिक्षुक, धनिकों और राजपदारूढ़ व्यक्तियों का समुदाय उसके चारों ओर हमेशा बना रहता

पेरिस के धनी वर्ग में वह अपने नग्न-नृत्य के लिए विख्यात थी। जब भी किसी क्लब में उसका नृत्य-समारोह आयोजित होता, दर्शकों की अपार भीड़ उमड़ पड़ती। समाचारपत्रों के संवाददाता उसके अधनंगे शरीर की विभिन्न नृत्य-

मुद्राओं के फोटो लेते और दूसरे दिन अपने अख़बारों में उन कामोत्तेजक फोटुओं को छापकर ग्राहकों की संख्या बढ़ाते।

समाचारपत्रों में छपे चित्रों को देखकर ही एक फेंच नागरिक मिस्टर कर्ट-सिंगर नृत्यांगना माताहारी का नृत्य देखने पहुंचा और दूसरे दिन उसने उसका निम्नलिखित विवरण अपने अखबार को भेजा :

"जब हमने हाल में प्रवेश किया, तो हमें एक परिचय-पत्र दिया गया, जिसमें एक पूर्वीय कविता अर्थसहित छपी थी और उसी कविता के आधार पर नृत्य होनेवाला था।

"परदा उठा। चंदन सरीखे सुवास से हॉल पूरित होने लगा। पूर्ण अंधकार में रंग-बिरंगे कांचों से आवृत्त धातु के दीपक एक कोमल और रहस्यमय प्रकाश फैला रहे थे। पेरिस के उस बवंडर से मानो पलक मारते ही हम भारत के किसी सुन्दर एवं विशाल मंदिर की गंभीरता में पहुंच गए। मंच के एक ओर विशालकाय सोने के वर्ण की भगवान बुद्ध की प्रतिमा थी, तो दूसरी ओर भगवान शंकर सिंहासनारूढ़ थे। सहसा वाद्ययंत्रों की एक ध्वनि ने, जो पाश्चात्य कर्ण-कुहरों के लिए सर्वथा अपरिचित थी, वातावरण को उद्वेलित कर दिया। मैं आश्चर्यचकित था कि, अब आगे क्या होगा। तभी मंच पर बुद्ध की प्रतिमा के सम्मुख पड़े वस्त्रों का एक ढेर शनैः-शनैः ऊपर उठता-सा दीख पड़ा, मानो संपेरे की बीनें सुनकर संगीत से मुग्ध नाग अपना फन ऊपर उठा रहा हो।

"सोने-चांदी के तारों से बने वस्त्रों के उस समूह ने रूप धारण कर लिया नृत्य-मुद्रा में उपस्थित एक परम सुन्दरी नारी का। वह नाचने लगी। पहले घूंघट हटा, फिर पक्षी के रंग-बिरंगे पंखों की तरह उन वस्त्राच्छादनों को एक-एक कर दूर हटाकर हमारे सामने रह गया—जीवनपाश की श्रृंखलाओं से आबद्ध एक अर्द्धनग्न नारी-तन मात्र। वह नारी-तन नाचने लगा, नहीं नाचने नहीं, उस मंच पर—उस विशाल मंच के शून्य स्थान में तैरने-सा लगा। जिस कविता का हमें परिचय दिया गया था, उसमें वर्णित 'स्याह मोती' की जीवन-कथा का एक-एक चरण इस नृत्य-सुन्दरी के एक-एक पदचालन, एक-एक भाव-भंगिमा से व्यक्त होता चला गया।

"कथा थी—राजकुमारी अनुबा को पता चला कि, सागर-तल में एक सीप के मुख में है, एक अद्भुत स्याह मोती। राजकुमारी एक निर्धन मच्छीमार

युवक को वह मोती ला देने का आग्रह करती है। मच्छीमार युवक उस मोती की रक्षा करनेवाले भयंकर राक्षस की बात जानता है, जो मोती चुराने की कोशिश करनेवालों को बेरहमी से खा जाता था। पर राजकुमारी तो राजकुमारी ठहरी और उसका हठ कौन दूर करे? विनय-अनुनय, क्रोध-लोभ से नहीं तो फिर मतवाले बनानेवाले उसके कटाक्षों और चुम्बनों से प्रेरित होकर वह समुद्र में कूद ही पड़ा। लौटकर आता है, तो उस युवक का अंग-अंग क्षत-विक्षत है, रुधिर-स्राव हो रहा है। वह मृतप्राय है, पर उसके हाथ में है वह अनोखा मोती।

"उसे प्राप्त कर वह नृत्य-सुन्दरी अपने अंग के एक-एक संचालन से, एक-एक मुद्रा से नारी का लोभ, नारी की कामप्रियता, अर्थ-सिद्धि में नारी की क्रूरता, प्रेमी के बलिदान में नारी की गर्वानुभूति व्यक्त कर मंच को ही नहीं, बल्कि वहां उपस्थित सभी दर्शकों के दिलों को झकझोरने लगी।

"नृत्य समाप्त हुआ तो तालियों की गड़गड़ाहट से हॉल गूंज उठा। दूसरा नाच था—नागराज का। अगर एक नाग नारी-तन में प्रवेश कर सकता है, अगर एक नारी नागिन बन सकती है, तो कहना होगा—उस समय मंच पर नारी नहीं, बल्कि नागिन नाच रही थी। नागिन की पतली लचीली देह की तरह ही उसकी भुजाएं, उसके पैर, उसकी देहवल्लरी कुंडली के आकार को होती, फुफकारती नृत्य करती। नाचते-नाचते वह अपने वस्त्रों के आवरण में वैसे ही विलीन हो गयी, जैसे कोई नागिन अपनी पिटारी में छुपकर गायब हो गयी हो।

"नारी-तन का ऐसा प्रदर्शन मैंने तो कभी नहीं देखा था। लगा, मन में बसी हुई काम, क्रोध और मोह की भावनाओं को यों नृत्य के द्वारा व्यक्त करना सिर्फ माताहारी के लिए ही संभव था।"

पुरुष-हृदय का मर्दन कर उसपर मनोवांछित शासन करने की अद्भुत क्षमता प्राप्त करके भी वह जासूसी के विकट मार्ग में क्यों बढ़ी, यह प्रश्न उस रूपगर्विता नारी के रहस्यपूर्ण जीवन की तरह आज भी लोगों के लिए कौतूहल का कारण बना हुआ है। पेरिस में उसने यह मशहूर कर दिया था कि वह दक्षिण भारत की रहनेवाली है और उसका जन्म एक ब्राह्मण परिवार में हुआ है। उसने अपने प्रेमियों को यह भी बताया था कि उसकी मां उसके पैदा होते ही मर गयी थी और उसे एक पुजारी ने शिवजी के मंदिर में देवदासी के

रूप में देवता को अर्पित कर दिया था। इन मंदिरों में रहकर ही उसने कामसूत्र के प्राचीन नृत्यों में प्रवीणता प्राप्त की।

यह कहानी थी बड़ी आकर्षक और लोगों की दृष्टि में माताहारी के मूल्य को बढ़ानेवाली, किन्तु थी सर्वथा झूठी।

सच्ची बात तो यह थी कि माताहारी का जन्म 7 अगस्त सन् 1876 ई० में हालैंड के एक छोटे-से गांव 'लियुवरडन' में हुआ था। उसके जन्म का नाम था—मार्गारीडा गर्टरूड। उसका पिता आडम मेले एक प्रसिद्ध व्यवसायी था और माता ब्राउअंत्जे एक धनी परिवार की बेटी थी। मां की मृत्यु के बाद माताहारी एक मठ में भेज दी गयी, जहां पिता की इच्छानुसार उसकी शिक्षा-दीक्षा होने लगी।

18 वर्ष की अवस्था में मार्गारीडा एक चालीस वर्षीय सैनिक अधिकारी मि० मैक्लोड के प्रेम में पड़ गयी। सन् 1895 ई० में दोनों की शादी हुई और एक वर्ष के बाद मार्गारीडा को अपने पति के साथ जावा जाना पड़ा। यहीं उसने दो बच्चों को जन्म दिया, जिनमें से एक लड़की थी। मार्गारीडा का पति सुरा और सुन्दरी का उपासक था। उसके जीवन का एकमात्र उद्देश्य था—औरतों से आनंद लूटकर सुखी होना। अतः दो बच्चों की मां बनी अपनी पत्नी में अब कोई आकर्षण न पाकर उसने अपनी कोमल युवती पत्नी पर अत्याचार करना शुरू कर दिया।

मार्गारीडा को वह बड़ी बेरहमी से मारता-पीटता और कभी-कभी रिवाल्वर लेकर उसकी छाती पर चढ़ जाता। रोज़-रोज़ के इन अत्याचारों से तंग आकर मार्गारीडा ने अपनी एकमात्र जीवित पुत्री बैन्दा को जावा की एक नौकरानी को सौंपा और छः वर्ष के दारुण दु:खों को भोगकर भविष्य की यह माताहारी पेरिस में प्रकट हुई, उनतीस वर्ष की आयु में अपने यौवन और प्राच्य सौन्दर्य के कण-कण को समेटकर, सजाकर।

दो साल पेरिस में रहने के बाद उसने बर्लिन को अपना कार्यक्षेत्र चुना और वहां के राज्य के उत्तराधिकारी कुमार बन्ससविक को अपने रूप का गुलाम बनाया। उसके बाद कैसर का विदेशमंत्री वानजागो भी माताहारी के प्रेमियों में गिना जाने लगा। वियना, रोम, मैड्रिड, लंदन—सभी जगह उसने अपने मोहकस्त्री रूप से शीघ्र ही सर्वोच्चता प्राप्त कर ली।

माताहारी अपनी चालाकी से अनेक गुप्त भेदों का पता लगा लेती और एक देश के भेद को मुंहमांगा दाम लेकर दूसरे देश के प्रतिनिधि को बता देती। माताहारी जो भेद बताती, उनपर विश्वास किया जाता था; क्योंकि उसने कभी झूठी बातें नहीं बतायीं। डच, स्वीडन, और स्पेन के दूतावासों में उसके अनेक प्रेमी थे और इन्हीं दूतावासों के डाक के थैलों द्वारा वह अपने पत्र भेजती रहती थी; क्योंकि अन्तरर्राष्ट्रीय कानून के अनुसार उन थैलों की तलाशी नहीं ली जा सकती।

माताहारी ने बर्लिन और पेरिस की इतनी अधिक यात्रा की थी कि उसपर जासूस होने का शक हो गया था। इसके अतिरिक्त महत्त्वपूर्ण सैनिक प्रदर्शन कार्यों में उसके उपस्थित रहने आदि से उसपर फ्रांस की सरकार का अविश्वास बढ़ता गया। यों वह कहती थी कि देश-विदेश में उसके प्रेमियों की कमी नहीं, उसके पत्र सब प्रेमपत्र हैं, वह आती-जाती है सिर्फ अपने प्रेमियों के पास; पर फ्रांस के जासूस माताहारी के पीछे पड़ गए और अन्त में यह पता लगा ही लिया कि उसीने जर्मन सरकार को भूमध्यसागर-स्थित फ्रांस के एक जंगी बेड़े की सूचना दी थी।

फ्रांस के उस जंगी बेड़े के चौदह जहाज़ों को जर्मनों ने डुबा दिया था। फ्रांस की फौज की एक बड़ी टुकड़ी के नष्ट हो जाने के कारण उसे गहरी क्षति उठानी पड़ी। इस काम के लिए माताहारी को पचीस हज़ार मार्क का एक चेक दिया गया था। एक तटस्थ देश के दूतावास के माध्यम से माताहारी उस चैक को भुनाना चाहती थी; क्योंकि उसे अब तक यह संदेह होने लगा था कि कहीं इस चेक को लेकर वह किसी विवाद में न पड़ जाए। लेकिन जब उसे चेक भुनाने में दूतावास का सहयोग न मिला, तब एक दिन वह स्वयं पेरिस के एक बैंक में उस चेक को लेकर गयी। अभी उसे रकम मिल भी नहीं पायी थी कि फ्रांस की खुफिया पुलिस द्वारा वह गिरफ्तार कर ली गयी। उसने अपनी गिरफ्तारी का विरोध किया, किन्तु वह कब तक अपनी खैर मनाती ! सेण्ट लेजारे के जेलखाने की बारह नम्बर की कोठरी में वह कैद कर दी गयी।

24 जुलाई सन् 1917 ई० से माताहारी पर फौजी अदालत में मुकदमा चला। अदालत के चारों ओर सैनिकों का कठोर पहरा था। मुकदमे की सारी कार्रवाई गुप्त रखी गयी। हालांकि माताहारी को अब भली भांति यह पता चल गया था कि, उसका अन्त निकट है और उसे 'सज़ाये-मौत' मिलेगी; फिर भी अदालत में उसने अपने को निर्दोष बताया और कहा कि वह फ्रांस की सरकार

की ओर से जासूसी करती आयी है और समय-समय पर उसने फ्रांस को कई महत्त्वपूर्ण सूचनाएं भी दी हैं। किन्तु, वह अदालत में अपनी इस बात को किसी गवाह या कागज़-पत्रों द्वारा साबित न कर सकी। माताहारी का वकील मेट्रे क्योनेट ने अदालत में उसे निर्दोष साबित करने के लिए एड़ी-चोटी का पसीना एक कर दिया, लेकिन अदालत के अध्यक्ष एवं अन्य दो जूरी उसकी तर्कों के आगे न झुके।

माताहारी को अपनी सफाई में बोलने का मौका दिया गया। उसने अदालत में अपनी सारी कहानी कह सुनायी। रहस्य की परतें हटती चली गयीं और यह भेद खुला कि वह अपनी भरी जवानी के दिनों में तीस हज़ार मार्क से कम पर किसीसे अपने शरीर का सौदा नहीं करती थी। उसने यह भी बताया कि कैसर के विदेशमंत्री वानजागो ने उसे एक रात के लिए साठ हज़ार मार्क दिए थे। अदालत के लोग शांत, गंभीर बने माताहारी की रहस्यमयी कहानी सुनते रहे।

माताहारी का बयान पूरा होने पर अदालत के जज और जूरी आपस में परामर्श करने के लिए अदालत से उठकर चले गए। कोई पन्द्रह-बीस मिनट बाद ही आकर उन्होंने फैसला सुनाया—"जासूसी के अभियोग में माताहारी को गोलियों से उड़ा देने की सज़ा दी जाती है।"

फैसला सुनकर माताहारी ने गर्दन झुका ली। उसने फैसले की यही उम्मीद भी की थी। हां, अनगिनत पुरुषों को पराजित करनेवाली माताहारी अपनी इस अंतिम पराजय पर हल्की-सी मुस्कान बिखेरकर, पुलिस के संरक्षण में अदालत से विदा हुई।

एक अमीर घराने के फ्रांसीसी नागरिक ने—जो माताहारी को हृदय से प्यार करता था—मौत की सज़ा के बाद भी उसे बचा लेने की कोशिश की, लेकिन उसे कामयाबी न मिली। उधर कालकोठरी में पड़ी माताहारी को यह आशा थी कि उसके अनगिनत पुरुष मित्रों की कोशिशों से उसका मृत्यु-दंड माफ कर कारावास-दंड में बदल दिया जाएगा। इसी आशा पर वह अपने जीवन के दिन बिता रही थी। किन्तु, यह सब कुछ नहीं हुआ और उसकी मौत की सज़ा ज्यों की त्यों कायम रही।

चार मास तक उसे मृत्यु की प्रतीक्षा करनी पड़ी, बल्कि यों कहिए कि उसे इस बात के लिए काफी समय मिला कि अपनी ज़िन्दगी के कारनामों पर ठंडे दिल से गौर कर सके।

15 अक्टूबर को, अर्थात् मृत्यु के लिए निर्धारित दिन सबेरे उठकर उसने

स्नान किया, तीन पत्र लिखे—जिनमें से एक अपनी बेटी बैन्दा को लिखा था। रिवाज के अनुसार हल्की शराब का एक गिलास पिया और सुबह के साढ़े छः बजे वह मृत्यु का आलिंगन करने के लिए तैयार हो गयी।

एक वर्गाकार खुले मैदान में एक खंभे से उसे बांधा गया। आंखों पर पट्टी बांधने का उसने विरोध किया। वह अपनी मौत को अपनी ओर आते हुए खुली आंखों से देखना चाहती थी। उस समय उसके होंठों पर हल्की मुसकान थी। मेजर मसार्ड के आदेश पर बारह बंदूकों से एकसाथ बारह गोलियां छूटीं और उन गोलियों ने माताहारी के शरीर के मांस के चिथड़े-चिथड़े उड़ा दिए। वर्षों तक अपने सम्मोहन से अनेक व्यक्तियों को पराजित करनेवाली वह नारी, जर्मन जासूस करार दी जाकर उस दिन मृत्यु-मंच पर तड़प रही थी।

जासूस मां की जासूस बेटी—

बैन्दा

[जर्मन महिला जासूस माताहारी—जिसने प्रथम विश्वयुद्ध के समय सारे संसार में ख्याति पायी थी—उसीकी बेटी ने द्वितीय महायुद्ध के दौरान जासूसी का पेशा अपनाया और कोरिया-युद्ध के समय तक अपना धंधा सफलतापूर्वक चलाने के बाद अन्त में अपनी मां की भांति ही गोली खाकर मरी।]

प्रथम महायुद्ध के इतिहास को अपनी भ्रू-भंगिमा पर नचानेवाली संसार की प्रसिद्ध महिला जासूस माताहारी की पुत्री का नाम था—बैन्दा। माताहारी की मृत्यु के समय, उसकी एकमात्र पुत्री बैन्दा सत्तरह साल की थी। बैन्दा की परवरिश वटाविया-निवासी उसके कछ रिश्तेदारों ने की थी। जब वह अपने माता-पिता के बारे में जानकारी प्राप्त करने के लिए अपनी मौसी से पूछा करती, तो उसे बताया जाता था कि, उसका पिता बहुत ही नीच प्रकृति का आदमी था। शराब पीकर पड़ा रहता, जूआ खेलता और नशे के ज़ोर में अपनी पत्नी को बड़ी बेरहमी से पीटता था। उसकी पाशविक़ता से तंग आकर ही बैन्दा की मां अचानक एक दिन घर से गायब हो गयी। अब वह हालैंड में रहती है और एक प्रसिद्ध नर्तकी है। बस, अपनी माता के सम्बन्ध में बैन्दा की जानकारी यहीं तक थी।

बैन्दा का रंग अपनी मां माताहारी की तरह सांवला नहीं था, बल्कि वह निहायत खूबसूरत, गोरी युवती थी। उसके शरीर की बनावट डच युवतियों से बिल्कुल भिन्न यूरोपियनों की तरह थी। मंगोलियन सौन्दर्य से परिपूर्ण उसकी आंखों में एक आकर्षण, एक नशा था। वह न तो बहुत लम्बी ही थी और न नाटी ही। उसका कद पांच फुट था। उसके सुनहरे बालों में उसके सौन्दर्य को द्विगुणित करने की शक्ति थी। स्वयं बैन्दा भी समझती थी कि, किसीको भी अपने मोहक

जाल में फंसाने के लिए जो कुछ मेरे पास है, वह 'काफी' हैं।

ज्यों-ज्यों बैन्दा की उम्र बढ़ती गयी, त्यों-त्यों उसकी अपनी मां से मिलने की इच्छा प्रबल होती गयी और एक दिन उसकी मौसी ने बताया कि वह जल्द ही अपनी मां से मिलेगी। पर, इसी बीच प्रथम महायुद्ध छिड़ा और बैन्दा की सारी उम्मीदों पर पानी पड़ गया; क्योंकि युद्ध के दिनों में विदेशों की यात्रा बहुत कठिन हो जाती है।

कई वर्षों के बाद जब वह अपनी मां से मिलने के लिए व्याकुल थी, नवम्बर सन् 1917 ई० में बैन्दा को अपनी मां का पहला और अन्तिम पत्र मिला। उस पत्र को माताहारी ने अपनी मृत्यु के कुछ घंटे पूर्व लिखा था। उस पत्र में माताहारी ने अपने जीवन की उन सारी घटनाओं का ज़िक्र किया था जिसके कारण उसे जासूसी का पेशा अख्तियार करना पड़ा था।

पत्र पढ़कर बैन्दा रोयी नहीं। पत्थर की मूर्ति की तरह जड़वत् ठी रह गयी। चंद मिनट—कुल चंद मिनटों के बाद ही उसने पत्र को बारा पढ़ा और उसे संभालकर रखने के बाद घर से बाहर निकलकर गरजे में पहुंची—अपनी मां की आत्मा की शान्ति के लिए अन्तिम प्रार्थना करने; ऐसी मां की आत्मा के लिए जो विश्व के इतिहास में सर्वश्रेष्ठ महिला जासूस समझी जाती थी और जिसने अपनी बेटी के लिए मौत से पूर्व एक पत्र लिखने के अलावा कुछ भी न किया था। पर, वह थी तो आखिर बैन्दा की जन्मदात्री !

मां की मृत्यु की प्रतिक्रिया बैन्दा के ऊपर बहुत ही आश्चर्यजनक रही। उसने किसीसे भी इसका ज़िक्र तक नहीं किया। अपने परिवार के लोगों में उसे अब कोई दिलचस्पी न रही। गुमसुम बैठी रहनेवाली बैन्दा से एक दिन जब उसकी मौसी ने इसका कारण पूछा, तो बैन्दा ने बताया कि अब वह अपने पैरों पर खड़ी होकर निज के संसार का निर्माण करना चाहती है। बैन्दा की इच्छा थी कि जीवन-यापन के लिए वह अध्यापिका का कार्य कर लेगी। पर, उसके भाग्य में तो कुछ और ही बदा था।

और, उसी रात बैन्दा ने अपनी मौसी का घर छोड़ दिया। घर छोड़ने के बाद बैन्दा की मुलाकात 'डच सिविल सर्विस' के एक उच्च पदाधिकारी से हुई। वह बैन्दा की खूबसूरती पर फिदा हो गया। उसने बैन्दा को सर-आंखों पर लिया और बैन्दा ने इस डच अधिकारी के प्रति कृतज्ञ होकर अपना सर्वस्व उसे सौंप दिया। इसी डच अधिकारी ने—जिसकी अवस्था सत्तावन साल की थी—बैन्दा के जीवन में संरक्षक, प्रेमी और शिक्षक, तीनों का 'रोल' निभाया।

अपने से चालीस वर्ष अधिक उम्र वाले इस अधेड़ व्यक्ति को, सत्तरह वर्षीया मुग्धा तरुणी बैन्दा ने सचमुच अपने दिल की समस्त गहराइयों से प्यार किया।

बैन्दा में शिक्षा-प्राप्ति की लगन देखकर वृद्ध डच अधिकारी ने उसे उस कालेज में पढ़ने को भेजा, जहां बड़े घरानों के लड़के-लड़कियों की शिक्षा-दीक्षा होती थी। उच्च शिक्षा प्राप्त करने के साथ-साथ बैन्दा का मानसिक विकास होता गया और उसके विचार भी पहले की अपेक्षा अधिक उदार होते गए। एक दिन उसी कालेज से बैन्दा ने ससम्मान शिक्षिका की डिग्री प्राप्त की और डच-उपनिवेश के बहुत-से द्वीपों में से एक द्वीप पर अपने प्रेमी की सहायता से अपना एक छोटा-सा स्कूल खोला। समाज में बैन्दा की प्रतिष्ठा बढ़ी और उसकी ज़िन्दगी के दिन शान्त और स्वाभाविक गति से एक-एक कर गुज़रने लगे।

अठारह वर्ष बाद, सन् 1935 ई० में, जब बैन्दा पैंतीस वर्ष की हो चुकी थी, उक्त डच अधिकारी की मृत्यु हो गयी। अब बैन्दा अकेली थी। लेकिन उसे अधिक दिनों तक अकेली नहीं रहना पड़ा। अपने शिष्ट और मैत्रीपूर्ण व्यवहार से बैन्दा ने वटावियन समाज में एक विशिष्ट स्थान बना लिया था। उसके द्वारा दी जानेवाली चाय-पार्टियों में सभी व्यवसाय और सभी राष्ट्र के लोग जुटते। जात-पांत या रंग का किसी प्रकार का बन्धन न था। इस उम्र में भी बैन्दा के चेहरे का आकर्षण कम न हुआ था और न उसके पास धन-दौलत की कमी थी ; क्योंकि उसका प्रेमी मरते समय उसके लिए अपार धन छोड़ गया था।

सन् 1939 ई० में, बैन्दा के जीवन का तीसरा अध्याय शुरू हुआ। द्वितीय महायुद्ध की घोषणा हो चुकी थी। यद्यपि जावा इस लड़ाई में शामिल नहीं हुआ था, फिर भी बैन्दा की चाय-पार्टियों में सभी वर्ग के व्यक्ति शामिल होते थे—राजनीतिज्ञ, जासूस, पत्रकार और वे लोग जो दूसरे देशों के सही-सही समाचार जानने के लिए उत्सुक रहते थे।

युद्ध ने रंग पकड़ा—जापानी आगे बढ़े। ब्रिटिश साम्राज्य की जड़ें हिल-सी गयीं। नाज़ियों ने हालैंड पर कब्ज़ा कर लिया। प्रशान्त महासागर के द्वीप एक-एक करके जापान के अधिकार में जा रहे थे। एशिया में जापानी सेनाएं उतर चुकी थीं और सभी स्थानों से गोरे भागकर अपनी जान बचाने की फिक्र में थे।

ठीक इसी वक्त, सन् 1942 ई० में, बैन्दा के दिल में एक अजीब से ख्याल ने जन्म लिया। उसे याद हो आया कि, उसकी मां इन राजनीतिक कुचक्रियों के

कारण ही मौत को गले लगाने के लिए विवश हो गयी थी। बैन्दा को विश्वास था कि, जिस काम को उसकी मां ने शुरू किया था, उसे वह अधिक अच्छे ढंग से चला सकती है। वह जानती थी कि, तूफान की तरह आनेवाले ये आक्रमणकारी यों ही लूट-खसोट कर वापस लौट जाएंगे और लोग अपनी इसी मौजूदा गरीबी तथा तबाही को हमेशा के लिए गले लगाए रहने को मजबूर हो जाएंगे।

बैन्दा ने भविष्य की नयी रूपरेखा बनानी प्रारम्भ की, लेकिन अभी वह कुछ तय भी नहीं कर पायी थी कि दूर के रिश्ते का एक चाचा उससे मिलने आ पहुंचा। वह पिछले दस वर्षों से जापानी नौ-सेना विभाग में एक उच्च पदाधिकारी था। जापानियों ने उसके ज़रिये बैन्दा के पास अपना आदेश भेजा था- "बैन्दा उनका साथ दे। अपनी चाय-पार्टियों को फिर से जारी करे।" उसे चाचा ने यह धमकी दी कि, अगर वह ऐसा न करेगी, तो संसार को वह यह बता देगा कि बैन्दा, प्रसिद्ध महिला जासूस माताहारी की बेटी है।

अपने इस भेद को गुप्त रखने के लिए, परिस्थितियों से मजबूर होकर बैन्दा, जापानी अधिकारी द्वारा बताए गए व्यक्तियों को निमंत्रित कर अपने घर पार्टियों का आयोजन करने लगी। अब तरह-तरह के लोगों से उसका घर भरा रहने लगा। जापानी अधिकारी बैन्दा से प्रसन्न थे। बैन्दा ने अपनी मिलनसारिता तथा शिष्ट स्वभाव से उनके उद्देश्य की पूर्ति में काफी मदद पहुंचायी थी—जापानी और इंडोनेशियनों (हिन्देशियावासियों) में मैत्रींभावना बढ़ती जा रही थी। इसी समय अपने उद्देश्य की पूर्ति के लिए जापानियों ने एक 'इंडोनेशियन होम गार्ड' की स्थापना का विचार किया—ऐसे इंडोनेशियनों का एक फौजी दल, जो कभी जापान के विरुद्ध शस्त्र न उठा सके। नियुक्ति आरम्भ हुई—कमाण्डर और अन्य पदाधिकारी चुने जाने लगे—बैन्दा के घर में, चाय तथा कॉकटेल पार्टियों के बीच।

अपने प्रेमी की मृत्यु के बाद, वर्षों तक प्यार के सोतों से दूर रहने के कारण बैन्दा प्यार की प्यासी हो उठी। वह किसीको अपना सर्वस्व अर्पण कर अपनी प्यास बुझाना चाहती थी। और, इसी समय, अब्दुल नामक एक युवक ने बैन्दा के जीवन में प्रवेश कर उसके जीवन में चौथे अध्याय की शुरूआत की।

अब्दुल जापानियों के इस 'इंडोनेशियन होमगार्ड' का प्रमुख संघटनकर्ता था। पर वास्तव में, वह गुप्त दल का एक कार्यकर्ता और विश्वासपात्र नेता था। इस 'इंडोनेशियन होमगार्ड' की स्थापना में उसका उद्देश्य दूसरा ही था—मौका

पड़ने पर इसी होमगार्ड की सहायता से वह जापानियों को पराजित करने के मनसूबे बांध रहा था। इंडोनेशिया की स्वतन्त्रता ही उसका लक्ष्य था।

अब्दुल पर बैन्दा के रूप के जादू ने असर किया और वह उसकी ओर खिंचता गया। उम्र में बैन्दा से काफी छोटा होते हुए भी अब्दुल ने उसे प्यार किया। मगर उसकी एकमात्र प्रिय निधि थी उसका देश ! बैन्दा की तुलना में इंडोनेशिया की स्वतन्त्रता उसे अधिक प्यारी थी। हां, बैन्दा उसे अवश्य अपना सर्वस्व मानने लगी। उसने अपने निश्छल व्यवहार से अब्दुल का विश्वास जीत लिया। अब्दुल ने उसे अपने गुप्त दल की बात बता दी और बैन्दा के अतिरिक्त हज़ारों इंडोनेशियनों ने भी अब्दुल का साथ दिया।

बैन्दा अब दोनों दलों की ओर से काम करने लगी। उसने जापानियों की गुप्त से गुप्त योजनाओं की खबर अब्दुल को दी। दुश्मनों की हर चाल का वह पूरा-पूरा पता प्राप्त कर लेती थी। साथ ही 'इंडोनेशियन राष्ट्रीय आन्दोलन दल' के लिए अधिक से अधिक युवकों की भर्ती में सहायता की मांग सम्बन्धी अब्दुल का सन्देश भी बैन्दा ने सभी द्वीपों में पहुंचाया। और, इस तरह माताहारी की पुत्री ने अपनी मां के चरण-चिह्नों पर चलना आरम्भ कर दिया।

सन् 1945 ई० में ब्रिटिश फौजों ने जापानियों के हौसले पस्त करने शुरू किए। अब्दुल और उसके साथियों ने 'इंडोनेशियन होमगार्ड' की बागडोर अब खुलकर अपने हाथों में ले ली थी। वे किसीकी पराधीनता स्वीकार करने को तैयार न थे। सम्पूर्ण इंडोनेशिया उनके साथ था।

बैन्दा की कॉकटेल और चाय-पार्टियां चलती ही रहीं। लेकिन इधर उसकी ज़िम्मेदारी बहुत बढ़ गयी थी। उसे कई एक काम करने थे। ब्रिटिश तथा डचों की गुप्त योजनाओं की खबरें प्राप्त करनी थीं और उन्हें अब्दुल तक पहुंचाना था। प्रेम के लिए कतई समय नहीं रहा। अब्दुल को एक नज़र देखे उसे हफ्तों बीत जाते, पर उसके आदेश हमेशा मिलते रहे। बैन्दा ने उसके हर आदेश का पालन किया—उसके सभी प्रश्नों का सही हल ढूंढ़ निकाला—कभी कोई गलती नहीं। उसने अब तक के सभी जासूसों से बाज़ी मार ली। आक्रमण का समय, स्थान, सैनिकों की संख्या आदि सारी बातें उसे मालूम हो जाती थीं। डच गर्वनर आफिस का एक कोरियन कार्यकर्ता माटो उसका प्रमुख एजेण्ट था।

19 दिसम्बर सन् 1948 ई० को, डचों ने जब घोषणा की कि, इंडोनेशिया

किसी हालत में स्वतन्त्र रूप से शासन नहीं कर सकता, तब अपने प्रेमी अब्दुल की सहायता के लिए, जीवन के पचासवें वर्ष में बैन्दा अमेरिका पहुंची और यहीं उसके जीवन का पांचवां अध्याय शुरू हुआ। उसके दिल में अब तक यह भावनाअपनी जड़े काफी मज़बूती से जमा चुकी थी कि, वह विश्वविख्यात महिला जासूस की पुत्री है। अपने आकर्षक व्यक्तित्व, शुद्ध अंग्रेज़ी बोलने के मधुर ढंग और शिष्ट व्यवहार से उसने लोगों को प्रभावित कर लिया। उसने इंडोनेशिया की मौजूदा हालत पर अनेक भाषण किए, रेडियो से प्रचार किया और लासएंजिल्स में स्थायी रूप से जम गयी। यही से अब्दुल की हिदायतों के अनुसार उसने काम करना शुरू किया। बैन्दा ने एक उद्योगपति को फंसाकर अपने अब्दुल के लिए हथियार, हवाई जहाज़ और काफी बड़ी तादाद में विदेशी मुद्रा की आपूर्ति की।

बैन्दा का उद्देश्य पूरा हो गया था। वह जकार्ता लौट आयी और यहीं से बैन्दा के जीवन का छठा लेकिन अन्तिम अध्याय शुरू हुआ। वाशिंगटन-स्थित खुफिया पुलिस को उसकी सारी कार्रवाइयों का पता चल गया और उसने बैन्दा को एक धमकीभरा पत्र लिखा। अब वह अमेरिका की जासूस बनकर चीन पहुंची। उसने अपना यह काम भी पूरा किया। कम्युनिस्टों के दल में मिलकर उनकी महत्त्वपूर्ण सूचनाएं बाहर भेजीं। सन् 1950 ई० में बैन्दा ने यह भी भेद प्रकट किया कि उत्तरी कोरियाई, चीन और रूस की सहायता से दक्षिणी कोरिया पर हमला करनेवाले हैं। उसकी सूचना सही निकली, पर जिस समय सूचना मिली थी, अधिकारियों ने उसे तरजीह नहीं दी।

नियति का चक्र सदा से चलता रहा है। आशा-निराशा, हार-जात की छांह मानव-मात्र के जीवन से होकर गुज़रती है। माताहारी की बेटी प्रकृति के इस नियम का अपवाद न बन सकी। अपने जीवन के अन्तिम अध्याय का पन्ना पलटते समय उसकी किस्मत का पन्ना भी पलट गया। बटाविया के डच गवर्नर के आफिस का कर्मचारी माटो, जो कभी बैन्दा के अन्तर्गत कार्य कर चुका था, कोरिया में कम्युनिस्ट कमिश्नर नियुक्त होकर आया और उसने बैन्दा को, जब वह उससे भेंट करने गयी थी, तत्क्षण पहचान लिया। बैन्दा तुरन्त गिरफ्तार कर ली गयी।

बैन्दा पर बिना कोई मुकदमा चलाए, उसे जासूस करार दिया गया और गोली मार दी गयी—सुबह के पौने छः बजे, ठीक उसी समय जब कि, लगभग पैंतीस वर्ष पूर्व उसकी मां माताहारी को गोली मारी गयी थी।

जिसने रूस को अणुबम का भेद बताया—

हिल्डा

[कहते हैं, औरतों का चरित्र देवता भी नहीं समझ पाते। तभी तो अणु बम के निर्माता डाक्टर फुश जैसे महान वैज्ञानिक भी अपनी प्रेयसी हिल्डा को नहीं समझ पाए और उसने उन्हें चकमा देकर अणु बम का गुप्त भेद ले लिया और रूस को बता दिया। रूस को यह भेद बताकर हिल्डा कहां गयी, इसे कोई आज तक नहीं जान पाया।]

उत्तर जर्मनी के कील विश्वविद्यालय में अध्ययन करनेवाली सत्तरह वर्षीया उस श्यामवर्णा युवती की डाक्टर क्लास एमिल जूलियस फुश से जब प्रथम भेंट हुई, तब भला उस समय किसे मालूम था कि एक युवक और युवती की यह भेंट सोवियत रूस को एक ऐसा भेद बताएगी जिसे पाकर वह अणु बम-संबंधी खोज की दिशा में ब्रिटेन और अमेरिका से आगे बढ़, अपने दस वर्षों के परिश्रम और आर्थिक व्यय से बच जाएगा। रूस को अणु-सम्बन्धी सूचना देनेवाली इस जासूस नारी का नाम था—हिल्डा। कहीं ब्राण्टेड, तो कहीं वार्म और काल्ट के नाम से प्रकट होनेवाली यह रहस्यमय नारी अन्त में कहां गयी, यह अब तक रहस्य ही बना है।

अणु बम के विकास में ब्रिटेन और अमेरिका को मदद करनेवाले डाक्टर क्लास-एमिल जूलियस फुश के सारे परिवार को नाज़ी पुलिस ने बेतरह सताया था। नाज़ियों की असह्य यातना के कारण उनके परिवार में कई व्यक्तियों की मृत्यु हो गई थी। युवक फुश यह सब देखकर अपने विद्यार्थी-जीवन में ही रूसी विचारधारा का प्रबल समर्थक बन बैठा, क्योंकि उसकी राय में नाज़ी अत्याचारों से छुटकारा पाने का यही एक उपाय था। हिल्डा भी अपने अध्ययन-काल में ऐसा ही महसूस करने लगी थी और इसीलिए वह छिप-छिपकर कम्युनिस्ट आन्दोलनों में भाग लेती आ रही थी। ऐसे ही समय एक पार्टी में हिल्डा की भेंट युवक

जूलियस फुश से हुई। फुश के चेहरे पर विद्वत्ता की छाप, उसके बोलने का ढंग और तेजस्वी मुख-मुद्रा को देखकर हिल्डा पहली ही नज़र में फुश के प्रति आकृष्ट हो गयी। उसके दिल में विचार आया कि मैं सिर्फ फुश के लिए ही बनी हूं और वह किसी और का नहीं हो सकता।

प्रथम भेंट के बाद से डाक्टर फुश सप्ताह में दो-तीन बार हिल्डा के हिण्डनवर्ग-स्थित किराये के मकान में जाते और घंटों बैठकर साम्यवादी आन्दोलन चलाने का मन्सूबा बांधते। उस समय जर्मनी में कम्युनिस्ट आन्दोलन चलाना गैर-कानूनी था। पर, नाज़ी अत्याचारों ने हिल्डा और डाक्टर फुश में और भी अधिक राजनीतिक जागृति पैदा की।

नाज़ी पुलिस जासूसों से बचने के लिए हिल्डा और डाक्टर फुश एक गुप्त स्थान में रहने लगे और यहीं से दोनों कम्युनिस्ट आन्दोलन को आगे बढ़ाने के लिए मज़दूरों में काम करने लगे। दोनों के जीवन का ध्येय कम्युनिज़्म था; अतः जिस तरह प्रथम भेंट के बाद ये दोनों जीवन में घुल-मिल गए थे, उसी प्रकार अपने ध्येय की पूर्ति में ये दोनों मिल गए। यहां हिल्डा ने डाक्टर फुश की विद्वत्ता से प्रभावित हो उन्हें अपने दिल की समस्त गहराइयों से प्यार किया। जर्मनी में कम्युनिस्टों को पकड़ने के लिए जब पग-पग पर जासूसों का जाल बिछाया गया था, ये दोनों हफ्तों अपने कमरे में बन्द रहते। किसीको भी उनके असली नाम का पता न था। खाद्य पदार्थों की समाप्ति पर हिल्डा बाज़ार जाती और जल्दी-जल्दी आवश्यक सामान लेकर अपने घर लौट आती। यह उस समय की बात है जब जर्मनी में हिटलर और उसके साथियों ने कम्युनिस्टों का कत्लेआम किया था।

उसी एकान्त कमरे में कुछ दिन बिताने के बाद दोनों ने शादी कर ली और इनके कई हफ्ते मौज में गुज़रे। हनीमून मनाने के विचार से ये दोनों जर्मनी से बाहर जाना चाहते थे। पर, जर्मनी छोड़ना आसान न था। सदा एक कमरे में रहकर गुप्त जीवन बिताने के कारण फुश कभी बेहद ऊब जाते थे और कमरे में इधर-उधर टहलना शुरू कर देते। ऐसे समय हिल्डा मन मसोसकर रह जाती। गुप्त रूप से रहते हुए भी उनके सामने सबसे बड़ी समस्या यह थी कि कहीं ऐसा न हो कि नाज़ी पुलिस उनके घर की तलाशी करे। अतः नाजी जासूसों से बचने के लिए हिल्डा ने अपनी और डाक्टर फुश की ऐसी सभी चीज़ें जिनसे उनकी शिनाख्त हो सकती थी, आग के हवाले कर दी थीं। यहां तक कि पुस्तकों पर भी अपना नाम नहीं लिखते थे।

अपने सर्टिफिकेट एवं पासपोर्ट तक उन लोगों ने फाड़ डाले थे।

अक्टूबर, 1934 ई० में कम्युनिस्ट पार्टी की ओर से पहली बार हिल्डा को कुछ सरकारी कागज़ों की तलाश करने के लिए भेजा गया। उसने इस काम को पूरा करने के लिए एक विशेष किस्म का कपड़ा पहना और अपने प्रेमी से राय लेने आयी। डाक्टर फुश ने उसे बताया कि वहां की पुलिस का ऐसा विश्वास है कि कम्युनिस्ट सदा सस्ते होटलों में ठहरते हैं और सस्ती चीज़ों का व्यवहार करते हैं। अतः उनकी आंखों में धूल झोंकने के लिए यह आवश्यक है कि बढ़िया होटलों में ठहरा जाए और सफर करते समय ऊंचे दर्जे और शानदार टैक्सी में चला जाए। शानो-शौकत से यात्रा करने के लिए हिल्डा की चाची ने उसे धन दिया।

कुछ ही दिनों बाद पार्टी के काम को पूरा कर, सरकारी कागज़ों को गायब कर वह जब घर लौटी, तब डाक्टर फुश प्रसन्नता से खिल उठा। वह अपनी हिल्डा पर गर्वित हो उठा। उसी समय से हिल्डा भी यह महसूस करने लगी कि वह जासूसी का काम अत्यन्त सफलतापूर्वक कर सकती है।

और, यहीं से हिल्डा का जासूसी जीवन शुरू हुआ। उसके प्रेमी ने जासूस-जीवन में काम आनेवाले कई भेदों का सही-सही विश्लेषण कर उसे भली भांति समझाया। हिल्डा डाक्टर फुश की बातों को गौर से सुना करती। धीरे-धीरे फुश की विद्वत्ता ने उसपर और भी गहरी छाप लगायी। वह सोचने लगी कि अगर वह अब तक अपने माता-पिता के साथ रहती, तो उसे जीवन में इतना विद्वान प्रेमी नहीं मिल पाता। हिल्डा की यह धारणा दिनानुदिन बलवती होती गयी कि फुश उसके लिए ही बना है और वह फुश के लिए।

तीन महीने तक गैर-कानूनी तरीके से एक छोटे-से मकान में रहते-रहते ये दोनों ऊब गए थे और किसी तरह नाज़ी जर्मनी से भागना चाहते थे। कई बार भागने की पूरी तैयारी भी की, लेकिन भाग न सके। डाक्टर फुश अपने सारे परिवार को गोलियों से उड़ा देनेवाले हिटलर का कट्टर दुश्मन बन चुका था और हिटलर-विरोधी आन्दोलन को मज़बूत करने के लिए वह हिल्डा के साथ जर्मनी से भागकर इंग्लैंड जाना चाहता था ताकि वहां वह आज़ादी के साथ कम्युनिस्टों से मिलकर हिटलर-विरोधी कार्यों में भाग ले सके।

किसी तरह अपने को छिपाकर ये दोनों ब्रिटेन पहुंचे। यहां आकर डाक्टर फुश ने अपने वैज्ञानिक अन्वेषणों को शुरू किया। ब्रिटेन के कई धनी लोगों ने

उन्हें मदद पहुंचायी और उधर हिल्डा सोवियत रूस की ओर से जासूसी करने के लिए बहाल की गयी। ब्रिटेन से डाक्टर फुश जब फ्रांस आए तब हिल्डा इंग्लैंड में रह गयी; क्योंकि तब तक वह कम्युनिस्ट इंटरनेशनल की पश्चिमी यूरोप में जासूसी करने के लिए एजेण्ट के पद पर नियुक्त हो चुकी थी। हिल्डा ने जासूसी के सिलसिले में ब्रिटेन, फ्रांस, पौलैंड, चेकोस्लोवाकिया और स्कैंडेनेविया आदि देशों की यात्राएं कीं। यहां से बराबर गुप्त भेद सोवियत रूस को देती रही और साथ ही इन देशों में कम्युनिस्ट आन्दोलन को भी बड़ी कुशलता से चलाती रही। इधर ब्रिटेन में वैज्ञानिक अनुसंधान करने के कारण डाक्टर फुश को कम्युनिस्टों ने अपनी पार्टी से अलग कर दिया था। अपने प्रेमी को पार्टी से निकाल दिए जाने पर हिल्डा कम्युनिस्टों के लिए जासूसी करती रही और एक दिन जब हिल्डा को पार्टी की ओर से आदेश मिला कि वह डाक्टर फुश के साथ किसी तरह का संबंध न रखे, तो उसे बड़ा दुःख हुआ।

1 सितम्बर, 1939 को हिटलर की सेना ने पोलैंड पर चढ़ाई कर दी। मित्रराष्ट्रों ने अपने-अपने देश में रहनेवाले जर्मनों को गिरफ्तार करना शुरू किया। डाक्टर फुश भी पकड़े गए और उन्हें नज़रबंद कर कनाडा भेज दिया गया। कनाडा में नज़रबंद होते हुए भी डाक्टर फुश ने हिल्डा की काफी खोज करायी और अमेरिका तथा ब्रिटेन के कई कम्युनिस्ट नेताओं से सम्पर्क स्थापित कर पता लगाने का अनुरोध किया। डाक्टर फुश को कैद किए जाने के बाद ही हिल्डा की आंखों से नींद गायब हो चुकी थी। अन्त में, जहां चाह वहां राह निकल ही आई। हिल्डा के अधिक परिश्रम से डाक्टर फुश सन् 1941 ई० में जेल से छूटे। दो बिछुड़े हृदय मिले। हृदय की धड़कन बढ़ी और फिर दोनों ने कनाडा में कई महीने साथ-साथ बिताए।

इधर ब्रिटेन, फ्रांस और अमेरिका आदि हिटलर के गुप्त शस्त्र इस्तेमाल करने की धमकी से घबरा उठे थे और उन देशों के सभी वैज्ञानिक एक ऐसा बम बनाने की खोज में लगे थे, जो हिटलर के गुप्त शस्त्र से भी भयानक हो। डाक्टर फुश ने अणु के संबंध में कुछ खोज की थी, अतः इनकी सहायता लेना अनिवार्य समझा गया। ब्रिटेन ने इन्हें अपने देश की नागरिकता प्रदान की। हिल्डा ने डाक्टर फुश को इस प्रलोभन से बचाना चाहा। वह डाक्टर फुश को अपने साथ रखना चाहती थी। पर जब उसे सफलता न मिली, तब भरी आंखों से वह डाक्टर फुश के रास्ते से अलग हो गयी।

अणु बम के विकास के सिलसिले में डाक्टर फुश को कई बार ब्रिटेन से अमेरिका जाना पड़ा और हर बार की यात्रा में उन्हें ऐसा विश्वास होने लगता कि वहां हिल्डा से अवश्य भेंट होगी। मगर जब वे अमेरिका पहुंचते, तब हिल्डा ब्रिटेन जा पहुंचती और जब ये ब्रिटेन में रहते, तो हिल्डा अमेरिका में होती। लगातार की दौड़-धूप, अथवा परिश्रम और लगन से अन्त में डाक्टर फुश ने अणु बम बनाने का भेद पा ही लिया। ब्रिटेन की सरकार डाक्टर फुश की इस खोज के कारण प्रसन्न हो उठी थी और वह जल्द से जल्द ऐसे बम का निर्माण कर लेना चाहती थी। डाक्टर फुश एक-दो दिनों में ब्रिटेन की सरकार को अणु बम बनाने का भेद बताने ही वाले थे कि, संयोग से एक दिन जब डाक्टर फुश के पास हिल्डा का एक लिफाफा लेकर रूसी एजेण्ट पहुंचा, तो मानो डाक्टर फुश के जीवन में बहार आ गयी।

डाक्टर फुश के आग्रह पर एक रात, सिर्फ एक रात के लिए, हिल्डा उनके साथ रहने को तैयार हो गयी। और उस रात, एक क्षण के लिए भी इधर-उधर की बातें न कर, दोनों प्रेम-चर्चा में लीन हो गए। सुबह जब दोनों की नींद खुली, तो डाक्टर फुश एक काम से ट्रेफालगर स्क्वायर की ओर गए। इधर हिल्डा ने उनके कमरे का काना-कोना छानकर अन्त में उस लिफाफे को खोज ही लिया जिसमें अणु बम बनाने की विधि थी। लिफाफे को अपनी कमर में छिपाकर वह डाक्टर फुश के कमरे से बाहर आ गयी और उस लिफाफे को तुरत उसने सोवियत रूस भिजवा दिया।

यही वह लिफाफा था जिसने सोवियत रूस को अणु-सम्बन्धी खोज की दिशा में दस वर्ष के भारी परिश्रम और आर्थिक व्यय से बचा दिया था। इसी लिफाफे ने हिटलर का तख्ता पलट दिया और जर्मनी के एक बड़े भाग पर रूस का अधिकार हुआ।

इधर डाक्टर फुश के घर से वह लिफाफा गायब हो जाने के कारण ब्रिटिश सरकार को सन्देह हुआ कि इसने यह भेद कम्युनिस्ट देश को बताया है। फलस्वरूप डाक्टर फुश गिरफ्तार कर लिए गए और उनपर राजद्रोह का मुकदमा चला। मुकदमे के दौरान में डाक्टर फुश ने उस औरत (हिल्डा) का एक बार भी ज़िक्र नहीं किया, जिसने प्रेमिका और पत्नी बनकर इनके जीवन को नारकीय बना दिया था। कहते हैं, लिफाफे का भेद सोवियत रूस को बताने के बाद हिल्डा कहां गयी, यह किसीको आज तक ज्ञात नहीं हो सका। रहस्यमयी नारी हिल्डा अंत में लोगों के लिए एक रहस्य बनी रहकर पता नहीं कहां गायब हो गयी।

चीन की रहस्यमयी जासूस रमणी—

सौंदर्य की प्रतिमा : ईवा

[जासूसी के क्षेत्र में चीनी महिलाएं भी पीछे नहीं हैं। सन् 1962 ई० में भारत पर चीनी हमले के समय यह समाचार छपा था कि कितनी ही चीनी महिलाएं आसाम के कबायली क्षेत्रों में वहां के पुरुषों से शादी करने के बाद जासूसी करने में निरत हैं। ईवा ने स्वीडन में जो बयान दिया था, वह हमारी सरकार और जनता दोनों को पूर्ण सतर्क करने के लिए काफी है।]

सन् 1962 ई० में भारत पर चीन के आकस्मिक हमले और फिर युद्धबन्दी के बाद यह बात प्रकाश में आयी थी कि भारत की उत्तरी सीमा पर चीनियों ने लामाओं के वेश में अपने जासूस छोड़ रखे हैं, जो यहां की प्रत्येक गतिविधि की रिपोर्ट चीनी सरकार को भेजते रहते हैं। इतना ही नहीं, चीनी हमले के बाद यह भी रहस्य खुला कि आसाम के कबायली इलाकों में चीनी लड़कियों ने वहां के पुरुषों से शादी कर ली है और वे पत्नी बनकर अब जासूसी करती हैं।

चीन की सरकार ने कई वर्ष पूर्व जासूसी के लिए एक महिला को बहाल किया था, जिसका नाम है—ईवा। यह जासूस रमणी आज भी जीवित है और संभव है, वह जनता की आर्थिक दशा सुधारने की ओट में कम्युनिस्ट सरकार की ओर से किसी देश में रहकर अब भी जासूसी कर रही हो; क्योंकि 1945 के बाद ईवा को बर्मा, भारत, हिन्देशिया, फिलिपाइंस आदि जगहों में देखा गया है। जब भी उसे पकड़ने की चेष्टा की गयी, वह उसके पूर्व ही लापता पायी गयी। सन् 1945 ई० के बाद से ईवा के भाई को भी स्वयं इस बात का पता नहीं है कि वह इस समय कहां है।

ईवा ने जब जासूसी का धंधा अपनाया, उस समय उसकी अवस्था अठारह साल की थी। देखने में तो सुन्दर थी ही। उसकी आंखें बड़ी-बड़ी, चेहरा गोल

और रंग भूरा था। उसकी मदभरी आंखों में ऐसी शक्ति थी, जो बरबस किसीको भी अपनी ओर आकर्षित कर ले। कहा जाता है, वह बहुत कम बोलती थी और खिलखिलाकर हंसते तो शायद ही किसी ने उसे देखा हो। पर उसकी मुस्कराहट में उस बिजली की कड़क थी, जो बड़े से बड़े का कलेजा चूर कर देती है। जब वह सड़कों पर चलती तो उसके काले लम्बे केशों की ओर लोगों की नज़रें जम जाती थीं।

ईवा का भाई स्वीडन का एक प्रसिद्ध कलाकार था। स्वीडेन के सम्राट ने उसे खिताब भी दिया था। स्टकहोम की जनता के मन में उस कलाकार के प्रति गहरी सहानुभूति थी और लोग उसका बड़ा सम्मान करते थे। ईवा अपने चीनी पति के साथ मास्को में रहती थी और बीच-बीच में पति-पत्नी में से कोई एक, कुछ दिन के लिए चीन जाया करता था। इधर ईवा का भाई रूसी संगीत सीखने के लिए जब भी कभी रूस जाता था तो अपनी बहिन के यहां ठहरा करता था। एक दिन ईवा अपने तीन वर्षीय पुत्र के साथ स्टाकहोम आयी और कई महीने तक अपने भाई के यहां ही बड़ी शान से रही। इस आवास में कई देशों के प्रतिष्ठित व्यक्तियों को अपने यहां पार्टी पर बुलाया करती थी। पार्टी में आनेवाले लोग विशेषकर राजनीतिक कार्यकर्ता ही होते थे। पार्टी में शराब पर पानी की तरह रुपया बहाया जाता और यह सब खर्च ईवा का भाई ही बर्दाश्त करता था।

स्वीडन की सरकार ईवा के प्रति विशेष सजग न थी; क्योंकि उसके भाई की गिनती स्वीडन के प्रमुख व्यक्तियों में होती थी; किन्तु स्वीडन सरकार को जासूसी विभाग उसकी ओर से लापरवाह न था। खुफिया विभाग के कर्मचारी इस बात का पता लगाने की चेष्टा कर रहे थे कि ईवा रूस से यहां क्यों रहने आयी है और उसके साथ उसका पति क्यों नहीं आया ! स्वीडन की खुफिया पुलिस को इस बात का पता चल गया था कि ईवा का पति इन दिनों रूस में नहीं बल्कि चीन में है। लोगों को यह सन्देह होने लगा कि ईवा रूस की ओर से जासूसी करने आयी है। जो लोग ईवा से मिलने जाते थे, उनसे पुलिस बाद में पूछताछ करती थी, पर कोई भेद की बात पकड़ में नहीं आ रही थी। ईवा स्वयं अपने विषय में बहुत सतर्क रहती थी।

पर, एक दिन होनी अपना रूप बदलकर आयी और उसने ईवा का सारा भेद खोलकर रख दिया। हुआ यह कि ईवा के स्वीडेन आने के कुछ ही महीने बाद स्कैण्डिनेविया में जासूसों का एक दल पकड़ा गया। इस दल में लगभग बीस

स्त्री-पुरुष थे। जासूस विभाग का कहना था कि ये लोग स्पेन जानेवाले जहाज़ों में टी० एन० टी० बारूद रखते हैं और इस काम के लिए कम्युनिस्ट सरकार की ओर से भरपूर पैसे पाते हैं। गिरफ्तार व्यक्तियों में गुस्टेब लैंगफोर्स नाम का एक प्रसिद्ध डेनिश जहाज़ भी था। इस व्यक्ति की गिनती कम्युनिस्ट पार्टी के प्रसिद्ध नेताओं में होती थी। जब भी इसे पार्टी की ओर से कोई महत्त्वपूर्ण काम सौंपा जाता था, तो उसे वह बड़ी कुशलता से सम्पन्न कर लेता था। लैंगफोर्स ने शंघाई में एक 'इण्टरनेशनल बार' खोल रखा था जहां से जापान, कोरिया, हिन्देशिया, भारत, बर्मा, फिलिपाइंस और अमेरिका में चोरी से कम्युनिस्ट-साहित्य भेजा जाता था। यहीं से जापान, कोरिया, मलाया, बर्मा, स्याम और हिन्देशिया के कम्युनिस्टों को सभी तरह के हथियार भी भेजे जाते थे।

अदालत में लैंगफोर्स ने यह भी स्वीकार किया कि स्कैण्डिनेविया में चीन से ही डायनामाइट आता था। उसने अपने बयान में आगे बताया कि शंघाई में रहकर ही उसने छोटे बम बनाना सीख लिया था। ये बम सिगरेट की डिब्बियों और सिगरेटों तक में भी छिपाए जा सकते थे और ऐसे बम बनाने में चीनी और कोरियाई बहुत ही कुशल होते हैं और वे एक साधारण-सी सिगरेट में बम छिपाकर एक बम-वर्षक तक को उड़ा सकते हैं।

लैंगफ़ोर्स के बयान के आधार पर स्वीडन की पुलिस ने स्टाकहोम नगर के कई स्थानों पर छापा मारा और उन्होंने ईवा को पकड़ लिया। ईवा के विरुद्ध यह आरोप था कि चीन की इस जासूस युवती ने बन्दरगाह में काम करनेवाले जासूसों के संवटन को सहायता दी है। कम्युनिस्ट सरकार को कई गुप्त सूचनाएं भेजी हैं। अदालत में उसने जो बयान दिया था, उससे इस बात पर पूरा प्रकाश पड़ता है कि चीनी जासूस किस तरह से काम करते हैं।

ईवा ने अदालत को बताया—"यह सच है कि मल्लाहों के ज़रिये, चीन से जो पत्र और समाचार आते थे, उन्हें मैं कूटनीतिक साधनों के द्वारा विभिन्न गैर-कम्युनिस्ट देशों में भेजा करती थी। स्वीडन की लोहे। की खदानों में काम करनेवाले कम्युनिस्ट मज़दूरों से मैं डायनामाइट प्राप्त करती थी और उसे नियत स्थान पर भेज देती थी जिसका उपयोग विध्वंसक कार्यों में किया जाता था। किसी भी देश की सरकार के खिलाफ जनता को उभाड़ने में डायनामाइट बड़ा सहायक सिद्ध होता है।

"मैंने जासूसी की शिक्षा पीकिंग के एक सरकारी स्कूल में पायी है। इस स्कूल में प्रतिवर्ष करीब छः हज़ार लड़के-लड़कियों को जासूसी की ट्रेनिंग दी जाती है और इनमें सभी राष्ट्रों के नागरिक जैसे, चीनी, जापानी, कोरियाई, फिलिपीन, इंडोनेशियाई, बर्मा आदि होते हैं। इस स्कूल में निशान लगाने, गुप्त संकेत से समाचार भेजने, सशस्त्र विद्रोह के लिए जनता को उभाड़ने, हड़तालों का संघटन करने और छापामार कार्रवाइयां करने के तरीके सिखाए जाते हैं। सरकार-विरोधी कामों की ट्रेनिंग दी जाती है। जासूसी करनेवालों को कई भाषाएं सिखायी जाती हैं और अनेक देशों के रीति-रिवाज, रहन-सहन से पूरी तौर पर परिचित करा दिया जाता है। ऐसे व्यक्तियों को फोटोग्राफी, अंगुलियों के निशान लेने और पुलिस के काम की शिक्षा दी जाती है। इसी विभाग के अन्तर्गत महिलाओं को भी जासूसी सिखायी जाती है। उन्हें यह बताया जाता है कि, उनका नारी होना जासूसी में कितना सहायक सिद्ध होता है। इस बात पर ज़ोर दिया जाता है कि उन्हें अन्य राष्ट्रों के वैदेशिक विभाग के कर्मचारियों को 'शय्या-सुख' प्रदान कर भेद की बात ले लेने में संकोच नहीं करना चाहिए।

"मुझे एक घंटा प्रतिदिन जिमनास्टिक और इसी प्रकार की कसरतों के लिए देना होता था। रिवाल्वर और राइफल चलाना भी सिखाया जाता था। ऐसी शिक्षा देने वाले कम्युनिस्ट सेना के उच्च अफसर होते हैं। जिसनास्टिक की कुछ कसरतें बरफ के ठण्डे पानी के फौवारों के नीचे खड़ा करके करायी जाती हैं। इन कसरतों का उद्देश्य यह है कि जासूस हर स्थिति में अपने पर काबू रख सकें। इन सबके अतिरिक्त उन्हें इस बात के लिए भी तैयार किया जाता है कि वे यदि शत्रु के हाथों में पड़ जाएं, तो भी अपना भेद न खोलें।"

पर, ईवा ने अपना सारा भेद खोल दिया था, क्योंकि स्वीडन की पुलिस ने उसे यह आश्वासन दिया था कि वह जो भी भेद बताएगी, चीन की सरकार से गुप्त रखा जाएगा। उसे यह पता भी न चलेगा कि ईवा ने अपना सारा भेद खोल दिया है।

सन् 1940 ई० के जुलाई महीने में ईवा मास्को होती हुई चीन पहुंची। वहां एक साल तक वह अपने पति के साथ रही। इसी बीच जापान द्वारा चीन पर हमला किया गया तो ईवा और उसके पति को गिरफ्तार कर लिया गया। ईवा का पति जापान के प्रमुख सैनिक अधिकारी कोम्पई ताई का दोस्त रह चुका था, अतः युद्ध समाप्त होने पर उसने ईवा और उसके पति को रिहा कर दिया और वे

दोनों सोवियत रूस चले गए।

चीन में जब कम्युनिस्ट सरकार कायम हुई तो ईवा अपने पति और पुत्र के साथ रूस से चीन आ गयी थी। इसके पश्चात् जो समाचार मिले उनसे पता लगता है कि यह परिवार वहां से सिउल चला गया और जिस समय उत्तरी कोरियाई सेनाओं ने दक्षिण कोरिया पर हमला किया था, तो ईवा अपने पति और बच्चे के साथ सिउल में रहती थी और उसके पति ने वहां कई व्यक्तियों को बन्दूक से निशाना लगाना और हथियारों से लैस होकर मारना भी सिखाया था।

इधर ईवा ने भी कई महिलाओं को ऐसी शिक्षा दी और इस प्रकार पति-पत्नी ने दक्षिण कोरिया में पांचवें दस्ते का संघटन किया। ईवा ने कोरियाई महिलाओं को इस बात के लिए तैयार किया कि वे अमेरिकी सैनिकों की हलचलों से कम्युनिस्टों को सूचित करती रहें। ईवा और उसके पति ने एक समाचारपत्र निकाला और रेडियो स्टेशन को अपने प्रभाव में किया। इन दोनों के माध्यम से उन्होंने अमेरिकनों के प्रति घृणास्पद प्रचार किया और जनता को साम्राज्यवाद के विरुद्ध भड़काया। उनके इस सब प्रचार का एकमात्र लक्ष्य था कि अमेरिकनों के प्रति एशियाई जनता में घृणा फैले; और उन्हें इस काम में यथेष्ट कामायाबी भी मिली। उन्होंने यह भी नारा लगाया कि एशिया एशियावासियों के लिए है।

'सिउल' का पतन होने के बाद भी पश्चिमी राष्ट्रों के गुप्तचर ईवा और उसके पति को पकड़ न सके, किन्तु यह निश्चित है कि जब तक फारमोसा, स्याम, बर्मा, हिन्देशिया, फिलिपाइंस और अब भारत में कम्युनिस्ट-स्वार्थ निहित है, तब तक ये दोनों कहीं न कहीं अवश्य ही दिखाई पड़ेंगे। सम्भवतः वे आज भी एशिया के किसी देश में जनता का आर्थिक स्तर ऊंचा करने के बहाने कम्युनिज्म का प्रचार कर रहे हों।

पर्ल-हार्बर की बमबारी की सफलता का रहस्य—

जासूस परिवार की बेटी : रूथ

[एक ऐसी जासूस नारी की कहानी, जिसका पूरा का पूरा परिवार जासूस था। जासूस परिवार की यह लाड़ली बेटी रूथ, कभी जर्मनी के प्रधान हिटलर के दाहिने हाथ गोयबेल्स की प्रेमिका रह चुकी थी।]

सन् 1939 ई० में, एक बड़ी हसीन युवती ने हवाई द्वीप में सभी आधुनिक यंत्रों से सुसज्जित एक सैलून खोला, जिसमें सोलह से अठारह वर्ष की दर्जनों सुन्दर युवतियां ग्राहकों के बाल संवारती, उनका मनोरंजन करती और अपने मोहक रूप से उन्हें बार-बार आने को प्रेरित करती थीं।

उस सैलून की मालकिन का नाम था—'रूथ', जो अपने मधुर स्वभाव, हंसमुख एवं मोहक मुद्रा के कारण अपने सैलून में आनेवाले ग्राहकों में इतनी लोकप्रिय होती जा रही थी कि, अमेरिका का हर धनी व्यक्ति उसके सैलून में बाल संवरवाकर अपने को गौरवान्वित अनुभव करता था। रूथ के उस सैलून में बदसूरत चेहरों पर भी इस तरह मेकअप किया जाता था कि, लोग आईने में जब अपना चेहरा देखते, तब दंग रह जाते। इसके अतिरिक्त सैलून का वातावरण इतना आकर्षक था कि पुरुष एवं महिलाएं अपने बाल संवरवा लेने के पश्चात् भी वहां बैठे रहना पसन्द करती थीं। इस सैलून में आनेवाले ग्राहक प्रायः धनी वर्ग के ही होते थे; क्योंकि बाल बनवाने और मालिश कराने के लिए उन्हें करीब तीन सौ रुपये खर्च करने पड़ते थे।

हवाई द्वीप के विभिन्न टापुओं में रहनेवाली हवाई सुन्दरियों तक इस सैलून की ख्याति पहुंच चुकी थी, किन्तु उनपर इसका कोई विशेष प्रभाव नहीं पड़ा। हां, इस सैलून ने सर्वाधिक प्रभावित किया हवाई द्वीप में रहनेवाली उन अमरीओ महिलाओं को जिनके पति अमरीकी सेना में उच्च पदों पर आसीन थे। अमरीकी

महिलाएं जब यहां एकत्र होतीं, तब उनकी चर्चा का प्रायः विषय होता—सेना में किसकी पदोन्नति हुई है, कौन अधिकारी कहा गया है, उसके स्थान पर कौन कहां से आ रहा है, किसकी कितने दिनों की छुट्टी मंज़ूर हुई है अथवा जलसेना में कौन-कौन-से युद्धपोत आए हैं।

पर, वास्तव में यह सैलून न होकर जासूसी करने का एक मोहक केन्द्र था। बाल बनानेवाली सुन्दर युवतियों को जब किसी ग्राहक से कोई भेद लेना होता, तब वे उसके बदन से इस तरह सटकर बातें करतीं कि उस व्यक्ति पर मदहोशी छाने लगती और वह अपने मन की बात तुरत प्रकट कर देता था।

प्रतिदिन रात्रि में सैलून की युवतियां रूथ के घर जमा होतीं और दिन-भर की सारी घटना उन जर्मन और जापानी दूतावासों के संदेशवाहकों को बता देती थीं, जो विशेषकर इसीलिए रूथ के यहां आया करते थे। गुप्त संदेश बताने के लिए रूथ दोनों दूतावासों के अधिकारियों से पर्याप्त रकम वसूल करती थी।

रूथ एक जासूस मां की जासूस बेटी थी। संयोग से इसे जो सौतेला बाप मिला, वह भी परले दरजे का जासूस ही थी, जिसका नाम था—डाक्टर बनडि ! प्रथम महायुद्ध तक डाक्टर बनड जर्मनी के नौसेना विभाग में एक क्रूजर पर काम करता था। एक ब्रिटिश युद्धपोत के साथ भिड़न्त में उसका जहाज़ डूब गया और वह बन्दी बनाकर इंग्लैंड लाया गया। कई वर्षों के बाद युद्धबन्दी के रूप में वह मुक्त किया गया। डा० बर्नाड को पुनः जर्मनी के नौसेना विभाग में एक उच्च अधिकारी बना दिया गया। इस पद पर काम करते हुए वह जास्ती भी किया करता था। यद्यपि रूथ को मां फ्रायडेल देखने में एक सीधी-सादी महिला थी, पर बड़े-बड़े गुप्त भेदों को वह दूसरे देशों में पहुंचाया करती थी। उसने दो बार गुप्त संदेश देने के लिए जापान की यात्रा की थी, पर 'फेडरल ब्यूरो आफ इन्वेस्टीगेशन' (संयुक्त राष्ट्र अमेरिका का अपराध अन्वेषण विभाग) अथवा अमरीका के नौसेना के जासूसों को उसपर कोई सन्देह न हुआ था। अपनी दो बार की सफलता के कारण फ्रायडेल इस क्षेत्र में और आगे बढ़ना चाहती थी, लेकिन उसका पति उसकी इन हरकतों को पसन्द नहीं करता था। अन्त में उपने फ्रायडेल को तलाक दे दिया।

कई वर्ष बाद—परित्यक्ता फ्रायडेल की मुलाकात एक दिन डा० बर्नाड से हुई। मुलाकातों का वह सिलसिला दिन-ब-दिन बढ़ता ही गया। प्रथम भेंट की

परिणति आकर्षण में हुई और अन्त परिणय में। डाक्टर बर्नाड ने सिर्फ फ्रायडेल को ही नहीं स्वीकार किया, बल्कि उसके बेटे हान्स और बेटी रूथ को भी अपनाया।

डाक्टर बर्नाड की पहली पत्नी का लड़का लियोपोल्ड क्यूहेन उन दिनों जर्मनी के प्रधान हिटलर का दायां हाथ, गोयबेल्स (जर्मनी का प्रचारमंत्री, जिसने सन् 1945 ई० में आत्महत्या कर ली) का प्राइवेट सेक्रेटरी था। गोयबेल्स के साथ उसे इस पद पर काम करते हुए मात्र दो वर्ष हुए थे और इस अर्से में लियोपोल्ड क्यूहेन प्रचारमंत्री गोयबेल्स का विश्वसनीय व्यक्ति बन गया था।

सन् 1935 ई० के प्रारम्भिक दिनों में, नाज़ी जर्मनी की नवोदित शक्ति से अभिभूत होकर गोयबेल्स ने अपने मंत्रालय के सभी कर्मचारियों को एक दावत दी। इस अवसर पर क्यूहेन अपनी खूबसूरत सौतेली बहन रूथ (जो उस समय पंद्रह वर्ष की थी) के साथ आया था। रूथ को देखते ही गोयबल्स उसके प्रति आकृष्ट हो उठा और उसने उस दावत में रूथ की हर सुविधा का विशेष प्रबन्ध किया।

लियोपोल्ड क्यूहेन गोयबेल्स की आदतों से परिचित था। वह जानता था कि यह व्यक्ति रंगा सियार है और हर खूबसूरत औरत को देखते ही यह उसका दीवाना हो जाता है। पर, उसने यह नहीं सोचा था कि गोयबल्स उसकी बहन के प्रति भी अपना वही रवैया अपनाएगा। वह खून का घंट पीकर रह गया। गोयबल्स ने उस पार्टी में अधखिली कली रूपी रूथ के नाज़ुक हाथों से भरपूर शराब पी और आमंत्रित अतिथियों के सम्मुख वह उसके साथ नृत्य करता रहा। रूथ को पाकर उस दिन गोयबेल्स अपनी सुध-बुध भुला बैठा था।

आमंत्रित अतिथि विदा हुए, पर रूथ को उस दिन गोयबेल्स ने रोक लिया। रूथ ने इसका विरोध भी नहीं किया। वह गोयबेल्स के साथ उसके घर आयी। लगातार कई दिनों तक गोयबेल्स रूथ के साथ रंगरेलियां मनाता रहा। हालांकि, गोयबेल्स विवाहित था और कई बच्चों का बाप भी; पर, वह अपनी आदत से मजबूर था। रूथ के साथ गोयबेल्स की जो रंगरेलियां चल रही थीं, वह उसकी पत्नी से छिपा न रहा। धीरे-धीरे जनता में भी इसकी खबर फैलने लगी। किन्तु, गोयबेल्स अपने-आपमें मस्त था। उसने कभी इस आरोप का खंडन भी नहीं किया। उधर रूथ ने अपने जीवन में जर्मनी के उस शक्तिशाली व्यक्ति का निकट-सम्पर्क पाकर अपने भाग्य को सराहा ही था।

पर, इस प्रेमकांड ने आगे चलकर बड़ा ही भीषण रूप धारण कर लिया।

गोयबेल्स की पत्नी ने किसी तरह यह शिकायत हिटलर तक पहुंचा दी। सुनते ही वह आगबबूला हो उठा। उसने ऐन वक्त पर गोयबेल्स को पकड़ लिया। उसने गोयबेल्स को काफी लानत-मलामत दी और अन्त में चेतावनी दी कि इस खूबसूरत नागिन को चार दिनों के अन्दर जर्मनी छोड़ देना होगा। गोयबल्स के पैरों तले से धरती खिसक गयी। अब रूथ को किसी प्रकार भी जर्मनी से बाहर भेजना गोयबेल्स के लिए आवश्यक हो गया। रूथ को जर्मनी से बाहर भेजकर भी वह उसे गंवाना नहीं चाहता था। पर, समस्या यह थी, जर्मनी के गुप्तचरों को इसकी भनक तक न मिले कि रूथ कहां गयी है। लेकिन यह काम आसान न था।

अन्त में बहुत सोच-विचार के बाद उसने अपने मित्र जनरल कार्ल होशोफर (जर्मनी का विख्यात जनरल जिसने सन् 1946 ई० में आत्महत्या कर ली) की सहायता से रूथ को सपरिवार जापान भिजवा दिया। होशोफर ही वह व्यक्ति था, जिसने सर्वप्रथम जर्मनी और जापान के बीच मैत्रीपूर्ण सम्बन्धों को सुदृढ़ किया था। होशोफर का कई ऐसे जापानी अधिकारियों से गहरा सम्बन्ध था, जिन्होंने कुछ ही दिन पूर्व लिखा था कि जापान में कुछ ऐसे विदेशी युवक-युवतियां भेजी जाएं, जो ट्रेनिंग के बाद कुशलता से जासूसी कर सकें। जापान की ओर से जासूसी करने के लिए सिर्फ रूथ की ही सहायता नहीं ली गयी, वरन् उसके माता-पिता, यहां तक कि उसके दस वर्षीय भाई डान्स को भी इस काम में लगाया गया।

15 अगस्त, सन् 1935 ई० में रूथ अपने परिवार के साथ हवाई द्वीप में पहुंची। यहां आकर उसने जासूसी के लिए निश्चित योजना बनायी। पिता, डा० बर्नाड और पुत्री रूथ दोनों हवाई द्वीपों के प्राचीन इतिहास के प्रति रुचि लेने लगे। जब वे द्वीपों में घूमने निकलते, तब आदिवासियों के पुराने पत्थर के घरों को बारीकी से देखा करते। मोटर-लांच या नाव किराये पर लेकर हवाई द्वीप के नये-नये स्थानों को देखते। इसके अतिरिक्त रूथ ने अंग्रेज़ी भाषा सीखने में विशेष प्रगति की। उसने कई तरह की नृत्यकला में निपुणता प्राप्त की और धीरे-धीरे वहां के समाज में घुल-मिलकर सार्वजनिक समारोह एवं उत्सवों में भाग लेना शुरू किया। एकाकी जीवन बितानेवाले सेना के उच्चाधिकारी बरबस उसकी ओर आकर्षित हुए। वे उसे अपने यहां होनेवाले समारोहों में आमंत्रित करने लगे।

ठीक इसी समय द्वितीय महायुद्ध की भूमिका तैयार हो रही थी। डा० बर्नाड

इस मौके से लाभ उठाना चाहता था। उसने रूथ को जासूसी के लिए प्रोत्साहित किया; क्योंकि अब जासूसों की मांग बढ़ने लगी थी। यद्यपि डा० बर्नाड का परिवार जर्मनी की ओर से जासूसी किया करता था, पर काफी रकम लेकर जापान को भी लाभ पहुंचाने में वह चूकता न था। कहते हैं, द्वितीय महायुद्ध के पूर्व जासूसी करके ही डा० बर्नाड लगभग एक लाख अमरीकी डालर अजित कर चुका था।

सन् 1939 ई० के आरम्भ में जापान सरकार के गुप्तचर विभाग की योजनाएं पूरी करने के लिए रूथ-परिवार को काफी धन दिया गया था। दो वर्ष के अन्दर ही हवाई द्वीप में रूथ की दोस्ती अनेक नवयुवकों और नौसेना के अधिकारियों से ही गयी थी। जब उसने सैलून खोलने का विचार किया, तो उसके मित्र-वर्ग को इस बात से बड़ी प्रसन्नता हुई और सभी ने इस काम का स्वागत किया। उसकी महिला-मित्रों ने तो उसे इस काम को जल्द से जल्द कर लेने की सलाह दी। और, अन्त में हवाई द्वीप में वह सैलून खुल गया, जिसकी चर्चा हम पहले हो कर चुके हैं।

जर्मनी एवं जापान की सरकारें इस सैलून के प्रमुख उद्देश्यों से भली भांति परिचित थीं। कई अवसरों पर इस सैलून की मालकिन रूथ ने उन्हें गुप्त भेद बताकर लाभान्वित भी किया था। अतः, वे चाहते थे कि उनकी स्वार्थ-सिद्धि के लिए यह सैलून चलता रहे। एक दिन हवाई द्वीप-स्थित जापानी दूतावास का एक अधिकारी ओतीजीरो ओकूडा रूथ के सैलून में आया। उसने एकान्त में रूथ से भेंट की। उसने रूथ को बताया कि हमारी सरकार पर्ल-हार्बर में टिके अमरीकी जंगी बेड़े के बारे में सही-सही, विस्तृत जानकारी चाहती है। रूथ ने पहले भी जापान की सरकार को निराश नहीं किया है। अगर वह इस बार भी सही जानकारी दे सके, तो उसे मुंहमांगा इनाम दिया जाएगा, या जो भी उसकी शर्तें होंगी, जापान की सरकार स्वीकार करेगी।

रूथ ने कुछ देर तक इस सम्बन्ध में सोच-विचार किया। उसने अनुभव किया कि इस काम को करना कठिन अवश्य है, पर असंभव नहीं। उसने तीन शर्तों के साथ अपनी स्वीकृति दी—(क) काम पूरा करने के लिए चालीस हजार डालर पारिश्रमिक, (ख) आधी रकम नकद पेशगी, और (ग) अमरीकी बेड़े के नष्ट होते ही किसी पनडुब्बी की सहायता से रूथ के सारे परिवार को हवाई द्वीप से किसी सुरक्षित स्थान में पहुंचा देने की जापान सरकार की ज़िम्मेदारी।

जापानी अधिकारी ने रूथ की इन तीनों शर्तों को अपनी सरकार की ओर से

तुरत स्वीकार कर लिया। बीस हज़ार डालर उसे नकद पेशगी भी दे दिया गया। इस सारी बातचीत में रूथ का पिता एक मूक श्रोता की तरह बैठा रहा। जापानी अधिकारी के जाते ही वह परेशान हो उठा। उसे इस काम को पूरा करना असंभव-सा प्रतीत होने लगा। पिता की परेशानियां रूथ से छिपी न रह सकीं। उसने उन्हें निश्चिंत रहने का अनुरोध किया। वह जानती थी कि जब तक उसके पास यह मादक हुस्न और जवानी है, तब तक इसके बल पर कोई भी काम कर लेना असंभव नहीं।

वास्तव में रूथ ने इस काम को बड़ी सफलता के साथ निभाया भी उसने अपने रूप-जाल में एक अमरीकी नौसैनिक युवक को फंसाकर उसे शतरंज को मोहरा बनाया उसे यह विश्वास दिलाया कि वह शादी करेगी, तो उसके साथ। अपना स्वार्थ सिद्ध करने के लिए रूथ ने उससे सगाई की बात पक्की कर ली। फिर क्या था—रूथ के लिए अमरीकी सैनिक स्थलों में पहुंचना आसान हो गया। वह जिधर भी गुज़रती, लोग उसकी सुन्दरता देखकर उस अमरीकी नौसैनिक के भाग्य की सराहना करते।

अमरीकी जंगी बेड़ों पर रूथ अपने दस वर्षीय भाई के साथ—जो नेवी सूट पहने रहता—बेरोक-टोक आती-जाती। कभी-कभी वह रात में वहीं ठहर जाया करती। सुबह उसका भाई वहां से लौटता और रूथ द्वारा बतायी गयी सारी बातें अपने बाप को बता देता। डा० बर्नाड उन सारी बातों का विस्तृत विवरण टोकियो भेज देता। इसी बीच रूथ ने गुप्त संवाद भेजने की एक नयी संकेत-प्रणाली का आविष्कार किया और इसकी सूचना उसने अपने बाप के द्वारा जापानी दूतावास में भिजवायी। इस नयी संकेत-प्रणाली के द्वारा यह बताया जा सकता था कि पर्ल-हार्बर में कितने जंगी जहाज़, कहां-कहां खड़े हैं और उनपर किस तरह आक्रमण करना ठीक होगा।

अगस्त, सन् 1941 ई० में रूथ ने पर्ल-हार्बर बन्दरगाह से थोड़ी ही दूर पर एक छोटा-सा, लेकिन खूबसूरत मकान खरीद लिया। अब वह अपने परिवार के साथ उस छोटे-से मकान में रहने लगी। एक दिन वह बाज़ार से एक शक्तिशाली टार्च और लोम्ब कम्पनी का बना एक असाधारण दूरबीन खरीद लाई। किसी महिला के पास इतनी शक्तिशाली दूरबीन का रहना असाधारण बात नहीं है। रूथ पुरुष-वर्ग से निबटना खूब अच्छी तरह जानती थी। उसका झलमलाता सौन्दर्य पुरुषों के मन में उसके प्रति ललक उत्पन्न करता था। यही वजह थी कि दूरबीन बेचनेवाले दूकानदार से जब उसने वैसी शक्तिशाली दूरबीन की मांग की,

तो दूकानदार ने वैसी दूरबीन तुरत उसके सामने रख दी।

2 दिसम्बर, सन् 1941 ई० को डाक्टर बर्नाड और रूथ ने मिलकर अपनी नयी संकेत-प्रणाली का पहली बार परीक्षण किया, जो अत्यन्त सफल रहा। शक्तिशाली दूरबीन और टार्च की सहायता से रूथ के मकान की सबसे ऊपरी खिड़की से जापानी बमवर्षकों को संकेत द्वारा अमरीकी जंगी बेड़े की सूचना दी जाने लगी। इस सूचना के आधार पर जापानी बमवर्षक और सैनिक पर्ल-हार्बर पर हमला करने के लिए तैयार कर दिए गए। वाशिंगटन को इसकी भनक तक न मिल सकी।

दूसरी ओर जापानी और अमरीकी अधिकारियों में समझौते की बातचीत भी चल रही थी, परन्तु इसी बीच 4 दिसम्बर, सन् 1941 ई० को जापानी जहाज़ों ने रूथ का संकेत मिलते ही अमरीकी बेड़े पर धावा बोल दिया। रूथ और उसके बाप को जापानी आक्रमण की सही तिथि ही नहीं, सही क्षण तक का पता था। रूथ के मकान की खिड़की से इस बात का सिगनल दिया जाने लगा कि जापानी बमवर्षक किन जगहों पर बम गिराएं और किन स्थानों को सुरक्षित छोड़ दें।

रूथ के बताए संकेत के अनुसार जापानी बमवर्षकों ने सामरिक महत्त्व के स्थानों को छोड़कर अन्य किसी भी स्थान को बमबारी से नष्ट नहीं किया। डा० बर्नाड टार्च की रंग-बिरंगी रोशनी से सिगनल देता था और रूथ उन्हें स्थानों के नाम और अन्य विवरण संकेत द्वारा बताती जाती थी। नतीजा यह हुआ कि जापानी बमवर्षकों ने पहले ही हमले में रूथ की योजना के अनुसार अमरीकी जंगी बेड़े को नष्ट-भ्रष्ट कर दिया। अमेरिका के अधिकांश जहाज़ समुद्र में डुबो दिए गए। कई जहाज़ों को बेकार कर दिया गया। जापान की सरकार अपनी इस जीत की खुशी में वह वादा भूल गयी, जो उसने रूथ से किया था।

रूथ की योजना के अनुसार जापानी अधिकारियों ने यह वादा किया था कि पर्ल-हार्बर पर आक्रमण करने के तुरत बाद, रूथ के सारे परिवार को एक विशेष पनडुब्बी द्वारा टोकियो भेज दिया जाएगा। रूथ का परिवार जल्द से जल्द अब वहां से भागना चाहता था। वे लोग उस पनडुब्बी का इंतज़ार कर रहे थे जिसके द्वारा उन्हें टोकियो पहुंचना था। सभी अनावश्यक समानों को उसी मकान में छोड़कर रूथ का परिवार अपने धन की गठरी बांधे तैयार बैठा था। पर, इंतज़ार की इन्हीं घड़ियों में जब अमरीकी जासूसों और सैनिकों ने रूथ का मकान घेर लिया, तब उनके पैरों तले से धरती खिसक गयी।

कहते हैं, बिल्कुल सफल अपराध बिरले ही होता है। अपराध करते समय अपराधी से कहीं न कहीं कोई चूक हो ही जाती है और यही 'चूक' उसके लिए काल बन जाती है। रूथ के साथ भी ऐसा ही हुआ। जापानी बमवर्षकों के धमाके, अग्निकांड और त्राहि-त्राहि के बीच भी अमरीकी गुप्तचरों ने रूथ के मकान की खिड़की से रह-रहकर कौंधने वाली रोशनी को देखा था। अमरीकी गुप्तचरों का शक उस समय दृढ़ विश्वास में बदल गया, जब रूथ के मकान की तलाशी ली गयी। शक्तिशाली दूरबीन, रंगीबिरंगी रोशनी करनेवाले टार्च, गुप्त स्याही, काफी मात्रा में जापानी और अमरीकी मुद्रा और उन रिपोर्टों की नकल अमरीकी पुलिस के हाथ लगी, जो जापान एवं जर्मन सरकार को भेजी गयी थीं।

डाक्टर बर्नाड ने अपना अपराध स्वीकार कर लिया। उसने अपनी पत्नी और बेटी को बचाने का भरपूर प्रयत्न किया। उसने बलपूर्वक अमरीकी गुप्तचरों से कहा कि इन सारी कार्यवाहियों में वह स्वयं भाग लेता रहा है। उसकी पत्नी और बेटी का इन कार्यों से कोई सम्बन्ध नहीं रहा है। पर, अमरीकी गुप्तचरों ने उसकी एक न सुनी। उसी समय रूथ के सारे परिवार को गिरफ्तार कर लिया गया।

अमेरिका में इन लोगों पर मुकदमा चला। 21 फरवरी, सन् 1952 ई० को डाक्टर बर्नाड को सैनिक न्यायालय ने गोली से उड़ा देने का हुक्म दिया। अपने को बेकसूर साबित करने के लिए बर्नाड ने एड़ी-चोटी का पसीना एक कर दिया; पर, उसकी मौत की सज़ा बहाल रखी गयी। अन्त में अमरीकी राष्ट्रपति के पास फरियाद करने पर उसकी मौत की सज़ा पचास वर्ष के कारावास के दंड में बदल दी गयी। रूथ और उसकी मां फ्रायडेल पहले नज़रबन्द थे। पर, कुछ ही दिनों के बाद उन्हें छोड़ दिया गया।

रूप की रानी—

बैरोनिन

[जन्म से तुर्क यह सुन्दरी प्रथम महायुद्ध के दौरान विभिन्न देशों में विभिन्न नामों से जर्मनी की ओर से जासूसी करती रही और कई देशों को अन्त तक छकाती रही। वाशिंगटन के जेल में इस सुन्दरी की रहस्यमय मृत्यु हो गयी।]

जब किसी देश की गुप्तचर पुलिस द्वारा कोई जासूस महिला पकड़ी जाती है, तब सबसे पहले यह जानने की चेष्टा की जाती है कि, उसका असली नाम क्या है, उसके माता-पिता अथवा पति क्या करते हैं, उसे किस देश की ओर से जासूसी करने को भेजा गया है और उसने अब तक कौन-कौन-सी सूचनाएं शत्रु-देश को दी हैं। इन प्रश्नों के सही-सही उत्तर निकालने में पुसिस को एड़ी-चोटी का पसीना एक करना पड़ता है और तब जाकर उसे कहीं सफलता प्राप्त होती है। पर, कभी-कभी ऐसा भी होता है कि पुलिस के लाख चाहने पर भी कोई सुराग नहीं मिलता।

बैरोनिन एक ऐसी ही जासूस महिला थी जो सात देशों की गुप्तचर पुलिस के लिए अन्ततः रहस्य की मूर्ति ही बनी रही।

जून, सन् 1918 ई० ! वाशिंगटन के जेल का प्रहरी, हाथों में बन्दूक लिए जब बैरोनिन के कमरे के पास आया, तो उसकी अपरूप कान्ति को आज फिर एक बार देखने की उसकी इच्छा बलवती हो उठी। उसने सोचा कि, हो सकता है आज मुझे वह कुछ दूसरे रूप में दिखाई पड़े, या हो सकता है इसी समय वह अपने वस्त्र बदल रही हो...। यह विचार आते ही प्रहरी ने जब दरवाज़े के छेद से बैरोनिन के कमरे में झांका, तो देखता है कि, परमरूप लावण्यमती बैरोनिन फर्श पर पड़ी है। वह चौंका। सोचा, ऐसा तो कभी नहीं हुआ था। और, इस विचार के आते ही कि आज दाल में काला है, उसने ताला खोला और बैरोनिन

को झुककर देखने लगा।

बैरोनिन बेहोश पड़ी थी, पर सांस ले रही थी। संतरी ने तुरत जेल के डाक्टर को सूचना दी और जब तक डाक्टर आए, उससे पूर्व ही बैरोनिन भर चुकी थी।

बैरोनिन के मरते ही जेल के सभी कर्मचारी घबरा उठे। उच्चाधिकारियों के आने पर प्रश्न उठा-रूप और रहस्य की रानी बैरोनिन आखिर मरी कैसे ? इसका उत्तर खोजने में लोग माथापच्ची करते रहे, पर अन्त तक इस बात का पता न चला कि बैरोनिन कैसे मरी ! और तब, जितने मुंह उतनी ही बातें शुरू हुईं। कोई कहता, ज़हर खाकर आत्महत्या कर ली होगी। लेकिन जेल के पहरे में उसे ज़हर मिला कैसे ? तब क्या किसीने उसे ज़हर देकर मार डाला ? पर यह नहीं हो सकता; क्योंकि सौन्दर्य की उस अनुपम प्रतिमा बैरोनिन के दर्शन-मात्र से ही अपना परम सौभाग्य माननेवाले यह काम कैसे करेंगे ? पर यह भी तो हो सकता है कि जिनके भेद बैरोनिन को मालूम हैं, उन्होंने उसकी हत्या कर उसे सदा के लिए चुप कर दिया हो। इस तरह अन्त तक यह पता न चल सका कि बैरोनिन की मृत्यु का रहस्य क्या था !

अमेरिका के राजदूत, उच्च पदाधिकारी, धनकुबेर और प्रतिष्ठित समाज के लोग फ्रांसीसी महिला मादाम ला-बारौन द' वेलविल से खूब परिचित थे। किन्तु वास्तव में वह दुर्धर्ष नारी फ्रांसीसी नहीं थी। वह थी तुर्क और खास कुस्तुन्तुनिया में जन्मी हुई। वह सुषमा का अनार थी और छुटपन में ही उसकी अपरूप कान्ति अपने दर्शकों पर मोहिनी डाल देती थी। जिसपर उसकी काली-काली चंचल आंखें पड़ीं, वह उसके चरणों का दास हो गया।

उसका असल नाम था—डेस्पीना डाविडोविच। वह अपने मनोहर रूप के लिए ही नहीं, बल्कि अपनी प्रखर बुद्धि के लिए भी प्रख्यात थी। बचपन से ही वह कई भाषाएं धड़ल्ले के साथ बोलने लग गयी थी और उसका यही गुण भविष्य में उसके लिए मार्ग प्रशस्त करनेवाला सिद्ध हुआ। सोलहवें वर्ष में जब वह पुरुष रूपी परवानों को अपने रूप की ज्वाला में जला रही थी, तभी एक दिन इस गुणवती और अत्यन्त रूपवती युवती पर फ्रांसीसी धनकुबेर पोल स्टार्श अपने प्राण निछावर कर बैठा। रूप की इस ज्वाला को जन्म कैद करने के विचार से स्टार्श ने पानी की तरह धन बहाया और तब एक वर्ष के बाद उसकी इच्छा पूरी हुई। दोनों का विवाह हो गया।

कुछ महीने तक पति-पत्नी प्रणय-लीला और हास-विलास में डूबे रहे।

महायुद्ध ने रंग पकड़ा और इन दोनों की शादी की खुशी को गम में परिणत कर दिया। राजनीति ने नवविवाहित दम्पती के जीवन को खट्टा कर दिया। ये दोनों अपनी-अपनी जाति को लेकर परस्पर लड़ने-झगड़ने लगे और अन्त में, डेस्पीना ने ऐसी कूट चाल चली कि, उसके पति को बाध्य होकर उसे तलाक देना पड़ा। पर, इस विच्छेद का मिस्टर स्टार्श को ऐसा दुःख हुआ कि वह अदालत में फूट-फूटकर रोने और अपना सिर पटकने लगा।

डेस्पीना बंधन-मुक्त हो गयी। अपने सौन्दर्य का उसे आरंभ से ही अत्यधिक अभिमान था और वह अपने रूप की ज्योति में पुरुष रूपी पतंगों को फिर से भस्म करने के लिए छटपट कर रही थी। अतः बहुत सोच-विचार के बाद डेस्पीना गुप्तचर विभाग में भर्ती हो गयी।

बरसात के दिनों में, जिस तरह बादलों में बिजलियां चमकती हैं औरअपनी चमक दिखाकर गायब हो जाती हैं, ठीक उसी तरह डेस्पीना यूरोप की राजधानियों में अपनी चमक दिखाकर एकाएक गुप्त हो जाती थी। बड़े-बड़े गुप्त और रहस्यमय भेदों का पता लगा लेना उसके बायें हाथ का खेल हो गया था। पेरिस में लोग उसे 'मादाम मेजी' के नाम से जानने लगे, तो लंदन में 'मिसेज़ एला काक्स' के नाम से। मेड्रिड में 'मैदम हैस्केथ', रोम में 'सिन्योरा डाविडोविच' और न्यूयार्क में वह 'मैदम डेस्पीना' के नाम से प्रख्यात हुई। वाशिंगटन में वह 'बैरोनिन बन गयी थी। उसके रूप की अपूर्व रमणीयता, वार्तालाप का तरीका, बुद्धिमत्ता, मिलनसारी और चतुरता ने उसके मार्ग की सब बाधाएं हटा दीं।

बैरोनिन की पहुंच सर्वत्र थी—उसकी गति अबाध थी। उसपर मरमिटनेवालों की कमी न थी और वह भी अपना प्रेमजाल इतनी बुद्धिमत्ता से फैलाती कि अपने प्रेमियों से अनजान में 'मित्रराष्ट्रों' के निगूढ़तम भेद निकलवा लेती थी। स्वयं जर्मन गुप्तचर विभाग, जिसकी सेवा में वह जी जान से लगी थी, उसके कार्य को देखकर वाह-वाह कर रहा था। नाम बदल-बदलकर वह यूरोप के देश-देशान्तरों की सैर करती थी।

सब प्रकार के ऐश्वर्य से पूर्ण वह विलासिनी बड़े-बड़े होटलों में ठहरती थी। पानी की तरह विदेशी मुद्रा बहाती और बड़े-बड़े ओहदेदारों, राजनीतिज्ञों और राजदूतों को दावत देती थी। जिसे उसका निमंत्रण मिलता, वहीं अपना अहोभाग्य समझता था और जो उसे एक बार देखता, वही उसका खरीदा हुआ

गुलाम बन जाता था। जिसपर उसकी मोहिनी पड़ी, वही उसके इशारे पर बेसुध नाचने लगता था। जिसको उसने अपने हावभाव और कटाक्ष से बताया कि तुम्हीं मेरे सर्वस्व हो, उसने अपना अंतरतम हृदय निकालकर उसके सामने रख दिया। तब कौन भेद ऐसा हो सकता है, जिसको वह न पा सकती थी ? जब भी उसे नाममात्र का सन्देह हुआ कि खुफिया पुलिस मेरा पीछा करने लगी है, तभी बोरिया-बंधना लेकर तुरत दूसरे देश में पहुंच जाती थी। मित्रराष्ट्रों के गुप्तचरों ने उसे गिरफ्तार करने के लिए क्या-क्या उद्योग न किए, पर हर बार वह उनके फैलाए जाल से बाल-बाल बच निकलती थी। उसकी चालों के आगे सबकी बाज़ी मात हो जाती थी और लोग दंग रह जाते थे।

चार साल तक वह बड़े-बड़े धूर्त गुप्तचरों की आंखों में धूल डालती रही। पर उसके भी दुदिन आए। सन् 1919 के आरम्भ की बात है। मैदम हैस्केथ, मेड्रिड के एक भोगविलासमय होटल में ठहरी हुई थी। अंग्रेज़ जासूसों ने देखा कि, वह सदा दो वयस्क मनुष्यों के साथ रहती है। उनमें एक फ्रांसीसी पुरुष था और दूसरी थी, एक जर्मन महिला, जिसकी उम्र तीस बर्ष की थी। यह तो अब तक किसीको पता न चला कि, उक्त दो व्यक्तियों ने उस तुर्किन की क्या सहायता की, किन्तु अंग्रेज़ जासूसों ने यह लक्ष्य कर लिया कि, रोज़ एक निष्पक्ष राज्य का राजदूत मैदम हेस्केथ के पास आता है और इसके साथ-साथ उन्हें यह भी सन्देह हुआ कि, हेस्केथ मुक्तहस्त होकर भोग-विलास में जो धन व्यय करती है, वह आखिर आता कहां से है !

और, तभी से इसकी खोज में गुप्तचर लग गए। एक दिन वह एक ऐसे आदमी के साथ भोजन कर रही थी, जो जर्मन गुप्तचर विभाग में था। दो अंग्रेज़ गुप्तचर उनकी बगल में दीवार के उस ओर छिप गए और उन्होंने सब बातें सुन लीं। उन्हें अब विश्वास हो गया कि, सदा सुखभोग में रत इस परम सुन्दरी के हृदय में हलाहल विष है। पर स्पेन निष्पक्ष राष्ट्र था। अतः सारी बातें जानते हुए भी वहां से उसे गिरफ्तार नहीं करा सकते थे। उन्होंने काफी धन व्यय करके डाकवालों को मिलाया। उसकी डाक के एक-एक अक्षर का फोटो लेना आरम्भ किया। मैदम हेस्केथ को शक होने लगा कि, डाक में कुछ गड़बड़ी है। कई आवश्यक पत्र देर से पहुंचने लगे। उसका माथा ठनका और अंग्रेज़ जासूसों को धोखा देकर एक दिन वह मेड्रिड से ऐसे गायब हो गयी, मानो कभी वहां थी ही नहीं। उसके साथ

ही वह फ्रांसीसी पुरुष और वह जर्मन रमणी भी लापता हो गयी। अंग्रेज़ खुफिया विभाग भिन्ना उठा, पर उसने इसकी खोज न छोड़ी।

न्यूयार्क से अमरीकी पुलिस ने सिर्फ इतना पता बताया कि, एक सुनहरे बालों वाली युवती बड़े-बड़े अफसरों और राजनीतिज्ञों के साथ रहती है। अंग्रेज़ गुप्तचरों को यह सूचना भी मिली कि, मैदम डेस्पीन का व्यवहार संदेहजनक है। यह तो निश्चय नहीं है कि वही मैदम हेस्केथ हो; क्योंकि उसके बाल खूब काले थे और इसके सुनहरे हैं; लेकिन सदा घात में रहना चाहिए।

कुछ ही दिनों बाद एक गुप्तचर ने यह पता लगा लिया कि, सुनहरे बाल नकली हैं। वह होटल में मैदम डेस्पीनी के कमरे में छिपकर उसकी हब्शी दासी को उसे साफ करते देख आया था। अब यह भी निश्चित हो गया कि, वह फेंच युवक और जर्मन स्त्री भिन्न-भिन्न होटलों में रहते हैं। बीच-बीच में ये लोग सेण्ट्रल पार्क के तालाब के पास मिलते रहते हैं। पर सबसे महत्त्व का भेद यह खला कि, एक बहुत बड़े बैंक में मैदम डेस्पीना ने एक सेफ बन्द कर रखा है। वह खोला गया, तो उसके खुफिया होने के पर्याप्त सबूत मिल गए। लेकिन उसे गिरफ्तार करने जब अंग्रेज़ एवं अमरीकी जासूस होटल पहुचे, तो वह नदारद थी।

इसके बाद डेस्पीना मादाम ला बरौन द' वेलिविल नाम से बैरोनिन वाशिंगटन में अपना काम करने लगी। पर वहां इसका जाल अधिक दिनों तक न चल सका। वह फांसीसी युवक और जर्मन स्त्री—ये सभी जेल में बन्द कर दिए गए। मगर तलाशी लेने पर उसके पास एक कागज़ न मिला और जो कागज़ जासूसों ने देखे थे, उनको उसने मात्र धोखा देने के लिए जमा कर रखा था। जब वह जेल पहुंची, तो उसकी ज़बान बन्द हो गयी मानो किसी ने उसपर ताला लगा दिया हो। और, उसकी रहस्यमय मृत्यु ने तो उसे अनंतकाल के लिए चुप कर दिया।

यूरोप की एक महिला जासूस—

मिक्लीन कैरे

[यूरोप की एक ऐसी महिला जासूस की कहानी जो एक ओर फ्रांस की ओर से जासूसी करती थी, तो दूसरी ओर जर्मनी की ओर से, और दोनों देशों से पर्याप्त धन वसूल करती थी।]

किसी भी देश के स्त्री-पुरुष, जो जासूसी का पेशा अपनाते हैं, उनके जासूस होने के कई कारण होते हैं। कई लोग अपने जीवन में जोखिम उठाने के लिए तैयार रहते हैं, तो कई लोग इसे रोमांचक काम समझकर अपनाते हैं। कोई धन के लोभ में भी जासूसी का पेशा अपनाता है, तो कोई ऐसा भी होता है, जिसे परिस्थितियां जासूस बनने पर मजबूर कर देती हैं। कई लोग देशभक्ति से प्रेरित होकर भी जासूस बनते हैं। इस तरह हम देखते हैं कि किसी भी व्यक्ति के जासूस बनने के कारण एक से अधिक हो सकते हैं। फिर भी किसी व्यक्ति के लिए जासूस बनने का कारण जो भी रहे, पकड़े जाने पर वे अपनी जान बचाने के लिए हर संभव प्रयत्न करते हैं। हां, धन के लोभ में जासूसी का पेशा अपनानेवाला व्यवित किसी भी देश के लिए खतरनाक साबित हो सकता है; क्योंकि अक्सर यह देखा गया है कि धन के लोभ में वे पक्ष-विपक्ष दोनों की ओर से जासूसी करने को तैयार हो जाते हैं। धन के मामले में जिस देश का पलड़ा भारी रहा, उसे वे प्रमुखता देते हैं।

श्रीमती मिक्लीन कैरे यूरोप की एक ऐसी जासूस महिला थी, जो एक ओर फ्रांस की सरकार की ओर से जासूसी करती थी, तो दूसरी ओर जर्मनी की सरकार की ओर से, और दोनों देशों से पर्याप्त धन वसूल किया करती थी। इसीलिए मिक्लीन कैरेको यूरोप की महिला जासूसों में बड़ा धूर्त माना जाता है। धूर्त स्त्री-पुरुष ज़रूरत से ज़्यादा चालाक होते हैं। मिक्लान कैरे का यही हाल था। उसकी धूर्तता को देखते हुए यह कहा जा सकता है कि जासूसी के क्षेत्र में

माताहारी और डेलिया भी उसका मुकाबला नहीं कर सकती थीं।

मिक्लीन कैरे अलजीरिया की रहनेवाली थी। वह देखने में बड़ी ही खूबसूरत, कोमल और नाज़ुक थी। उसके दांत मोती के समान सफेद थे। जब वह हंसती, और होंठों के अन्दर से उसके दांत दिखाई पड़ जाते, तो ऐसा लगता मानो बिजली चमक गयी हो। उसकी आंखों में ऐसा आकर्षण था, जो देखनेवालों पर असर किए बिना न रहता था। स्वस्थ शरीर, मोहक व्यक्तित्व की इस युवती का नाम लोगों ने रखा था—'प्रेम की डाक्टरनी'।

तीस वर्ष की अवस्था में मिक्लीन कैरे की शादी फ्रांस की सेना के एक अधिकारी के साथ हुई थी। कैरे के पति को इतना कम वेतन मिलता था कि उससे दोनों का गुज़ारा बड़ी मुश्किल से चल पाता था। किन्तु, वह रहती थी बड़े ठाट-बाट से। उसके रहन-सहन को देखकर कोई यह नहीं कह सकता था कि इस महिला के पति की आमदनी कम है। कैरे की वेशभूषा यद्यपि साधारण ही रहती, पर उसके बावजूद उसका आकर्षण कम नहीं होता। उसके रहन-सहन और पहनावे को देखकर कैरे के पड़ोसियों में ईर्ष्या पैदा होती। शादी के कुछ ही दिनों बाद मिक्लान करे ने अलजीरिया के स्कूल में अध्यापिका का काम शुरू किया।

द्वितीय महायुद्ध के समय मिक्लीन कैरे अलजीरिया छोड़कर अपने पति के साथ पेरिस चली आयी। अलजीरिया की अपेक्षा उसे पेरिस बहुत पसन्द आया। अभी वह कुछ ही महीने पेरिस में बिता पायी थी कि उसका पति फ्रांस की ओर से लड़ने चला गया। युद्धभूमि में मिक्लीन कैरे के पति ने वीरगति पायी। पति की मृत्यु से वह मर्माहत हो उठी। फिर भी उसे ज़िन्दा रहने के लिए कोई न कोई काम तो करना ही था। संयोग से फ्रांस की सरकार को उस समय सेना के लिए नर्सों की बहुत ज़रूरत थी। कैरे ने इस अवसर से लाभ उठाया। उपयुक्त अवसर देख उसने नर्स के पद के लिए आवेदन किया और वह शीघ्र ही भर्ती कर ली गयी।

पेरिस की सुन्दरता पर मिक्लीन करे पहले ही रीझ उठी थी। जब वह फ्रांस के घायल सैनिकों को देखती, तब उसे बड़ा दुःख होता। उसने सोचा कि क्या युद्ध की लपटें इस खूबसूरत शहर को भी अपने दामन में समेट श्मशान बना देंगी ! उसने प्रतिज्ञा की कि, मैं इस बात का शक्ति-भर प्रयत्न करूंगी कि आक्रमणकारी इस स्वर्ग पर विजय प्राप्त न कर सके।

नर्सिंग की ट्रेनिंग पूरी कर लेने के पश्चात् मिक्लीन कैरे को पेरिस के ही एक सैनिक अस्पताल में भेजा गया। थोड़े ही दिनों में उसने अपनी लगन, सेवा-भावना और कठिन परिश्रम के कारण बड़ा नाम पैदा किया। उसके उच्चाधिकारी को यह समझते देर न लगी कि यह युवती बड़ी मेहनती है और घायलों तथा पीड़ितों की जी-जान से सेवा करती है। युद्ध में कई मोर्चों पर फ्रांस को गहरी क्षति उठानी पड़ी थी। वहां से आए घायल सैनिकों को जब वह देखती और फ्रांस के दलित होने की खबर जब उसे मिलती, तो उसकी आंखों में आंसू भर आते

इसी बीच मिक्लीन कैरे के जीवन में एक ऐसा मोड़ आया, जिससे उसकी जीवन-दिशा ही बदल गयी। नर्स का काम छोड़कर उसने एक ऐसी संस्था बनायी, जिसके द्वारा फ्रांस के उन सैनिकों की देखभाल की जाती थी, जो अपनी टुकड़ियों से अलग होकर इधर-उधर भटका करते थे। धीरे-धीरे कैरे द्वारा स्थापित इस रेडक्रास का काम बढ़ने लगा। यहां भी उसने अपनी सेवा-भावना से काफी लोकप्रियता प्राप्त की।

एक दिन श्रीमती कैरे की संस्था में एक ऐसा व्यक्ति लाया गया, जो जर्मनों के पंजे से छूटकर भागा था। युद्धबंदी-शिविर से भागने के बाद चलते-चलते उसके पैरों में छाले पड़ गए थे। स्वास्थ्य भी चौपट हो गया था। थके-मांदे, भूख-प्यास से परेशान उस सैनिक की कैरे.ने बड़ी मदद की। उसे नहला-धुलाकर अच्छे कपड़े पहनाए और कई दिनों तक उसकी बड़ी लगन से सेवा की। कुछ ही दिनों में वह व्यक्ति पूर्णतः स्वस्थ हो गया। उसमें फिर से नवजीवन का संचार हुआ।

उस सैनिक अधिकारी का नाम था—आरमाण्ड। यह व्यक्ति पोलैंड जनरल स्टाफ का अधिकारी रह चुका था। कैरे की सेवा-भावना ने उसे उसका गुलाम बना दिया। धीरे-धीरे उन दोनों के बीच प्रेम का अंकुर फूटा। अब वह सैनिक कैरे का प्रेमी थी। थोड़े ही दिनों में उनके प्रेम-सम्बन्ध अपनी सीमाएं लांघकर काफी आगे बढ़ गए। किसी पुरुष की बांहों में फिर से बंधना मिक्लीन करे के वैधव्य-जीवन का एक सुखद अध्याय था। और वह अपने जीवन में सहज ही प्राप्त इन सुखद क्षणों को खोना नहीं चाहती थी। मिक्लीन करे अपने प्रेमी आरमाण्ड के लिए बड़ी से बड़ी कुर्बानी देने को तैयार रहती। यह बात स्वयं आरमाण्ड से भी छिपी न रह सकी।

एक दिन आरमाण्ड ने कैरे से कहा कि फ्रांस में जर्मनी का मुकाबला करने के लिए एक आन्दोलन प्रारंभ किया जाए। अतः, जासूसों का काम यह होना चाहिए

कि जर्मनों की प्रत्येक गतिविधि पर नज़र रखें और मौका पाते ही उनपर हमला करे। आरमाण्ड की योजना को कार्य रूप में परिणत करने के लिए करे को सबसे पहले फ्रेंच सेना के कुछ अधिकारियों से सम्पर्क स्थापित करना पड़ा। जिन अधिकारियों ने उसे मदद देने का वचन दिया था, उनमें से कुछ फ्रांस के अधिकृत प्रदेश में रहते थे और कुछ अनधिकृत प्रदेश में। उस समय फ्रांस में युद्ध की तबाही छायी हुई थी। लोग अपने-अपने घर-बार छोड़ कर इधर-उधर जा रहे थे। इस मौके से लाभ उठाने के लिए श्रीमती कैरे बड़ी मुस्तैदी से अपसे काम में जुट गयी।

मिक्लीन कैर के प्रयत्नों के कारण ही आरमाण्ड की योजना आगे बढ़ती जा रही थी। उसने शीघ्र ही एक ऐसा दल स्थापित किया, जिसने गुप्त रूप से जर्मनों का मुकाबला करने में कोई कसर न उठा रखी। इसी बीच रिमाण्ड ने स्पेन और पुर्तगाल के ज़रिये कुछ ब्रिटिश अधिकारियों से सम्पर्क भी स्थापित किया। श्रीमती कैरे आरमाण्ड को अपना देवता समझती थी और उसके द्वारा जो भी काम सौंपा जाता, वह बड़ी लगन से उसे पूरा करती।

एक दिन आरमाण्ड ने कैरे को यह काम सौंपा कि, वह जिब्राल्टर के बारे में जर्मनी की योजना का पता लगाए। आरमाण्ड का आदेश पाकर मिक्लीन कैरे बोर्दो गयी। चौकन्नी निगाहों से वह वातावरण को परखती रही। बोर्दो जर्मन सैनिकों का गढ़ था। इस स्थान पर 'प्रेम की डाक्टरनी' मिक्लीन करे ने अपने रूप से काम लिया। बोर्दो में तैनात एक सैनिक अधिकारी उसके प्रति अकृष्ट हुआ। आंखें चार हुई और दोनों के कदम बढ़ चले होटल की ओर। होटल में कैरे ने अपने नाज़ुक हाथों से जाम भर-भरकर अधिकारी को पिलाए और बातचीत के दौरान उसने वे सारी सूचनाएं एकत्र कर लीं, जिनके लिए वह बोर्दो आयी थी। अब उसका वहां कोई काम नहीं रह गया था। बोर्दो से वापस आकर श्रीमती कैरे ने आरमाण्ड को सूचित किया कि, जर्मन सेना स्पेन होकर जिब्राल्टर पर हमला करने की तैयारियां कर रही है।

यह सूचना देने के पश्चात् मिक्लीन कैरे फिर बोर्दो वापस आ गयी। इस बार उसे यह पता लगाना था कि जर्मन सेनाएं हमला करने के लिए कितनी तैयारी कर चुकी हैं। उसे यह समझते देर न लगी कि पहले की अपेक्षा अर्मनों की तैयारी कुछ कम हो गयी है। उसने तुरत ही यह महत्त्वपूर्ण सचना आरमाण्ड को भेज दी। उसने अपने संदेश में स्पष्ट लिख दिया था कि, जर्मनों ने अब जिब्राल्टर पर हमला करने का विचार छोड़ दिया है। इस मुख्य भेद का, एवं अन्य गुप्त भेदों का

पता लगाने के लिए, मिक्लीन कैरे को कई महीनों तक बोर्दो में रहना पड़ा। अब वह आरमाण्ड के अगले आदेश की प्रतीक्षा में थी। आरमाण्ड ने संदेश भेजा कि अब बोर्दो में तुम्हारा काम समाप्त हो गया। वापस आ जाओ। वह तुरत बोर्दो से वापस चली आयी।

कई महीने बाद दो बिछुड़े हुए हृदय मिले। उस समय उनकी प्रसन्नता का पूछना ही क्या ! एक-दूसरे के आलिंगन में बंध वे कुछ देर के लिए अपनी सुध-बुध भूल गए। खुशी के मारे दोनों की आंखों में आंसू आ गए। इस दिन की घटना का ज़िक्र करते हुए मिक्लीन कैरे ने अपनी डायरी में लिखा था—"...वह रात हमने जागकर बितायी। बातें करते सुहागरात की घड़ियां बीतीं। कैसे, इतनी जल्दी रात बीत गयी, हमें पता ही न चला...।"

जिन दिनों श्रीमती कैरे बोर्दो में जर्मनी की गतिविधि का पता लगा रही थी, उन्हीं दिनों आरमाण्ड ने फ्रांस के एक कर्नल मौसले को अपने दल में शामिल कर लिया था। कर्नल मौसले फ्रांस का एक शक्तिशाली व्यक्ति था। उसका ब्रिटिश जासूसी विभाग से भी सम्बन्ध था और मित्रराष्ट्र (दूसरे महायुद्ध में संघर्षरत राष्ट्रों के दो गुट थे। एक में ब्रिटेन, अमेरिका, रूस, फ्रांस आदि थे जिन्हें मित्रराष्ट्र अथवा मित्रदेश कहा जाता था और दूसरे गुट में जर्मनी, जापान और इटली थे जिन्हें धुरी राष्ट्र कहा जाता था) भी उसका एवं उसके साथियों का बड़ा आदर करते थे। ब्रिटिश अधिकारियों को पोलिश कर्नल आरमाण्ड, श्रीमती मिक्लीन कैरे और उनके दूसरे साथियों के बारे में सभी बात मालूम थीं और वे इस दल को 'वेलेण्टी' के नाम से पुकारते थे।

धीरे-धीरे आरमाण्ड के दल का अंग्रेज़ों के साथ इतना गहरा सम्बन्ध हो गया था कि ब्रिटिश अधिकारी उनकी सहायता के लिए वायुयानों से अस्त्र-शस्त्र गिराते रहते थे। इन शस्त्रों का उपयोग उस समय हुआ, जब मित्रराष्ट्रों की सेनाओं ने फ्रांस को शत्रु से मुक्त करने के लिए जर्मनों पर हमला किया था।

लड़ाई पूरे ज़ोर-शोर से चल रही थी। एक दिन आरमाण्ड ने यह महसूस किया कि विजय प्राप्त करने के लिए, जर्मनों की कुछ भेदभरी आवश्यक सूचनाएं प्राप्त करनी होंगी। उसने अपनी प्रेमिका केरे से इस सम्बन्ध में राय ली। कैरे आरमाण्ड की इस योजना से पूर्ण सहमत थी। अब दोनों एक ऐसे सहकारी की खोज में लगे, जो जर्मनों के सैनिक कैण्टीन में जाकर उनके बारे में आवश्यक सूचनाएं प्राप्त करे और उनकी हर गतिविधि पर नज़र रखकर शीघ्र से शीघ्र

उसकी पूरी रिपोर्ट भेजता रहे। आरमाण्ड निराश होने लगा। पर, कैरे ने उसे विश्वास दिलाया कि वह जल्द ही किसी ऐसे व्यक्ति को खोज निकालेगी, जो यह काम आसानी से कर सके।

और, वास्तव में मिक्लीन करे ने दो दिनों के अन्दर इस काम के लिए एक युवती को तैयार कर लिया। युवती का नाम था—रेनी। बला की खूबसूरत किन्तु जासूसी के क्षेत्र में बिल्कुल नयी। आरमाण्ड और कैरे ने उसे जासूसी का विशेष प्रशिक्षण देना शुरू किया ताकि जर्मन सैनिकों के हाथ में पड़ जाने पर भी वह दल का भेद न बता सके। रेनी बड़ी दिलचस्पी के साथ इस काम गें लगी।

रेनी के प्रशिक्षण का यह क्रम चल रहा था कि कैरे ने महसूस किया कि आरमाण्ड अब उसकी ओर से उदासीन होता जा रहा है और वह रेनी की ओर झुकता जा रहा है। नारी-ईर्ष्या ने विश्व के इतिहास में अनगिनत घटनाओं को जन्म दिया है। यहां भी नारी-ईर्ष्या उनके मार्ग में बाधा बनकर खड़ी हो गयी। मिक्लीन केरे को रेनी से ईर्ष्या होने लगी। परन्तु, प्रकट रूप में अपनी यह शिकायत उसने आरमाण्ड से न की। हां, एक दिन अपनी ईर्ष्या छिपाकर उसने आरमाण्ड से कहा कि, क्यों नहीं तुम रेनी को किसी अन्य जगह काम करने को भेज देते ? आरमाण्ड चौंका। उसने कैरे की ओर देखा और केवल मुस्कराकर रह गया। आरमाण्ड को यह समझते देर न लगी कि कैरे ईर्ष्यावश ही यह सुझाव दे रही है।

रेनी को एक दिन कुछ आवश्यक सूचनाएं प्राप्त करने के लिए बाहर भेजा गया। एक सैनिक रेजिमेण्ट वहां से बाहर जानेवाली थी और रेनी को उसकी गतिविधि का पता लगाने का काम सौंपा गया था। अपना काम पूरा करने के लिए रेनी रवाना हुई। इससे पूर्व कि रेनी अपना काम प्रारम्भ करती, रास्ते में उसे एक जर्मन अधिकारी मिला। उसने रेनी से कई तरह के सवाल पूछने शुरू किए। प्रश्नों की बौछार से रेनी घबरा गयी। जर्मन अधिकारी के कई प्रश्नों का वह संतोषजनक उत्तर न दे सकी। रेनी पर उसका सन्देह बढ़ता गया और वह गिरफ्तार कर ली गयी। जैसाकि हम पहले कह चुके हैं कि पकड़े जाने पर जासूस अपने बचाव के लिए हर संभव प्रयत्न करता है। रेनी ने भी ऐसा ही किया। कैद में उसने सारी बातें जर्मन अधिकारी को बता दीं, जिसके कारण आरमाण्ड के दल का भंडाफोड़ हो गया और वे सभी पकड़े गए।

सैनिक अदालत में आरमाण्ड और कैरे पर मुकदमा चला। इस मुकदमे

में मिक्लीन कैरे का डायरी के एक-एक पृष्ठ ने उसकी कहानी कह सुनायी। उसकी डायरी ने ही यह सिद्ध कर दिया कि वह अब तक क्या करती रही है। अपराध सिद्ध हो चुका था। अतः, फौजी अदालत ने आरमाण्ड और मिक्लीन कैरे को गोली से उड़ा देने का हुक्म दिया और इस तरह इन दोनों दम्पती का दुःखद अन्त हुआ।

जो कभी पकड़ी न जा सके —

वीरांगना जासूस : योशिका

[प्रस्तुत लेख की नायिका योशिका जासूस होने के साथ-साथ कुशल से नाध्यक्ष भी थी। जापान की ओर से आजन्म जासूसी करनेवाली मंचू राज्य की इस अनुपम सुन्दरी राजकुमारी में अपार जीवट और संघटन-कौशल था।]

जापानी महिला जासूसों में योशिका का नाम सबसे पहले लिखा जाता है। योशिका जापान की माताहारी के नाम से विख्यात थी। इसका जन्म सन् 1906 में मंचू के एक राजघराने में हुआ था। अपने पिता की एकमात्र संतान होने के कारण इसका लालन-पालन अत्यन्त लाड़प्यार से किया गया था। योशिका के बचपन का नाम था—टुंग-चिनो। योशिका के चाचा सम्राट कांट-तेह ने कई वर्षों तक मंचू के राजसिंहासन पर जापानियों के हाथ की कठपुतली बनकर राज्य किया था।

सन् 1911 ई० में जब योशिका पांच वर्ष की थी, मंचू राज्य में रहनेवाले अधिकतर चीनियों ने टुंग-चिनो के पिता के खिलाफ विद्रोह कर दिया और मौका पाकर उन्हें मार डाला। राज-परिवार के विश्वासी नौकर टंग-चिनो को विद्रोहियों से बचाने के लिए कृतसंकल्प हो उठे और टुंग-चिन किसी प्रकार सुरक्षित बचकर जापान लाय गयी

पांच वर्षीय भोली-भाली टुंग-चिनो को देखकर जापान का एक प्रसिद्ध धनवान व्यक्ति नबीवा कावाशिका मुग्ध हो उठा और उसने टंग-चिनो को गोद ले लिया। इस परिवार में आकर टुंग-चिनो को फिर से लाड़-प्यार मिला और वह धनी घराने के बच्चे की तरह पाली-पोसी जाने लगी। जब स्कूल में टुंग-चिनो पढ़ने के लिए भेजी गयी तब इसका नाम बदलकर 'योशिका कावाशिका' रखा गया।

असामा नामक गांव में ही, जहां योशिका पढ़ती थी, तोयामा नामक एक लड़के से इसकी मित्रता हो गयी। दोनों साथ-साथ खेलकर बड़े हुए। दोनों का

पारस्परिक स्नेह अवस्था के साथ ही बढ़ता गया। और योशिका जब सोलह वर्ष की हुई, तो उसे एकदिन ऐसा लगा कि वह बीस वर्षीय युवक तोयामा से प्रेम करने लग गयी है। सुनसान जगहों में बैठकर दोनों घंटों प्रेमालाप किया करते थे और जब योशिका प्रेम की पराकाष्ठा पर पहुंच चुकी थी, तभी तोयाना उसे छोड़कर चला गया। प्रेम का प्रतिदान न मिलने के कारण योशिका तिलमिला उठी औरत भी से उसे पुरुष-वर्ग में घृणा होने लगी। फलस्वरूप अठारह वर्ष की सुन्दरी राजकुमारी के मन में इच्छा हुई कि वह भी युवक बने। और, तब से योशिका अक्सर पुरुष-वेश में घूमने लगी।

सयानी लड़की को पुरुष-वेश में घूमते देखकर उसके धर्मपिता नबीवा कावाशिका का माथा ठनका। लोक-निन्दा के भय से उसने योशिका को ऐसा करने से रोका। पर वह मानी नहीं। अन्त में क्रुद्ध होकर नबीवा ने योशिका को घर से निकाल दिया।

अब योशिका के सामने एक समस्या पैदा हुई कि वह ऐसी दशा में क्या करे ? योशिका जापान से भागकर दैरन आयी और यहीं उसका परिचय एक मंगोलियन राजकुमार से हुआ। परिचय अकर्षण में बदल और आकर्षण का अन्त विवाह से हुआ। सुहागरात मनाने के लिए नवदम्पती मंगोलिया आए। यहां के वातावरण ने योशिका पर ऐसा प्रभाव डाला कि उसके मन में फिर युवक बनने की लालसा उत्पन्न हुई। उसने पति से कहा कि वह उसे अपनी सेना का सेनापति बना दे। वह बेचारा रूपांध राजकुमार आनाकानी न कर सका।

योशिका के नेतृत्व में गज़ब का जादू था। सैनिकों ने उसके भीतर अपार जीवट, संघटन-कौशल और मानवीय आत्मीयता पायी। किसी भी सेनापति ने उन्हें इसके पहले इतनी सहानुभूति और ममत्वपूर्ण प्रेरणा नहीं दी थी।

धीरे-धीरे सारी सेना योशिका में अनुरक्त हो गयी। राजकुमार ने यह देखा तो वह अकारण शंका से कांप उठा। कहीं ऐसा न हो कि उसकी सेना योशिका की आज्ञा के आगे उसकी आज्ञा को ठुकरा दे ! उसे अपनी पत्नी से ईर्ष्या होने लगी। पति के प्रेम में शैतान ने प्रवेश किया। परिणाम यह हुआ कि योशिका ने अपने पति को तलाक दे दिया और वह चीन के एक प्रमुख नगर तितसिंग चली गयी।

तितसिंग में योशिका की मुलाकात अपने चाचा कांग-तेह से हुई जो मंचूरिया का भावी सम्राट था। सन् 1931 ई० में जापान ने जब मंचूरिया पर आक्रमण कर

दिया तब चीनी पुलिस कांग-तेह को गिरफ्तार करने के लिए कृ[illegible] हो उठी। योशिका को किसी तरह इस बात की भनक मिल गयी। अतः वारंट लेकर जिस समय चीनी पुलिस मुख्य द्वार से कांग-तेह के राजप्रासाद में घुस रही थी, उस समय कांगतेह तितसिंग से दस मील दूर मोटर पर भागे जा रहे थे। स्वयं योशिका मोटर चला रही थी। इस प्रकार अपनी जान बचानेवाली भतीजी के प्रति कांगतेह इतने कृतज्ञ हो गए कि उन्होंने उसे अपने साथ ही रखा और यहीं से योशिका का जासूसी जीवन शुरू हुआ।

सन् 1932 ई० में जापानियों ने शंघाई पर आक्रमण किया और योशिका ने उनकी बड़ी सहायता की। वह वेश बदलकर चीनी सैनिकों की छावनियों में घुस जाती और सेनाध्यक्षों से स्वतन्त्रतापूर्वक बातें करती। वह तरह-तरह से उन्हें लुभाकर बातों ही बातों में भेद जान लेती। जिस दिन शंघाई-स्थित जापानी सेनापति को योशिका ने यह बताया कि चीन की उन्नीसवीं सेना चांग-काई शेक की सरकार से असंतुष्ट है और उक्त सेना के सिपाही सिर्फ इसीलिए लड़ रहे हैं कि इसके अलावा उनके लिए कोई चारा नहीं है, तो उस दिन समस्त जापानी सैनिक क्षेत्रों में प्रसन्नता की लहर दौड़ गयी थी और दूसरे दिन ही जापानी सेना ने चीन की उन्नीसवीं सेना से आत्मसमर्पण करा लिया था।

इसी समय योशिका ने यह भी पता लगाया कि चीन की नौसेना के अधिकारी अमुक दिन एवं अमुक समय जापान की शाही नौसेना के 'इजुमो' नामक जंगी जहाज़ को बारूद से उड़ा देंगे। योशिका द्वारा यह समाचार मिल जाने के कारण वह जंगी जहाज़ बचा लिया गया। सन् 1932 ई० से सन् 1937 ई० तक चीनी जल-सेनानायकों ने लगातार 'इजुमो' को नाश करने का प्रयत्न किया था। परन्तु योशिका ने अपनी जासूसी से सदैव 'इजुमो' की रक्षा की। अपनी इस विफलता से खीजकर चीनी सेनाध्यक्षों ने अपने जासूसों द्वारा यह पता लगाना चाहा कि कौन है वह, जो बार बार हमारे षड्यंत्रों का पता लगाकर शत्रुओं को सावधान कर देता है।

चीनी जासूसों ने अथक परिश्रम कर योशिका की कारस्तानी जान ली। चीनी सेनानायकों ने उसकी हत्या करने का निश्चय किया। इस काम के लिए सैकड़ों चीनी युवकों को पिस्तौल और योशिका के चित्र दिए गए ताकि अवसर मिलते ही वे उसे अपनी गोली का शिकार बना दें। नानकिंग नगर में कई युवकों ने योशिका पर एकसाथ गोलियां चलायीं; पर वह मरी नहीं, घायल हो गयी। इस घटना से जापानी सेनानायकों के दिल में योशिका के प्रति और अधिक सम्मान के

भाव का प्रादुर्भाव हुआ। शंघाई-स्थित जापानी सेनापति तो योशिका को इतना मानने लगा कि बिना उससे पूछे वह कहीं भी आक्रमण न करता था।

अक्सर ऐसा होता था कि शंघाई की सुरम्य एवं सुन्दर उपत्यकाओं और पहाड़ियों पर अपनी कई प्रेमिकाओं के साथ पुरुष-वेश में वह निर्द्वन्द्व घूमती दीख पड़ती थी। कभी-कभी पुरुष-वेश में ही घोड़े पर चढ़ी हुई, हाथ में बेंत लिए, पहाड़ियों के अंचल में बसे चीनी गांवों में धूल उड़ाती पहुंच जाती। मगर जब कभी वह सराय में ठहरती थी, तो अपने साथियों-सहित सराय का सारा भोज्य पदार्थ खरीद लेती थी। स्वयं खाती, साथियों को खिलाती और बाकी गरीबों को बांट देती। सराय के भठियारे उसे इतना पहचान गए कि दिन-रात उसके आने की बाट जोहते रहते। इस प्रकार कई तरीकों से लोगों को अपना मुरीद बनाकर वह अपना काम निकाला करती थी।

एक बार जब वह एक चीनी सराय में ठहरी हुई थी, तब उसकी मुलाकात चीन के एक सेनाध्यक्ष से हुई। योशिका उस समय अपनी असली पोशाक में थी। चीनी सेनाध्यक्ष उसकी बातचीत, अदा और सौन्दर्य से इतना प्रभावित हुआ कि उसे अपनी छावनी में अमंत्रित किया और योशिका ने उसके निमंत्रण को बड़ी खुशी से स्वीकार भी कर लिया।

नियत समय पर वह छावनी में गयी भी और खीमों के अन्दरदोनों ने बड़ी देर तक गपशप की। इसी गपशप के सिलसिले में चीनी सेनाध्यक्ष को शराब पिलाकर उसने यह बात जान ली कि जेहाल-युद्ध में बन्दी बनाए गए तीन हज़ार जापानी सैनिक इसी छावनी में कैद हैं।

यथासमय उसने यह सूचना शंघाई-स्थित अपने मित्र जापानी सेनानायक को दी। दोनों मिलकर उनको छुड़ाने की तरकीब सोचने लगे। योशिका ने कहा कि, पैराशूट द्वारा अपने कुछ साथियों के साथ रात में वह उक्त छावनी में उतर जाएगी और फिर किसी प्रकार उन तीन हज़ार जापानी सैनिकों को छुड़ा लेगी। मगर इस काम में खतरा समझकर जापानी सेनाध्यक्ष ने इस बात को मानने से इन्कार कर दिया और योशिका को अपना सहकारी बनाकर चीनी सेनापति के पास भेजा।

जापानी सेनापति ने तो उसे इतना अधिकार दे दिया था कि वह जो भी शर्त स्वीकार कर आएगी, वे उसे सहर्ष मान लेंगे। मगर उसने वहां भी चालाकी खेली। उसकी प्रेमिका बनकर वह चीनी सेनापति के पास आयी और शराब पीकर दोनों

घूमने निकले। नियत समय पर और नियत स्थान पर पहुंचते ही जापानी सैनिकों ने चीनी सेनापति को गिरफ्तार कर लिया। सेनापति के बन्दी होने के समाचार से चीनी सैनिकों में घबराहट फैल गयी। इसी समय सह-सेनापति का भेस धारण कर वह चीनी छावनी में गयी और इस शर्त पर जापानी सैनिकों को छुड़ा लायी कि इस कार्रवाई से चीनी सेनापति को मुक्त कर दिया जाएगा।

सन् 1931 ई० में जापानियों ने चीन के जेहोल पर अधिकार किया। जापान के जेहोल-विजय का श्रेय योशिका को ही है। गुप्तचर का काम करते हुए भी उसने अपनी एक अलग घुड़सवार सेना का संघटन किया था और कई लड़ाइयों में चीनी फौजों को हराया भी था।

लड़ाई खत्म होने पर उसने तितसिंग के जापानी क्षेत्र में एक होटल खोला। इसी होटल के ज़रिये उसने न जाने कितने भेदों को जाना। विभिन्न प्रकार के चीनी और जापानी संभ्रान्त पुरुष होटल की मालकिन की सुन्दरता और सहृदयता की कहानी से प्रभावित होकर उसके ही होटल में आते। गांठ से खर्च भी करते और योशिका की पैनी दृष्टियों द्वारा अपना भेद भी उगल देते

एक दिन एक चीनी करोड़पती बांग-चूलिन भी उसके होटल में आया जो 'चाइनीज़ चेम्बर आफ कामर्स' (चीनी वाणिज्य मंडल) का चेयरमैन भी था। योशिका ने उसे अपने हाव-भाव और रूप-माधुर्य के ताने-बाने द्वारा कुछ इस प्रकार से कसा कि वह योशिका का दीवाना बन बैठा। किन्तु बांग-चूलिन ने जहां योशिका को अपनी प्राणप्रिया प्रेमिका के रूप में देखा, वहां योशिका ने उसे खबरें मालूम करने के एक अच्छे माध्यम के रूप में। चीनी गुप्तचरों को उन दोनों पर सन्देह हुआ। फलतः 1938 ई० में चीनी क्रान्तिकारियों ने बांग-चूलिन को गोली मार दी।

उन्होंने तो योशिका को भी मार डालने का प्रयत्न किया था, पर वह बाल-बाल बच गयी। मगर कब तक ? पहली जनवरी, सन् 1939 का दिन था। योशिका बांग-चूलिन के घर के सामने मोटर से उतरी। वह बांग की विधवा के पास मातमपुर्सी के लिए आयी थी। मोटर से उतरते ही चार चीनी युवकों ने उसपर गोलियों की वर्षा-सी कर दी। यद्यपि वे चारों गिरफ्तार कर लिए गए और उसी समय, उसी जगह उनके सिर धड़ से जुदा कर दिए गए, पर ऐसा करने से योशिका ज़िन्दा थोड़े ही बच सकी। दो महीने तक तितसिंग के अस्पताल में पड़ी रहकर वह 3 मार्च को दुनिया से चल बसी।

जर्मनी की सबसे चतुर जासूस नारी—

एन्ना मेरिया

[जिर्मनी की एक ऐसी महिला गुप्तचर जिसने प्रथम महायुद्ध में गुप्तचरी के क्षेत्र में अत्यन्त सफलतापूर्वक अपने कार्य का सम्पादन किया। हर तरह के अस्त्र-शस्त्र चलाने में निपुण इस नारी को वेश बदल लेने में कमाल हासिल था। अपने रूप और यौवन के बल पर यह नारी अपने ज़माने की सबसे चतुर, सफल गुप्तचर सिद्ध हुई।]

बात उस समय की है, जब ब्रिटेन ने पहली बार युद्ध-क्षेत्र के लिए टैंक का निर्माण किया था। उसके दुश्मन देशों को यह पता लग चुका था कि ब्रिटेन ने एक ऐसी कवचधारी गाड़ी तैयार की है, जो युद्ध-क्षेत्र में कहर ढा सकती है, जिसपर बन्दूक की गोलियां तक असर नहीं करतीं। पथरीली ज़मीन हो या रेतीली—दोनों पर वह समान रूप से चलती है। जर्मनी के सैन्याधिकारियों को भी जब ब्रिटेन की उस अजेय गाड़ी के बारे में पता चला, तब वे घबराए। जर्मनी यह जानना चाहता थ कि आखिर ब्रिटेन की वह कवचधारी गाड़ी कैसी है, उसका आकार प्रकार कैसा है, उसकी उपयोगिता क्या है और उसका संहार कैसे किया जा सकता है ? अपने इन्हीं प्रश्नों का उत्तर पाने के लिए बर्लिन के उस मकान में, जर्मनी के कई सैनिक अफसर उस गुप्तचर युवती की बड़ी बेसब्री से प्रतीक्षा कर रहे थे, जिसे उन्होंने इसी काम के लिए ब्रटेन भेजा था।

प्रतीक्षा की घड़ियां बीतीं। गोरी, आकर्षक, सुनहरे बालों वाली एक युवती ने मुस्कराते हुए उस कमरे में पैर रखा। वहां बैठे लोगों के आंखें उस युवती पर जम-सी गयीं। उसकी मुस्कराहट से जर्मन अफसर को यह समझते देर न लगी कि इसने अपने काम में सफलता प्राप्त की है।

पर, कौन थी वह युवती ? किस तरह जासूसी के क्षेत्र में आयी और किस तरह इसने ब्रिटेन में हुए उस अजेय अस्त्र के प्रदर्शन पर भेद-भरी बातों की जानकारी पायी ? ये सारी बातें जानने से पूर्व आप शुरू से ही क्यों न उस गुप्तचर युवती के बारे में जान लें !

उस युवती, अर्थात् इस लेख की नायिका का नाम था—एन्ना मेरिया। वह एक सम्पन्न परिवार की इकलौती लड़की थी—बड़ी ही रूपवती। ईश्वर ने उसे जैसा रूप दिया था, वैसी ही प्रखर बुद्धि भी दी थी। अपने रूप और यौवन के बल पर वह गुप्तचरी के क्षेत्र में मील का पत्थर बनी। सन् 1914 ई० में जब जर्मनी ने फ्रांस के लीज पर आक्रमण कर विजय प्राप्त की, तब किसे पता था कि जर्मनी को यह वजय उसे एन्ना मेरिया की बदौलत प्राप्त हुई है। उस युद्ध की सफलता का श्रेय एन्ना मेरिया को है ; क्योंकि इसी युवती की योजना के अनुसार, इसके गुप्त संदेशों के आधार पर ही जर्मनी ने आक्रमण किया था। प्रथम महायुद्ध में इस रहस्यमयी नारी ने जासूसी के क्षेत्र में अभूतपूर्व सफलता प्राप्त की।

जवानी के दरवाज़े पर एन्ना ने अभी कदम रखा ही था कि उसके आसपास मंडरानेवाले पुरुषों की संख्या बढ़ने लगी। एक जर्मन अफसर से एन्ना की आंखें लड़ीं। दोनों एक-दूसरे के प्रति आकर्षित हुए। वह जर्मन अफसर अपने देश के गुप्तचर विभाग का एक प्रमुख अधिकारी था। एन्ना का अधिकांश समय अब उक्त जर्मन अफसर के साथ बीतने लगा। यात्रा करते समय एन्ना उसके साथ रहती। जब-जब वह जर्मन अफसर फ्रांस जाता, तब-तब वह एन्ना को अपने साथ रखता। उक्त अधिकारी को बार-बार की वह फ्रांस-यात्रा गुप्तचरी के उद्देश्य से ही हुआ करती थी। हालांकि एन्ना को गुप्तचरी के काम में कोई रुचि न थी, पर उसकी उपस्थिति से उसके प्रेमी को अवश्य लाभ पहुंचता था। हां, एन्ना के कारण उक्त जर्मन अधिकारी को कुछ फायदे होते थे, तो उसे इसके लिए कोई एतराज़ भी न था।

एन्ना तीसरी बार अपने जर्मन प्रेमी के साथ फ्रांस आयी थी। कई दिनों तक वहां रहकर उसने अपनी प्रेमिका एन्ना के माध्यम से कई महत्त्वपूर्ण सूचनाएं एकत्र कीं। कुछ और सूचनाएं एकत्र करने के प्रयत्न में वह लगा हुआ ही था कि, एक रात उसके पेट के निचले हिस्से में बड़े ज़ोर का दर्द उठा। एन्ना परेशान हो उठी। उसने डाक्टर को फोन किया। डाक्टर जब तक उसके प्रेमी को देखने पहुंचा, तब तक उसके प्राण-प खेरू उड़ चुके थे। एन्ना फूट-फूटकर रो उठी। ऐसी

संकट की घड़ियों में, विदेश में उसके प्रति सहानुभूति के दो शब्द कहनेवाला भी कोई न था। फलतः दूसरे दिन ही एन्ना फ्रांस से बर्लिन लौट आयी।

अपने प्रेमी की अकाल मृत्यु से एन्ना मर्माहत हो उठी। उसकी ज़िन्दगी की सारी खुशियां समाप्त हो गयीं। वह अक्सर सोचा करती कि, ऐसे निरुद्देश्य जीवन से अब भला क्या लाभ है ? इस तरह घुटने से तो बेहतर है कि वह आत्महत्या कर ले। और, एक दिन उसने आत्महत्या का पूर्ण निश्चय ही कर लिया था कि, उसे ख्याल आया कि उसके प्रेमी ने मरते समय उसपर कुछ ज़िम्मेवारी सौंपी थी। उस काम को उसने अब तक पूरा नहीं किया है। यह ख्याल आते ही वह बर्लिन के जर्मन गुप्तचर विभाग के अध्यक्ष से मिली। एन्ना ने विस्तारपूर्वक फ्रांस के उन सारे रहस्यों के बारे में बताया, जो उसके प्रेमी ने वहां एकत्र किए थे।

अपनी पैनी निगाहों से किसी भी व्यक्ति की चरित्र-सम्बन्धी विशेषताओं का पता लगा लेनेवाला जर्मनी गुप्तचर विभाग का अध्यक्ष एन्ना मेरिया से बड़ा प्रभावित हुआ। उसने सोचा कि, जो युवती गुप्त रिपोर्टों का इतना सजीव वर्णन कर सकती है, वही अगर स्वयं जासूसी के क्षेत्र में उतर आए, तो उसके लिए बड़ी से बड़ी मुश्किलों से पार पाना आसान होगा। उसने यह महसूस किया कि एन्ना गुप्तचरी के क्षेत्र में कार्यरत रहकर जर्मनी को बड़ी सहायता कर सकती है। गुप्तचर विभाग के अध्यक्ष ने उस समय एन्ना से इस सम्बन्ध में कुछ भी कहना उचित नहीं समझा। हां, अपने प्रेमी की अकाल मृत्यु से दुःखी एन्ना को उसने सान्त्वना अवश्य दी। उसके प्रेमी की प्रशस्ति में उसने कुछ ऐसे वाक्य कहे, जिन्होंने एन्ना के दुखते हृदय पर मरहम का काम किया। एन्ना मेरिया जब वहां से विदा हुई, तब गुप्तचर विभाग का अध्यक्ष उससे यह कहना न भूला कि, वह उससे यदा-कदा मिलती रहे और जब कभी उसे किसी बात की ज़रूरत हो, वह निःसंकोच कहे।

कुछ ही दिनों बाद एन्ना मेरिया जब उस अध्यक्ष से पुनः मिलने आयी थी, तब उचित अवसर देखकर उसने एन्ना से कहा कि उसका प्रेमी अपने देश के प्रति अपना कर्तव्य निभाते हुए मरा। ऐसी मौत बड़े सौभाग्यशाली व्यक्ति को मिलती है, अतः उस सौभाग्यशाली व्यक्ति की मौत पर दुखी होने से बेहतर है कि उसके छोड़े हुए अधूरे काम को एन्ना संभाल ले। उसने एन्ना को विश्वास दिलाया कि वह इस काम को बड़ी खूबी के साथ निभा सकती है।

गुप्तचर विभाग के अध्यक्ष की इन बातों को सुनकर एन्ना गम्भीर हो गयी।

उसके अन्दर विचारों का संघर्ष मचने लगा। वह वहां से उठकर बाग में आयी और बड़ी देर तक टहलती रही। एकाएक अध्यक्ष के पास आकर उसने कहा, "आपकी राय मुझे मंज़ूर है। मैं अपने देश के लिए सब कुछ करने को तैयार हूं।"

रूपसी एन्ना मेरिया की अब एक नयी ज़िन्दगी शुरू हुई—एक ऐसी ज़िन्दगी जिसमें शूल और फूल दोनों थे ; ज़िन्दगी और मौत में जहां अन्तर नहीं होता। जब तक दामन शूलों से बचा है, तब तक ज़िन्दगी में फूलों की बहार और कहीं दामन शूलों में उलझा, तो ज़िन्दगी बर्बाद। एन्ना को गुप्तचरी की बाकायदा तालीम दी जाने लगी। कहां, किससे, कब और कैसे वह निपटेगी—आदि बातों की बारीकियां समझायी जाने लगीं। तरह-तरह के अस्त्रों से उसे सिर्फ परिचित ही नहीं कराया गया, बल्कि उसे चलाना भी बताया गया। शुरू से ही एन्ना ने किसी चीज़ को देखने-परखने की बड़ी पैनी नज़र पायी थी। प्रशिक्षण-काल में उसकी यह नज़र और भी तेज़ होती गयी। प्रशिक्षण देनेवालों को यह समझते देर न लगी कि एन्ना बड़ी ही प्रखर बुद्धि वाली युवती है।

प्रशिक्षण की कई सीढ़ियां पार कर लेने के बाद उसे रूप-परिवर्तन की कला सिखायी जाने लगी। इस काम में उसे कुछ कमियां नज़र आयीं। उसने सोचा कि इस कला में किसी विशेषज्ञ की सहायता के बिना वह निपुणता प्राप्त नहीं कर पाएगी। अतः रूप-परिवर्तन की कला सीखने के उद्देश्य से वह बर्लिन की एक प्रमुख अभिनेत्री की शरण में गयी। यहीं उसने अंग्रेज़ी और फ्रेंच आदि भाषाओं पर भी अधिकार किया। लगभग छः महीने में उस अभिनेत्री ने एन्ना को रूप बदलने की कला में पारंगत कर दिया।

एन्ना मेरिया ने अब पूरी तरह जासूसी कला में दक्षता प्राप्त कर ली थी। उसे जासूसी करने के लिए सर्वप्रथम फ्रांस के एक नगर लारेन में भेजा गया। अपनी पहली परीक्षा में वह सफल उतरना चाहती थी। लारेन आने के बाद वह इस बात का अध्ययन करने लगा कि वहां के वातावरण में वह किस प्रकार खप सकेगी। उसने अठारह वर्षीया कालेज की एक छात्रा का स्वांग रचा। जिधर भी वह गुज़रती, पुरुष-हृदय पर बिजलियां गिरतीं। उस मदमाती चाल वाली युवती पर फ्रांसीसी सेना का एक अधिकारी—जो विधुर था—फिदा हो गया। फलस्वरूप वह उसे अपना दिल दे बैठा। वह किसी तरह उस युवती का निकट-सम्पर्क प्राप्त करना चाहता था। एन्ना की नज़रों से यह बात छिपी न रह सकी। किन्तु

प्रेमी-प्रेमिका का नाटक शुरू करने से पूर्व वह यह जानना चाहती थी कि वह व्यक्ति फ्रांसीसी सेना में कोई मुख्य पद पर है या नहीं और इसकी प्रेमिका बनने पर उसे अपने काम में कामयाबी मिल सकेगी या नहीं ! और, उसको जब यह ज्ञात हुआ कि वह विधुर व्यक्ति फ्रांसीसी सेना के तोपखाने का प्रमुख अधिकारी है, तब उसने तथाकथित प्रेम की गंगा में अपनी नाव छोड़ दी।

यद्यपि उस समय फ्रांस के साथ जर्मनी की लड़ाई नहीं छिड़ी थी, परन्तु गुप्तचरी का यह धंधा—युद्ध-काल हो या शान्ति-काल—सतत चलता रहता है। शान्ति-काल में ही गुप्तचरों द्वारा सूचनाएं एकत्न कर कई देश अपनी हमलावार कार्यवाही के लिए तैयार रहते हैं। शान्तिकाल में सैनिक क्षेत्रों में जो ढिलाई आ जाती है, उस मौके का गुप्तचर पूरा-पूरा लाभ उठाते हैं। फ्रांस की सेना भी उन दिनों किसी हमले के लिए तैयार न थी। हालांकि निश्चित समय पर उनका युद्धाभ्यास अवश्य होता था। फ्रांसीसी तोपखाने का वह अधिकारी पूरी तरह एन्ना के रूप-जाल में फंस चुका था। वह अपनी उस रूपसी को महत्वपूर्ण सैनिक ठिकानों तक ले जाया करता। जहां फ्रांसीसी सेनाएं युद्धाभ्यास करतीं, वहां भी एन्ना उसके साथ होती। ऐसे समय उक्त फ्रांसीसी अधिकारी रात्नि में एन्ना को 'सैनिकों के लिए सुरक्षित' स्थानों में नहीं ठहराकर किसी अलीशान होटल में ठहराता।

कई बार उक्त सैनिक अफसर के साथ एन्ना जर्मन सीमा के नज़दीक लारेन ज़िले की सीमा पर फ्रांसीसी मोर्चे पर भी गयी थी। वहां फ्रांस की ओर से होनेवाली तैयारियों को वह अपनी पैनी निगाहों से देखती। वहां उसने सेना-सम्बन्धी कई महत्त्वपूर्ण सूचनाएं एकत्न कीं। अब लारेन में उसका काम समाप्त हो गया था। पर, यदि अपने प्रेमी को छोड़कर वह चुपचाप बर्लिन चली जाती, तो उसपर गुप्तचर होने का संदेह किया जा सकता था। अतः उसने एक ऐसी चाल चली, जिसके कारण ज़बर्दस्ती प्रेमी बने उस व्यक्ति से एन्ना को सहज ही मुक्ति मिल गयी।

एन्ना को यह पहले से ही ज्ञात था कि उक्त फ्रांसीसी अफसर की पुनर्विवाह के लिए एक युवती से सगाई हो चुकी है। वह लड़की इस व्यक्ति पर अपनी जान देती है। अगर उसे इस आशय का एक गुप्त पत्न लिख दिया जाए कि उसका भावी पति एक अन्य लड़की के प्रेम-जाल में फंस गया है और वे दोनों फलां होटल में फलां कमरे में साथ रह रहे हैं, तो वह बौखला उठेगी। एन्ना ने ऐसा ही किया। होटल का नाम, कमरा नम्बर और समय का हवाला देते हुए उसने उस

अफसर की भावी पत्नी को पत्र लिख दिया। नतीजा वही हुआ, जो एन्ना ने सोचा था। वह युवती निश्चित समय पर होटल में पहुंची। एन्ना और अपने भावी पति को एक ही कमरे में देखकर वह क्रोध से आगबबूला हो उठी। वह अपने भावी पति पर उबल पड़ी। उसने कालेज-छात्रा रूपी एन्ना को होटल से निकाल बाहर कर दिया। फ्रांसीसी अफसर और एन्ना का अपसी सम्पर्क बड़ी आसानी से टूट गया। एन्ना तो यही चाहती भी थी। वह बर्लिन लौट आयी।

इस तरह एन्ना मेरिया जासूसी के क्षेत्र में, अपनी पहली परीक्षा में सफलतापूर्वक उत्तीर्ण हुई। गुप्तचरों में उसका सम्मान बढ़ गया।

युद्ध शुरू होने से पूर्व एन्ना ने फ्रांस और इंग्लैंड की कई बार यात्राएं कीं। इन दोनों देशों में रहकर उसने जर्मनी के लिए महत्त्वपूर्ण सूचनाएं एकत्र कीं। रूप और यौवन के बल पर एवं वेश बदलने की कला में पारंगत होने के कारण उसकी मुश्किलें आसान होती गयीं। वह अपने समय की जर्मनी की प्रसिद्ध जासूस नारी बन चुकी थी। जर्मनी गुप्तचर विभाग का अध्यक्ष एन्ना से बड़ा प्रभावित था और अक्सर वह उससे यह कहना नहीं भूलता था कि, जर्मनी उसकी इन सेवाओं को कभी भूल नहीं सकता।

सन् 1914 ई० में एन्ना मेरिया ने जासूसी के क्षेत्र में नया कीर्तिमान स्थापित किया। उसे बेलजियम में गुप्तचरी के लिए भेजा गया। वहां पहुंचने पर उसने सबसे पहले बेलजियम-स्थित उस केन्द्र का पता लगाया, जहां जर्मनी में जासूसी करने के लिए बेलजियम के नवयुवक-नवयुवतियों को प्रशिक्षण दिया जाता था। यहां एन्ना ने बेलजियम-नारी का स्वांग रचकर एक ऐसी चाल चली कि उसे उक्त जासूस-प्रशिक्षण विद्यालय की अध्यापिका बना दिया गया। अध्यापन-काल में एन्ना ने अपने शिष्य-शिष्याओं को ऐसा उलटा पाठ पढ़ाया कि जब वे जासूसी करने निकले, तो अपने बिछाए जाल में स्वयं ही फंसकर रह गए और एक-एक कर पकड़ लिए गए।

सन् 1916 ई० में युद्ध का बाज़ार गर्म था। आप जानते ही होंगे कि युद्ध-काल में बेसिर-पैर की अफवाहों का बाज़ार गर्म हो जाता है। कल्पित बातों को लोग रंग देकर उसे आंखोंदेखी बात कहना शुरू कर देते हैं। उन दिनों ब्रिटेन की उस अजेय कवचधारी गाड़ी के बारे में अफवाहों का बाज़ार गर्म था। कुछ देशों को इसकी सत्यता में संदेह था। वे अपने इस संदेह को दूर कर लेना चाहते थे। जब यह अफवाह उड़ी कि ब्रिटेन की वह कवचधारी गाड़ी खाई-खन्दकों की

मोर्चेबन्दी को पल-भर में तहस-तहस कर दे सकती है, तब जर्मनी के सैनिक अधिकारियों का माथा ठनका। उन लोगों ने एक स्वर से यह राय दी कि एन्ना मेरिया इंग्लैंड जाए और इसकी सत्यता के बारे में पता लगाकर यथाशीघ्र जर्मनी को सूचित करे।

एन्ना सीधे इंग्लैंड न जाकर पहले आयरलैंड गयी। वहां उसने एक आयरिश युवक से प्रेम करने का ढोंग रचा। उसकी प्रेमिका बन उसके साथ वह इंग्लैंड आयी और हैटफील्ड पार्क के निकट एक छोटे-से मकान में अपना डेरा जमाया। यहां डेरा जमाने से पूर्व उसने इस बात का भली भांति पता लगा लिया था कि उस अजेय कवचधारी गाड़ी का प्रदर्शन कहां होने वाला है। जर्मनी के ही एक और गुप्तचर ने उसे सूचना दी थी कि, हैटफील्ड पार्क के निकट ही ब्रिटेन अपने उस नये अस्त्र का प्रदर्शन करेगा।

एन्ना मेरिया के सामने अब एक समस्या यह थी कि, वह स्वयं अपनी आंखों से उस ऐतिहासिक परीक्षण को किस प्रकार देख सकेगी। महिलाओं को उस स्थल तक जाने की मनाही थी। इस संबंध में उसने अपनी योजना बनानी शुरू ही की थी कि परीक्षण के दिन की घोषणा कर दी गयी। ज़िला-अधिकारी ने गांव की सीमा पर स्काउटों की एक बड़ी जमात को तैनात कर दिया था, ताकि कोई विदेशी जासूस उस स्थान में पहुंचकर उस ऐतिहासिक अस्त्र के परीक्षण का भेद न ले सके। एन्ना मेरिया ने उस स्काउट मास्टर का वेश बदला, जो सयोगवश उस दिन गांव से बाहर गया हुआ था। स्काउटों ने अपने नये मास्टर (एन्ना) की आज्ञा का पालन किया। उसके आदेश पर कई बच्चे पेड़ों पर चढ़ गए। एक स्काउट बच्चे को एन्ना ने दूरबीन दे दी थी। उसने उस बच्चे से कहा कि, इसकी सहायता से वह दूर-दूर तक देख सकेगा कि कोई जासूस कहीं छिपा तो नहीं है। मौका देखकर वह दूरबीन की सहायता ले परीक्षण-स्थल को भी देख सकता है। एन्ना जानती थी कि यह बालक इस दूरबीन का उपयोग परीक्षण-स्थल को देखने में ही करेगा। उधर एन्ना स्वयं स्काउट मास्टर के वेश में गांव की सीमा पर रह गयी।

दूरबीन पानेवाले बच्चे ने वास्तव में उसका प्रयोग परीक्षण-स्थल को देखने में ही किया। कई घंटे के बाद, परीक्षण समाप्त होने पर जब वह पेड़ से उतरा, तो उसने वे सारी बातें एन्ना को बता दीं जो दूरबीन की सहायता से देखी थीं—कैसी थी वह कवचधारी गाड़ी, उसका आकार-प्रकार कैसा था और किस तरह वह

खाई-खन्दकों को पार कर जाती थी। उस स्काउट बालक ने एन्ना को यह भी बताया कि इस परीक्षण को देखने के लिए स्वयं बादशाह जार्ज पंचम और लार्ड किचनर भी आए थे। अन्त में दूरबीन के लिए उस बच्चे ने एन्ना को धन्यवाद दिया और अपना रास्ता नापा।

टैंक-संबंधी जानकारी प्राप्त कर लेने के बाद एन्ना का अब इंग्लैंड में कोई काम न रह गया था। वह बर्लिन लौटी और ब्रिटेन की उस कवचधारी गाड़ी के संबंध में सारी बातें सविस्तर उन जर्मन अफसरों को बतायीं, जो इसी गुप्त भेद को जानने के लिए बेताबी से प्रतीक्षा कर रहे थे। उस घटना का उल्लेख हम इस अध्याय के शुरू में ही कर चुके हैं।

पर, जर्मनी के सैनिक अधिकारियों ने एन्ना द्वारा संगृहीत सूचनाओं पर कोई विशेष ध्यान नहीं दिया, बल्कि एन्ना ने जब उस गाड़ी के आकार-प्रकार का वर्णन किया, तब लोगों ने उसकी बात को हंसी में उड़ा दिया। वे यह मानने को कतई तैयार न थे कि इतनी बड़ी और वज़नी गाड़ी अपने स्थान से हिल भी सकती है, फिर उसके चलने और खाई-खन्दकों को पार करने की बात तो दूर रही। अगर वह बख्तरबंद गाड़ी चल सकती है, तो उसमें कहीं न कहीं जोड़ होगा, पहिये होंगे, तो फिर ऐसी गाड़ी को आसानी से नष्ट किया जा सकता है। एन्ना की उस रिपोर्ट की अपेक्षा वे लोग अपनी कल्पना की उड़ान पर ही ज़्यादा विश्वास कर रहे थे।

सैनिक अधिकारियों के इस रवैये से एन्ना मेरिया को बड़ा दुःख हुआ। उसने कल्पना नहीं की थी कि जितने कष्ट सहकर, अपने शरीर का सौदा कर, उसने ब्रिटेन के उस भयानक अस्त्र के बारे में पता लगाया था, उसकी इस तरह हंसी उड़ाई जाएगी। अन्ततः एन्ना की उस रिपोर्ट को बेकार समझा गया। एन्ना का दिल छोटा हो गया।

लेकिन, सितम्बर सन् 1916 ई० में जब ब्रिटिश टैंकों ने पहली बार जर्मन खाइयों को रौंदते हुए उसके सैनिकों का सत्यानाश करना शुरू किया, तब उन्हें यह महसूस हुआ कि एन्ना की उस सूचना पर अगर उस समय विश्वास कर लिया जाता, तो आज युद्धक्षेत्र में यह धोखा नहीं उठाना पड़ता। पर, अब हो ही क्या सकता था ! ब्रिटिश टैंकों ने जर्मन सेना को गहरी क्षति पहुंचायी, फिर भी वे अपने मोर्चे संभाले रहे। अपनी पराजय को जीत में बदलने के लिए जर्मन सैनिक

विशेषज्ञों ने भी टैंकों का निर्माण किया। यही वजह थी की सन् 1916 ई० से सन् 1919 ई० तक चलने वाले उस युद्ध में जर्मनी की पराजय होने से बची।

फ्रांस के लीज नगर पर जर्मनी ने जब आक्रमण किया, तब एन्ना मेरिया द्वारा संगृहीत सूचनाओं को ध्यान में रखा गया; क्योंकि उसने इस स्थान पर फ्रांस की मोर्चेबंदी को एक सैनिक अधिकारी की निगाहों से देखा था। उसने यह रिपोर्ट दी थी कि कहां पर मज़बूत किलेबंदी है, और कहां है वह मार्मिक स्थल, जिसपर चोट करने से जर्मनी को सफलता मिलेगी। एन्ना ने ही जर्मनी के सैनिक अधिकारियों को यह सुझाव दिया था कि युद्ध आरंभ होने पर जर्मन सेनाएं कमज़ोर स्थलों से ही आक्रमण करें। जब वे आगे बढ़ जाएंगे, तो किलेबन्दियों को तोड़ना आसान हो जाएगा।

और, हुआ भी ऐसा ही। एन्ना मेरिया की सूचनाओं के आधार पर जर्मन सेनाओं ने फ्रांस के लीज नगर पर आक्रमण कर दिया। सेना का संचालन कमाण्डर लूडेन डार्फ कर रहा था। उसकी सेनाओं ने फ्रांस की मोर्चेबंदी को तहस-नहस कर लीज को अपने अधिकार में कर लिया। जर्मनी-निवासियों ने अपनी जीत की खुशी में, इस युद्ध की विजय का सेहरा लूडन डार्फ को पहनाया, पर, उन्हें क्या पता था कि लूडेन डार्फ की सहायता अगर एन्ना मेरिया नहीं करती, तो आज जर्मनी के लोगों को यह दिन देखना नसीब न होता।

युद्ध समाप्त होने के बाद एन्ना मेरिया को अब कोई विशेष काम नहीं रह गया था। जासूसी करते हुए उसने अपार दौलत एकत्र की थी और अब अपने जीवन के अन्तिम दिनों को आराम से गुज़ारना चाहती थी। अतः उसने जासूसी के काम से अपने को मुक्त कर लिया।

अमेरिका की जासूस सुन्दरी—

जूडिथ कोपलिन

[भूरी आंखें और लाल बालों वाली एक ऐसी जासूस युवती की कहानी, जो किसी एक पुरुष के बंधन में न रहकर नित नये पुरुषों से सम्पर्क स्थापित करती थी। इस नागिन रूपी नारी ने अपनी शारीरिक भूख शान्त करने के लिए अपने ही देश के खिलाफ जासूसी करने का धंधा अपनाया था।]

युद्ध-काल हो अथवा शान्ति-काल, जब दो देश एक-दूसरे को अपना दुश्मन समझने लगते हैं, तो वे एक-दूसरे की सैनिक-राजनीतिक गतिविधियों की पर्याप्त जानकारी प्राप्त करने के प्रयत्न में लगे रहते हैं। युद्ध-काल में ऐसा करना एक तरह से अनिवार्य हो जाता है, पर शान्ति-काल में भी जासूसी-कार्य कभी बन्द नहीं होता, क्योंकि शान्ति-काल में गुप्तचरी की डाली गयी नींव युद्ध-काल में सुदृढ़ हो उठती है। इसीलिए यह कार्य शान्ति एवं युद्ध दोनों कालों में सतत चलता रहता है। इसी प्रकार गुप्तचरों को गुप्त भेद प्राप्त करने से रोकने का प्रयत्न भी सदैव चलता रहता है।

यहां हम एक ऐसी महिला जासूस के काले करिश्मे बताने जा रहे हैं, जिसने अपनी शारीरिक भूख को शान्त करने के लिए ही अपने देश के खिलाफ जासूसी करने का धन्धा अपनाया था और वह भी इस खूबी से कि संयुक्त राज्य अमेरिका के 'फेडरल ब्यूरो आफ इन्वेस्टीगेशन' (अपराध अन्वेषण विभाग, जिसका लघु नाम—'एफ० बी० आई० है) को कई महीने तक उस युवती का पीछा करना पड़ा था और उसे बार-बार निराशा ही हाथ लगती थी। पर उस संस्था के कर्मचारी इतनी आसानी से हार माननेवाले न थे। अन्त में उन लोगों ने उस नागिन को, जिसका नाम जूडिथ कोपलिन था, खोज ही निकाला।

जूडिथ कोपलिन अमेरिका के एक भले घर की युवती थी। उसका बाप

सैम्युएल कोपलिन अपने मुहल्ले का एक प्रसिद्ध समाजसेवी था। जूडिथ की मां बड़ी नेक और रहमदिल महिला थी। बचपन से ही जूडिथ एक मेधावी छात्रा रही और उसे संगीत, नृत्य और चित्रकला से गहरा लगाव था। भूरी आंख और लाल बालों वाली जूडिथ कोपलिन अपनी युवावस्था में इतनी आकर्षक हो उठी कि लोगों की नज़रें उसपर टिके बिना न रह सकती थीं। जूडिथ देखने में बड़ी भोली लगती थी और उसकी मुस्कराहट का तो पूछना ही क्या !

बी० ए० की परीक्षा में उत्तीर्ण होने के बाद वह सदा न्यूयार्क के आधुनिक कला के अजायबघर में चित्रों के अध्ययन के लिए जाया करती थी। वह वाशिंगटन की आर्ट गैलरी में भी नियमित रूप से जाती थी। प्रखर बुद्धि की होने के कारण वह विदेशी मामलों का अच्छा ज्ञान रखती थी और उसके कई मसलों को आसानी से समझ लेती थी और यही कारण था कि उसे वाशिंगटन-स्थित अमेरिकी सरकार की एक महत्त्वपूर्ण संस्था 'एफ० बी० आई०' में आसानी से नौकरी मिल गयी, जहां वह विदेशी नागरिकों की रजिस्ट्री करने के काम पर लगा दी गयी थी। कुछ ही दिनों बाद जूडिथ कोपलिन की ईमानदारी से प्रभावित होकर उसे वैदेशिक और आन्तरिक सुरक्षा सम्बन्धी मामलों के निपटारे का काम सौंपा गया जिसे उसने बड़ी कुशलतापूर्वक निभाया। उसकी कर्तव्य-परायणता की प्रशंसा वहां के एटार्नी-जेनरल ने की और उसका वेतन इकतालीस हज़ार डालर सालाना कर देने की सिफारिश की।

इन्हीं दिनों जूडिथ ने महसूस किया कि उसका आकर्षक चेहरा किसीको भी दीवाना बना देने के लिए काफी है और इसीलिए वह बराबर तरह-तरह के लुभावने वस्त्रों में और भी आकर्षक बनकर कार्यालय आया करती। उसने अपने जीवन का ध्येय बना लिया था कि जीवनभर किसी एक की होकर न रहा जाए, बल्कि पुरुष रूपी फतिंगों को मंडराने दिया जाए और उनसे अपनी शारीरिक भूख शान्त की जाए। जूडिथ के अपने कार्यालय के कई उच्चाधिकारी भी उसके दीवानों में से थे। यह भेद तब खुला, जब वह जासूसी करने के अपराध में पकड़ी गयी।

19 दिसम्बर, 1948 ई० ! दोपहर के एक बजे एफ० बी० आई० के कार्यालय में कुछ महत्वपूर्ण कागज़ातों की खोज की जा रही थी। उन कागज़ों में अत्यन्त गुप्त बातें थीं। एफ० बी० आई० के प्रमुख अधिकारी मिस्टर जे० एडगर हूबर उन कागज़ों के न मिलने से परेशान थे। उनके मन में रह-रह यह बात आती कि कहीं एफ० बी० आई० के कर्मचारियों

कोई कम्युनिस्ट देश का जासूस तो नहीं है। उन्होंने तुरत अपने अधीनस्थ अफसरों की बैठक बुलायी। एक कमरे में वह गुप्त बैठक हो ही रही थी कि धमाके के साथ एक बम फटा और वह कमरा विषले धुएं से भर गया। किसी तरह लोग उस कमरे से बाहर निकले। इधर एफ० बी० आई० की सुरक्षा-पुलिस इधर-उधर भागकर बम फेंकनेवाले को पकड़ने की चेष्टा कर रही थी, पर उसे कामयाबी न मिली।

जे० एडगर हूबर उस बम के धड़ाके से घबराए नहीं, बल्कि उन्होंने गुम हुए कागज़ात को और सरगर्मी से खोजने का आदेश दिया। दो दिन बाद एफ० बी० आई० के गुप्तचर ने (जो कम्युनिस्ट देश में गुप्तचर नियुक्त किया गया था) सूचना दी कि उन कागज़ों की मूल प्रतियां एक कम्युनिस्ट देश के अधिकारियों को सौंप दी गयी हैं। इस सूचना के मिलते ही एफ० बी० आई० में ज़ोरों के साथ जांच-पड़ताल होने लगी और इसका भार टी० कैनेथ नामक एक उच्चाधिकारी को सौंपा गया। टी० कैनेथ ने जांच-पड़ताल करते समय अपने कार्यालय की तीनों युवतियों पर कड़ी नज़र रखी। अन्त में उसे विश्वास हो गया कि यह काम जूडिथ कोपलिन का है; पर पर्याप्त सबूत के अभाव में वह कुछ भी करने से लाचार था।

जूडिथ पर जासूसों के एक गिरोह को लगा दिया गया जो उसकी हर गतिविधि पर कड़ी नज़र रखने लगा। कई महीने की गुप्तचर्या के बाद एफ० बी० आई० के जासूस जूडिथ के खिलाफ केवल एक ही आरोप लगा सके, और वह यह कि उसका कई व्यक्तियों से सम्बन्ध है; पर जूडिथ इनमें से किसी एक को भी अपने घर नहीं लाती, बल्कि हर किसीके साथ घूमती-फिरती है।

7 जनवरी, 1949 को जासूसों के दल ने जूडिथ को बाल्टीमोर के एक होटल में एक नवयुवक के साथ देखा। एफ० बी० आई० के गुप्तचरों ने यहां भी जूडिथ का पीछा किया और वे माइक्रोफोन तथा एक्स-रे की ऐसी मशीनें ले कर जूडिथ के ठीक बगलवाले कमरे में ठहरे, जिसका सहायता से कमरे के अन्दर की तस्वीरें ली जा सकती थीं। पर, दो दिन तक एड़ी-चोटी का पसीना एक करने के बाद भी गुप्तचरों को कोई काम की बात नहीं मिली। एक्स-रे मशीन और माइक्रोफोन की सहायता से इतना ही पता चला कि दोनों में चांद-सितारों की बातों को छोड़कर अन्य किसी विषय पर बातें नहीं हुईं। जूडिथ और वह युवक दोनों भावनाओं के वेग में एक-दूसरे के साथ बहते रहे।

तीसरे दिन उस युवक के बारे में एफ० बी० आई० के जासूसों ने पता

लगाया कि उसका नाम शेपिरो है और वह एफ० बी० आई० का ही एक कर्मचारी है, जो जूडिथ के बगल वाले कमरे में बैठा करता है। चौथे दिन जूडिथ और उसका प्रेमी बाल्टीमोर से फिलाडेल्फिया आए और वहां एक बड़े शानदार होटल में ठहरे। यहां भी जासूसों ने उन्हीं यंत्रों के साथ उसका पीछा किया, पर फिर वही बातें, वही मनोरंजन और अन्त में सब कुछ वही हुआ जो बाल्टीमोर के होटल के कमरे में हुआ था। अन्त में अपने अधिकारी टी० कैनेथ को कोसते जूडिथ का पीछा करते हुए गुप्तचरों का दल वापस आ गया।

अपने गुप्तचरों की रिपोर्ट पाकर टी० कैनेथ यह समझ नहीं पा रहा था कि रहस्य क्या है, जबकि उसे इस बात का पूरा विश्वास था कि, यह काम जूडिथ कोपलिन ने ही किया है। पर, उसे रहस्य का पता उस दिन लगा जब कार्यालय में जूडिथ कोपलिन ने अध्यक्ष विलियम फोले से जाकर कहा कि मुझे अमेरिका में कम्युनिस्ट एजेण्टों की गतिविधि की रिपोर्ट दी जानेवाली थी, लेकिन अब तक नहीं दी गयी। एक फाइल का काम पूरा करने के लिए मुझे उसकी ज़रूरत है।

विलियम फोले ने थोड़ी देर में फाइल भिजवा देने की बात कही और तब जूडिथ कोपलिन अपने कमरे में लौट आयी। फोले ने सोचा कि अगर जूडिथ शत्रु की एजेण्ट बन गयी है, तो उसका पता आसानी से लग जाएगा। अतः उन्होंने फाइल में तीन व्यक्तियों के नाम और पते के साथ 'आवश्यक कार्यवाही के लिए प्रेषित' लिखकर वह फाइल जूडिथ को भिजवा दी। फाइल का अध्ययन करते समय जब उसकी नज़र उन तीनों व्यक्तियों के नाम पर पड़ी, तो वह चौंक पड़ी। टी० कैनेथ दूर से यह सब देख रहा था।

थोड़ी ही देर में जूडिथ ने अपने कार्यालय अध्यक्ष से एक दिन की छुट्टी मांगी जो तुरन्त मंज़ूर कर दी गयी। जूडिथ ज्योंही उन तीनों व्यक्तियों को सचेत करने के विचार से न्यूयार्क के लिए रवाना हुई, त्योंही इधर एफ० बी० आई० के बारह आदमियों ने मोटर, वायरलेस, एक्स-रे मशीन, कैमरा आदि अन्य ज़रूरी यंत्र लेकर उसका पीछा किया।

न्यूयार्क स्टेशन पर उतरते ही जूडिथ किताबों की एक दूकान में गयी और पैंतालीस मिनट बाद जब निकली, तब एक केमिस्ट की दूकान में घुस गयी। वहां से निकलने पर एक जौहरी की दुकान में लगे शीशे के सामने खड़ी हो गयी; क्योंकि उस शीशे की सहायता से वह देखना चाहती थी कि कोई उसका पीछा

तो नहीं कर रहा है। करीब सात मिनट तक वह वहीं खड़ी रही। इतने में एक लम्बा-तगड़ा नौजवान उसके पास आया। दोनों ने अपनी ज़ुबान से एक शब्द भी न निकाला और चुपचाप एक होटल में घुस गए, जहां वे दोनों एक घंटे तक रहे।

होटल से बाहर निकलने पर जूडिथ बहुत उत्तेजित दिखाई पड़ी। टैक्सी कर वह उसके साथ स्टेशन आयी। एफ० बी० आई० गुप्तचर भी उसके साथ थे। जब गाड़ी दो स्टेशनों को पार कर तीसरे पर रुकने ही वाली थी कि उससे पूर्व एक युवक चलती गाड़ी से कूद पड़ा। एफ० बी० आई० के एक व्यक्ति ने उसका पीछा किया। आधे घण्टे तक पीछा करने के बाद भी वह पकड़ में न आ सका। पर, गुप्तचरों ने पता लगा लिया कि ट्रेन से कूदनेवाला वह रहस्यमय व्यक्ति एक रूसी इंजीनियर था, जो राष्ट्रसंघ के भवन-निर्माण विभाग में काम करता था और उसका नाम था बैलेण्टाइन ए० गुबिशेव।

एफ० बी० आई० के अध्यक्ष फोले को जब जूडिथ के खिलाफ वह रिपोर्ट मिली, तो भविष्य में हर गुप्त कागज़ को उसे न देने का आदेश दिया गया। कुछ ही दिनों में अपने प्रति अधिकारियों के ऐसे व्यवहार से जूडिथ तिलमिलाने लगी। उसका रोष बढ़ता ही गया, पर उसने अपना तौर-तरीका नहीं बदला

18 फरवरी, सन् 1949 ई० को जूडिथ ने अपने दफ्तर से एक दिन की छुट्टी ली और वह दो बजे वाशिंगटन के लिए रवाना हो गयी। स्टेशन पर जूडिथ ने जब अपनी अटैची ठीक करने के लिए खोली, तो एक गुप्तचर ने, जो उसपर नज़र जमाए हुए था, देखा कि उसके अन्दर कुछ टाइप किए हुए कागज़ हैं। स्टेशन से बाहर आने पर जूडिथ कुछ देर तक इधर-उधर घूमती रही। वह एक गली की ओर मुड़ी ही थी कि उसे गुबिशेव दिखायी पड़ा। अंधेरे में दोनों में कुछ देर तक बातें हुईं, पर एफ० बी० आई० के गुप्तचर यह देख न सके कि जूडिथ ने उसे कागज़ात दिए या नहीं। और, मज़े की बात यह कि उस दिन की भांति इस बार भी गुबिशेव गुप्तचरों को चकमा देकर साफ निकल गया।

3 मार्च, सन् 1949 ई० को जूडिथ फिर न्यूयार्क के लिए रवाना हुई। वहां उसने गुबिशेव के साथ रात होटल में काटी। इस बार एफ० बी० आई० के गुप्तचरों ने जी-तोड़ मेहनत की। एक्स-रे मशीनों की सहायता से जो कुछ गुप्तचरों ने देखा, उससे उनका विश्वास बढ़ता गया। होटल से विदा लेकर जूडिथ और गुबिशेव ज्योंही बाहर आए कि पुलिस ने दोनों को गिरफ्तार कर लिया।

गुबिशेव ने अपनी गिरफ्तारी का विरोध किया और जूडिथ आपे से बाहर हो गयी; लेकिन उनकी एक न चली।

उन्हें गिरफ्तार कर फोलेस्कायर के एफ० बी० आई० के कार्यालय में लाया गया जहां उनकी तलाशी हुई, मगर गुप्तचरों के काम की कोई भी चीज़ न निकली। जब जूडिथ के अटैची केस का नम्बर आया तब उन्हें पाउडर का एक ऐसा डिब्बा भी मिला, जिसे देखकर लगता था कि यह अभी-अभी खरीदा गया है। पाउडर का डिब्बा बन्द था। उसपर एक फीता चारों ओर से बंधा हुआ था और जहां पर फीते की गांठ थी, वहां पाउडर तैयार करने वाली फर्म की मुहर लगी थी। इस मुहर के नीचे यह लिखा था कि यदि मुहर टूटी हो तो ग्राहक उसे न खरीदें। गुप्तचरों ने इसपर कोई ध्यान नहीं दिया, बल्कि एक झटके से फीता तोड़कर डिब्बा खोल दिया गया और डिब्बे के खुलते ही जासूसों के आश्चर्य की सीमा न रही, उनके गमगीन चेहरे खुशी से मुस्करा उठे, क्योंकि उस डिब्बे के अन्दर, पाउडर की जगह बहुत-से टाइप किए हुए कागज़, जो गिनती में चौंतीस थे, निकले। इन कागज़ों में अमरीकी सरकार के अनेक महत्त्वपूर्ण भेद थे।

गुबिशेव और जूडिथ पर मुकदमा चलाया गया और वे कागज़-पत्र पुलिस ने अपने सबूत में पेश किए। जूडिथ ने इन कागज़ों की सफाई में अदालत में कहा कि वह एक उपन्यास लिखने वाली थी और ये कागज़ उस उपन्यास के नोट्स थे। लेकिन इसके साथ ही अदालत ने यह एतराज़ उठाया कि जूडिथ ने आज तक एक भी उपन्यास नहीं लिखा, तो ऐसी हालत में इन्हें उपन्यास के नोट्स मानना संभव नहीं। चौंतीस सरकारी कागज़-पत्रों की नकल, सवा सौ डालर, गुप्त भेदों और इन सबके अलावा एक अमेरिकी युवती का कम्युनिस्टों के साथ रात बिताना आदि बातें जूडिथ को सज़ा दिलवाने के लिए काफी थीं और इसीलिए कोई वकील उसके मुकदमे की पैरवी करना नहीं चाहता था। लेकिन एक युवक वकील जूडिथ के रूप के जाल में फंस गया था और अन्त में उसने जूडिथ को बचा लिया।

गुबिशेव को अमेरिका से निर्वासित कर दिया गया और जूडिथ ने उस युवक वकील से शादी कर ली। यह जूडिथ का सौभाग्य था कि उसकी हरकतें शान्ति-काल में हुई थीं। अगर कहीं लड़ाई के दौरान में ऐसी घटना हुई होती, तो जूडिथ कोपलिन को गोली का शिकार बनना पड़ता।

जिसे नाज़ी नहीं झुका पाए—

भारतीय महिला नूरुन्निसा

[एक ऐसी लड़की की कहानी जिसने हिटलर के खिलाफ लड़ते हुए अपनी जान दे दी, मगर बहुत कम ही लोग यह जानते हैं कि इस बहादुर लड़की का ताल्लुक हिन्दुस्तान के एक ऐसे खानदान से था जिसकी बहादुरी और देशभक्ति की कहानियां आज भी प्रसिद्ध हैं।]

16 जनवरी, सन् 1946 ई० ! भारत की आजादी की लड़ाई के एक वीर सेनानी टीपू सुलतान के खानदान की एक लड़की नूरुन्निसा को फ्रांस के जनरल देगाल ने बहादुरी का एक मेडल और खिताब दिया। फिर, 15 अप्रैल, सन् 1949 ई० को उसकी मौत के बाद ब्रिटेन की सरकार ने भी जब उसकी बहादुरी के लिए खिताब दिए तब लोगों ने समझा कि एक हिन्दुस्तानी लड़की ने हिटलर के खिलाफ लड़ते हुए जान दे दी। मगर बहुत कम ही लोग यह जानते हैं कि इस बहादुर लड़की का ताल्लुक हिन्दुस्तान के एक ऐसे खानदान से था जिसकी बहादुरी और देशभक्ति की कहानियां हिन्दुस्तान में आज भी बच्चे-बच्चे का ज़ुबान पर हैं।

टीपू सुलतान का एक बेटा सन् 1857 की आज़ादी की लड़ाई में कत्ल कर दिया गया था। टीपू के इस लड़के की एकमात्र निशानी थी—एक लड़की, जिसे टीपू के दो स्वामिभक्त सिपाहियों ने छिपाकर अपने यहां रख लिया और बाद में मैसूर ले आए। मैसूर में उस लड़की की शादी प्रसिद्ध संगीतज्ञ मौला बख्श से कर दी गयी। शादी के कुछ दिन बाद से नवदम्पती बड़ौदा राज्य में रहने लगे। इनकी एक लड़की खुदीजा बीबी की शादी रहमत खां से हुई। रहमत खां और खुदीजा बीबी के तीन पुत्रों में सबसे बड़े इनायत खां थे। इनायत खां जब अमेरिका में थे, उसी समय उनकी मुलाकात मिस ओरारे बेकर से हुई और आखिर फ्रांस पहुंचकर दोनों ने शादी कर ली।

मास्को के क्रेमलिन महल में 1 जनवरी सन् 1914 ई० को नूरुन्निसा ने जन्म लिया और उसका नाम मीरज़ादी नूरुन्निसा इनायत खां रखा गया। नूर की शिक्षा-दीक्षा फ्रांस के स्कूलों में हुई, लेकिन उसने अपने घर भारत के इतिहास का गहरा अध्ययन किया था।

सितम्बर, सन् 1926 ई० में इनायत खां हिन्दुस्तान वापस आए और कुछ ही महीने बाद दिल्ली में न्यूमोनिया से 5 फरवरी, सन् 1927 ई० में इन्तकाल कर गए। इनायत खां के इन्तकाल के बाद घर की सारी ज़िम्मेदारियां नूर के सिर पर आ पड़ीं ; क्योंकि उसकी मां पर्दा के कारण बाहर न निकलती थी और सन्तानों में बड़ी होने के कारण नूर को अपने बहन-भाइयों की देख-रेख तथा मेहमानों की देखभाल आदि करनी पड़ती थी।

द्वितीय महायुद्ध के समय नूर ने अपने भाई विलायत खां के साथ हवाई बेड़े में नौकरी कर ली। इण्टरव्यू के समय नूर से पूछा गया कि भारतीय होने के नाते भारत की आज़ादी के आन्दोलन के बारे में तुम्हारे क्या ख्याल हैं ? और तब नूर ने साफ-साफ जवाब दिया कि उसे इस आन्दोलन के प्रति हमदर्दी है और वह अपने देश के नेताओं का साथ देना अपना परम कर्तव्य समझती है।

नूर के इस जवाब से उसे वफादार नहीं समझा गया, परन्तु उसे एक अत्यन्त ही खतरनाक काम सौंपा गया।

नूर को रेडियो ऑपरेटर की ट्रेनिंग दी गयी ताकि वह फ्रांस जाकर खुफिया जासूसों में शामिल हो, हिटलर की फौज के खिलाफ काम कर सके। ट्रेनिंग पूरी करने के बाद आखिर 'मैडलेन' नाम रखकर 16 जून, सन् 1943 ई० को पैराशूट के द्वारा उसे पेरिस के पास उतार दिया गया। फ्रांस के खुफिया अड्डे में उसका नाम 'जेन मेरी' था।

पेरिस पहुंचकर नूर ने यह संदेश भेजा कि 'मैडलेन' पेरिस पहुंच गयी है और अब गुप्त सन्देश भेजने के लिए किसी सुरक्षित स्थान की सोज में लगी है। उस समय शत्रु देश के सन्देश भेजना आसान न था ; क्योंकि प्रसिद्ध जर्मन जासूस संस्था 'गेस्टापो' का जाल पग-पग पर छाया था और इसने ब्रिटेन के कई जासूसों को ट्रांसमीटर सहित गिरफ्तार कर लिया था। नूर एक ऐसे मकान की तलाश में थी जिसके पास बहुत ही घने और लम्बे पेड़ हों, ताकि उसपर एरियल लगाकर गुप्त सन्देश भेजे जा सकें। इधर 'गेस्टापो' के लोग अपनी मोटरों में ऐसी मशीनें

लगाकर घूमा करते थे जिनसे पता लग जाता था कि गुप्त सन्देश किस क्षेत्र से भेजा जा रहा है। इस तरह उन्होंने बहुत-से ट्रांसमीटर पकड़ लिए थे। यही कारण था कि नूर किसी एक जगह जमकर सन्देश भेजने के बजाय कई अलग-अलग जगहों से सन्देश भेजा करती थी। उसका ट्रांसमीटर हर समय एक सूटकेस की शक्ल में उसके साथ रहता था।

एक बार लोकल ट्रेन में एक डिब्बे में दो जर्मन सिपाहियों ने जब उसके सूटकेस को लक्ष्य कर नूर से पूछा कि यह क्या है, तब वह समझी कि अब आखिरी वक्त आ गया। लेकिन उसने बड़े इतमीनान से कहा—"बच्चों को सिनेमा दिखाने की मशीन है। लीजिए, आप भी देखिए।" और नूर ने अपने सूटकेस को सिर्फ इतना खोलकर दिखा दिया कि थोड़ा-सा हिस्सा दिखाई दे सके। सिपाहियों ने ज़िन्दगी-भर इस तरह की कोई मशीन नहीं देखी थी। अतः वे माफी मांगकर अगले स्टेशन पर उतर गए।

कुछ ही दिनों बाद फ्रांस में जासूसी करने के लिए भेजा गया इंग्लैंड का एक पूरा गिरोह 'गेस्टापो' द्वारा गिरफ्तार कर लिया गया। इस गिरोह के साथ-साथ कुछ खास-खास फ्रांसीसी भी पकड़े गए और नूर अब अकेली रह गयी। लन्दन से एक हवाई जहाज़ उसे लाने के लिए भेजा गया कि अब सब साथियों के पकड़े जाने के बाद उसका वहां रुके रहना बेकार है। लेकिन नूर ने लन्दन जाने से इनकार कर दिया क्योंकि वह ब्रिटेन के प्रति वफादारी जताने के लिए नहीं, बल्कि एक बड़े उद्देश्य की पूर्ति के लिए हिटलर से लड़ रही थी।

इधर 'गेस्टापो के लोग उसकी तलाश में थे ; क्योंकि पकड़े गए गिरोह में से कुछ लोगों ने अपनी जान बचाने के लिए उन्हें अपने दूसरे साथियों के बारे में बता दिया था। सिपाहियों और जासूसों की एक बड़ी टोली सिर्फ 'मैडलेन' का पता लगाने के काम पर लगा दी गयी थी।

अन्त में एक औरत की गद्दारी के कारण नूर गिरफ्तार कर ली गयी और एक पांच-मंज़िली ऊंची इमारत में, जिसमें 'गेस्टापो' का कार्यालय भी था, नूर को कैद कर लिया गया। वहां उसपर इस बात का भेद बताने के लिए तरह-तरह की सख्तियां की गयीं कि वह अपने दूसरे साथियों का पता बता दे; लेकिन उसे अपनी जान से प्यारा वह उद्देश्य था जिसके लिए वह फ्रांस आयी थी।

उसी इमारत में नूर के दो दूसरे साथी भी कैद थे। किसी न किसी तरह इन तीनों ने भागने की एक योजना बनायी। भागने का एक ही उपाय था कि छत का

रोशनदान किसी तरह निकाल दिया जाए। रोशनदान में लोहे की छड़ें लगी हुई थीं जिन्हें काटना बड़ा मुश्किल था। आखिर किसी तरह से लोहा काटने का औज़ार प्राप्त कर तीनों ने छड़ें काटना शुरू कर दिया। कई हफ्ते तक काम करने के बाद रोशनदान को छत से अलग कर दिया गया।

तीनों छत पर पहुंच गए। साथ में कम्बल भी लेते आए ताकि नीचे पहुंचने के लिए रस्सियां बनायी जा सकें। यह तीसरी मंज़िल थी, जहां ये लोग रस्सियों के सहारे पांचवीं मंज़िल की छत से पहुंच गए थे। अब सिर्फ इतना काम बाकी था कि पासवाली दूसरी इमारत की छत पर पहुंचकर वहां से नीचे उतर जाया जाए। लेकिन नीचे पहुंचने के पहले ही उन्हें पता चल गया कि वे चारों तरफ से घिर गए हैं। वापसी की कोई सूरत न थी। सैकड़ों सिपाहियों ने चारों तरफ से घेरकर उन्हें फिर गिरफ्तार कर लिया।

नूर एक बार और भी गुसलखाने की खिड़की से भागती हुई पकड़ी जा चुकी थी, इसलिए उसके बारे में नाज़ी अफसरों ने बर्लिन से लिखा-पढ़ी शुरू कर दी। नाज़ी हुकूमत ने उसे एक खतरनाक कैदी करार देकर जर्मनी के कैदखाने में भेजने का हुक्म दिया। वहां उसे हर वक्त हथकड़ी और बेड़ियां पहनाकर रखा गया—यहां तक कि खाने के वक्त भी हथकड़ियां अलग न की जाती थीं। यह सब कुछ होने के बाद भी नूर की रूह को वे लोग न कुचल सके। वह अन्य कैदियों को हिम्मत बंधाती रहती—"घबराए नहीं, जीत हमारी ही होगी।"

नाज़ी यह कैसे बर्दाश्त कर सकते थे ? आखिर 12 सितम्बर, सन् 1944 ई० को नूर को 'डशाओ कैम्प' भेज दिया गया। यह बदनाम कैम्प उन जगहों में था जहां बाद में नाज़ियों ने अपने हज़ारों दुश्मनों को मौत के घाट उतारा।

नूर जानती थी कि उसे गोली मार दी जाएगी, लेकिन अगर वह चाहती तो बच सकती थी। सिर्फ इतना कहना काफी होता—'मेरा असली नाम नूरुन्निसा है और मेरे मां-बाप हिन्दुस्तानी थे।' लेकिन वह इस कीमत पर अपनी आज़ादी खरीदना नहीं चाहती थी। इनायत खां ने उसे यह शिक्षा दी थी कि ज़ुल्म के सामने कभी सिर न झुकाना। आखिर उसी रोज़, यानी 12 सितम्बर की शाम को उसे गोली मार दी गयी और इस तरह टीपू सुलतान के खून का यह बेचैन कतरा भी अपने ज़माने के ज़ुल्म का मुकाबला करते हुए आराम की नींद सो गया।

एक कम्युनिस्ट जासूस रमण—

अन्ना बोलकाफ

[कम्युनिस्ट देश की एक ऐसी अनिंद्य सुन्दरी की जीवन-कथा, जिसने जासूसी के क्षेत्र में कदम बढ़ाया, तो उस मंज़िल तक जा पहुंची, जहां किसीने अपने पैर न रखे थे। लेकिन, समय के थपेड़ों ने एक दिन उसे ऐसी जगह ला पटका, जहां सिवाय मौत की राह देखने के और कोई चारा न रह गया था।]

यह पूछा जा सकता है कि जब किसी देश के जासूस अपनी सज़ा पूरी करने के बाद छूट जाते हैं, तब वे क्या करते होंगे ? अनुमान तो यही लगाया जाता है कि छूटने के बाद वे सुधर जाते होंगे और ईश्वर का लाख-लाख शुक्र मनाते होंगे कि उन्हें गोली से नहीं उड़ाया गया। उन्हें अपने कामों पर पश्चात्ताप भी होता होगा। पर वस्तुस्थिति कुछ और ही होती है।

जब किसी कम्युनिस्ट देश के जासूस अपनी सज़ा भुगतकर छूटते हैं, तो तुरंत ही यह खबर गैर-कस्युनिस्ट देशों में फैल जाती है और गैर-कम्युनिस्ट देश उन्हें अपना जासूस बना लेने का प्रयत्न करते हैं। उन्हें अपने यहां बड़ी-बड़ी सरकारी नौकरियों पर बहाल कर लेते हैं। महिला जासूस भी अपनी योग्यता के अनुसार पद प्राप्त कर लेती हैं।

यहां हम एक ऐसी ही कम्युनिस्ट देश की महिला जासूस की कहानी बताने जा रहे हैं, जिसने अपने रूप के जादू में एक अमेरिकी अधिकारी को फंसाकर ब्रिटेन, अमेरिका और अन्य मित्रराष्ट्रों के भेद की कई बातों का पता लगाया था। इस जासूस रमणी का नाम था—अन्ना बोलकाफ। इस महिला की गिनती अनिंद्य सुन्दरियों में की जाती थी और पुरुषों को खिलौना बनाने में यह बड़ी दक्ष थी। उसका बाप रूस के सम्राट ज़ार के ज़माने में उसके कृपापात्रों में था। रूस में जब क्रान्ति हुई, तब वह अपनी जान बचाने के लिए अपने परिवार के साथ लन्दन भाग आया था और कुछ ही दिनों में उसने वहां के समाज में अपना महत्त्वपूर्ण स्थान बना लिया था।

उन दिनों अन्ना बोलकाफ़ की उम्र बीस वर्ष की थी। वह स्वच्छन्दता पूर्वक इधर-उधर घूमा करती और फैशन के पीछे पानी की तरह पैसे बहाया करती थी, जिसके कारण कुछ ही दिनों में इसकी गिनती उच्च वर्ग की महिलाओं में होने लगी। पर, रूस से भागते समय अन्ना का बाप जितनी धन-दौलत लाया था, उसे खत्म होने में अधिक समय न लगा और स्थिति यहां तक आ पहुंची कि अन्ना के परिवार को जीवन-निर्वाह करना भी मुश्किल हो गया।

अन्ना को पैसे खर्च करने की आदत पड़ चुकी थी, अतः जब उसकी गरीबी के दिन आए, तो उसने एक दर्ज़ी की दूकान खोली। संयोग से वह दूकान बड़ी जल्दी चल निकली। यहां तक कि उसने कुछ ही महीनों में छोटे ग्राहकों का काम लेने से इनकार करना शुरू किया। वह लन्दन के राजपरिवार और अनेक लार्डों के घराने के कपड़े सीकर ही इतने पैसे प्राप्त कर लेती थी कि उसे अन्य ग्राहकों की चिन्ता ही नहीं रहती थी।

एक दिन जब अन्ना बोलकाफ अपनी दूकान पर कपड़े काट रही थी, तब एक अमेरिकी डिप्लोमैट उसकी दूकान पर कुछ कपड़े लेकर आया। अन्ना जैसी सुन्दरी पर नज़र पड़ते ही वह अपनी सुध-बुध भूल बैठा। अन्ना के पूछने पर किसी तरह हकलाते हुए उसने अपने आने का उद्देश्य बताया। अन्ना ने उसके सूट का नाप लिया और जब मुस्कराते हुए उसे विदा किया, तब वह अपनी कार पर बैठने के पूर्व बार-बार अन्ना की दूकान की ओर देखता जाता था; या यों कहिए कि वह अमेरिकी डिप्लोमैट, जिसका नाम टायलर केण्ट था, अन्ना की रूपराशि के चक्कर में पूरी तरह पड़ चुका था।

टायलर केण्ट का पिता अमेरिका के विदेशी विभाग का एक कर्मचारी था और उसकी गिनती अमेरिका के सफल अधिकारियों में की जाती थी। उसने अपने एकमात्र पुत्र टायलर केण्ट को अच्छी शिक्षा दिलवायी थी और यही कारण था कि बाईस वर्ष की अवस्था में वह डिप्लोमैट के पद पर नियुक्त कर दिया गया था। टायलर केण्ट पहले-पहल अमेरिका की ओर से मास्को के दूतावास में ट्रेनिंग लेने भेजा गया था और सन् 1939 ई० में उसकी नियुक्ति अमेरिका के लन्दन-स्थित दूतावास में संकेत-लिपि अध्यक्ष के रूप में हुई। गुप्त संकेत-लिपि के अध्यक्ष का पद बहुत ही महत्त्वपूर्ण समझा जाता है। अन्ना बोलकाफ को जब यह पता चला कि उसके रूप का दीवाना यह

युवक एक बड़े महत्त्वपूर्ण पद पर है, तो उसने टायलर केण्ट पर डोरे डालना शुरू किया और अन्ना के प्रेमपाश में फंसते उसे अधिक समय न लगा।

अन्ना बोलकाफ की दर्ज़ी की दूकान एक ऐसी टट्टी थी, जिसकी ओट में वह जर्मनी की ओर से जासूसी किया करती थी। अन्ना ने जर्मनी को सहायता पहुंचाने के लिए ही अमेरिकी डिप्लोमैट को अपने जाल में फंसाया था। टायलर केण्ट को युद्ध से अत्यधिक घृणा थी और वह इंग्लैंड में रहते हुए भी शान्ति की बातें करनेवाले कार्यकर्ताओं के साथ मिलता रहता था। उसकी सहानुभूति सक्रिय रूप से शान्ति-आन्दोलन के साथ थी। किन्तु उसे यह पता न था कि इस शान्ति-आन्दोलन में काम करनेवाले वास्तव में शान्ति के पुजारी नहीं हैं, बल्कि तत्कालीन प्रधानमंत्री नेविल चेम्बरलेन के ही प्रशंसक हैं। और, बाहर से तो ये लोग इंग्लैंड और जर्मनी की दोस्ती का दम भरते हैं लेकिन इनका प्रमुख काम ब्रिटेन के समाचारों को गुप्त रूप से जर्मनी पहुंचाना है। टायलर केण्ट पर इन बातों का गहरा असर पड़ा और उसने अपनी धारणा बना ली कि लड़ाई की ज़िम्मेदारी यहूदियों पर है।

इधर अन्ना बोलकाफ और टायलर केण्ट की प्रणय-लीला जारी थी। एक दिन अन्ना को जब इस बात का विश्वास हो गया कि केण्ट को यहूदियों से घृणा हो गयी है, तो उसने टायलर से कहा कि आजकल ब्रिटेन और अमेरिका के सम्बन्धों के पीछे एक यहूदी षड्यंत्र है। यदि इस सम्बन्ध में वह कुछ बता सके, तो युद्ध समाप्त करने में आसानी होगी और ब्रिटेन तथा अमेरिका की जर्मनी के साथ मैत्री स्थापित की जा सकेगी। टायलर पर अन्ना की बात का प्रभाव पड़ा और उसने अन्ना को सहायता देना स्वीकार किया।

टायलर केण्ट के लिए यह एक बड़ा ही आसान काम था, क्योंकि वाशिंगटन और लन्दन के बीच जो राजनीतिक वार्ता चलती थी, उसे बहुत गुप्त रखा जाता था। गुप्त संकेत-लिपि का अध्यक्ष होने के नाते टायलर को हर बात का पता रहता था; क्योंकि ब्रिटेन के प्रधानमंत्री चर्चिल और अमेरिका के राष्ट्रपति रूज़वेल्ट एक-दूसरे को जो बातें लिखते थे, वे सभी संकेत-लिपि में ही होती थीं। इसके अलावा अमेरिका से ब्रिटेन, सैनिक सहायता की जो मांगे प्रस्तुत करता था अथवा उधार पट्टा समझौते के बारे में जितनी बातें होतीं, वे सभी संकेत-लिपि से ही तय होती थीं और इस संकेत-लिपि के विभाग का अध्यक्ष टायलर स्वयं था। अन्ना को फोटो-प्रतियां लाकर वह दे देता और अन्ना उन कागज़ात को गुप्त रूप

से सम्बन्धित अधिकारियों के पास भेज देती थी।

कुछ ही दिनों के बाद ब्रिटेन की प्रसिद्ध जासूसी संस्था स्काटलैंड यार्ड के जासूसों से यह बात छिपी न रह सकी कि अन्ना बोलकाफ और टायलर केण्ट में आजकल गहरी छन रही है और ये दोनों अमेरिकी दूतावास की मोटर पर नाज़ी अड्डों को जाया करते हैं। उन्हें इस बात का भी सन्देह हो गया कि यहूदी-विरोधी आन्दोलन के पीछे टायलर केण्ट जर्मनी के गुप्तचरों के साथ सम्बन्ध स्थापित किए हुए हैं। अतः ब्रिटिश गुप्तचरों ने इन दोनों पर कड़ी नज़र रखनी शुरू की।

19 मई, 1940 को स्काटलैंड यार्ड का एक अधिकारी ब्रिटेन में अमेरिका के तत्कालीन राजदूत जोसेफ केनेडी से मिला और उन्हें इस सम्बन्ध में सारी स्थिति से अवगत कराया। इस गम्भीर मामले को सुनकर पहले तो अमेरिकी राजदूत इस बात पर यकीन करने को तैयार ही नहीं हुए। पर, अन्त में बड़ी कठिनाई से केनेडी ने स्काटलैंड यार्ड के इस अधिकारी की मांग को स्वीकार किया कि वे टायलर केण्ट के मकान की तलाशी ले सकते हैं।

अनुमति प्राप्त करने के बाद ही स्काटलैंड के गुप्तचरों ने टायलर केण्ट के मकान पर छापा मारा। कई घंटे की तलाशी के बाद उन लोगों ने लगभग डेढ़ हज़ार ऐसे कागज़ात एवं फाइलें बरामद कीं, जिनमें अनेक भेद की बातें थीं और उनसे दो देशों की विदेश-नीति का पता लगता था। यदि वे कागज़ात दुश्मनों के हाथ में पड़ जाते, तो मित्रराष्ट्रों को काफी क्षति उठानी पड़ती। टायलर केण्ट के मकान से अमेरिकी दूतावास के गुप्त संकेत-लिपि विभाग के कार्यालय की दो चाभियां बरामद हुईं। इन चाभियों के बारे में पूछे जाने पर केण्ट ने अपनी सफाई में बताया कि, अगर मेरा किसी अन्य विभाग में तबादला किया जाए, तो मैं चुपचाप संकेत-लिपि विभाग में घुसकर अपना काम कर सकूंगा।

स्काटलैंड यार्ड की पुलिस ने यह पता लगाया कि बहुत-से कागज़ की नकल नाज़ी गुप्तचरों के द्वारा जर्मनी भेजी जा चुकी है और वहां नाज़ी एजेण्ट और कोई नहीं, बल्कि अन्ना बोलकाफ ही हैं। पुलिस को शुरू से ही अन्ना पर शक था; क्योंकि वह जितनी शान से रहती थी, उसको देखते हुए यह नहीं कहा जा सकता था कि उसकी दर्ज़ी की दूकान से इतनी आय होती होगी। पुलिस का खयाल था कि वह अपने पुरुष दोस्तों के बल पर ही इतनी शान-शौकत से रहती है। एक बार पुलिस ने पूछताछ के लिए उसे हिरासत में बन्द भी कर दिया, किन्तु किसी भी ऐसी बात

का पता पुलिस को न मिल सका, जिसके आधार पर अन्ना पर मुकदमा चलाया जा सकता। अतः उसे दो दिनों के बाद हिरासत से मुक्त कर दिया गया।

ब्रिटेन का जासूस विभाग फिर भी चुपचाप नहीं बैठा रहा। जासूसों का दल गुप्त रूप से अन्ना और टायलर का पीछा करता रहा। गुप्तचरों को यह जानकर बड़ा आश्चर्य हुआ कि अन्ना और टायलर जब घूमने जाते हैं तो वे न तो किसी क्लब में जाते हैं और न सिनेमा ही देखते हैं, वरन् शहर के आखिरी हिस्से में स्थित एक फोटोग्राफर की दूकान पर ये दोनों नियमित रूप से जाया करते हैं। स्काटलैंड यार्ड इससे सतर्क हो गया और अब उसने उस स्टूडियो पर भी अपनी कड़ी नज़र रखनी शुरू की।

एक दिन अन्ना और टायलर केण्ट जब उस स्टूडियो में पहुंचे ही थे कि थोड़ी देर बाद स्काटलैंड यार्ड वालों ने उस दुकान को घेर लिया और दो अधिकारी स्टूडियो में दाखिल हुए। केण्ट और अन्ना ने स्टूडियो के मालिक को जो काम करने को सौंपा था, उसे इन अधिकारियों ने देखना चाहा। स्टूडियो का मालिक पुलिस के इस छापे से परेशान हो गया, अतः उसने तुरन्त ही पुलिस को वे सारी फिल्में दिखायीं जिनके चित्र उसके यहां छपे थे। ये उन गुप्त कागज़ों की फोटो-प्रतियां थीं जिन्हें अन्ना जर्मनी भेजा करती थी। स्टूडियो का मालिक इस काम को सरकारी काम समझकर किया करता था।

स्टूडियो के मालिक और उन सारी फिल्मों को स्काटलैंड यार्ड के कार्यालय में लाया गया और कई घण्टों की जांच-पड़ताल के बाद स्टूडियो के मालिक को निर्दोष समझकर रिहा कर दिया गया, क्योंकि वह केवल अमेरिकी दूतावास का काम समझकर ही फिल्मों को छापा करता था। उसी दिन इस गंभीर स्थिति पर विचार करने के लिए उच्चाधिकारियों की एक बैठक बुलायी गयी। यह स्पष्ट था कि अमेरिकी दूतावास के डिप्लोमैट ने ब्रिटेन के अत्यन्त गुप्त भेदों को शत्रु के जासूसों को बता दिया था। चंर्चिल ने कुछ दिन पहले ही प्रधानमंत्री का पद संम्हाला था। उन्हें इस बात से बड़ी परेशानी हुई। तुरन्त ही अमेरिकी राजदूत केनेडी को परामर्श के लिए बुलाया गया। ब्रिटेन के तत्कालीन विदेश मंत्री लार्ड हेलिफेक्स ने, जब उन्हें सारी बातें बतायी गयीं, तो उन्हें भी गहरा धक्का लगा। पहले तो वे इसपर विश्वास ही नहीं कर सके, लेकिन जब सारे कागज़ों की फोटो-प्रतियां उनके सामने पेश की गयीं, तो उन्हें यह मानना पड़ा कि अमेरिकी डिप्लोमैट डायलर केण्ट ने नाज़ी एजेण्टों को साथ दिया है।

राष्ट्रपति रूज़वेल्ट को अमेरिकी राजदूत ने तुरन्त फोन द्वारा सारी स्थिति से अवगत कराया और उन्हें यह भी बताया कि जर्मनी, इटली और जापान के पास मित्रराष्ट्रों की गत आठ महीने की सारी योजनाओं की नकल मौजूद है और वे यह भी जानते हैं कि मित्रराष्ट्रों को किन समस्याओं का सामना करना पड़ रहा है और वे उन्हें किस तरह हल करना चाहते हैं।

राष्ट्रपति रूज़वेल्ट ने कई अमेरिकी अधिकारियों को तुरत बाहर भेजा ताकि वे जल्द से जल्द नयी संकेत-लिपि सीखें और पुरानी संकेत-लिपि की जगह उसे व्यवहार में लाएं।

टायलर केण्ट और अन्ना बोलकाफ पर मुकदमा चलाया गया। मुकदमे के दौरान केण्ट अपने लिए उतना परेशान नहीं था, जितना अन्ना के लिए। वह जानना चाहता था कि उसकी प्रेमिका कुशल से तो है। टायलर केण्ट को गुप्त कागज़ों की प्रतियां शत्रु देश को सौंपने के अपराध में 7 नवम्बर, सन् 1940 ई० को सात साल की कड़ी कैद की सज़ा दी गयी और अन्ना बोलकाफ को नाज़ी जर्मनी की जासूस होने के अपराध में दस साल की सज़ा मिली। लेकिन, जून, 1946 ई० में ही साढ़े पांच वर्ष की सज़ा भुगत लेने के बाद अन्ना बोलकाफ छोड़ दी गयी। जो कभी अपनी सुन्दरता के लिए प्रसिद्ध थी, अब वह अपना झुर्रीदार चेहरा लिए स्वतन्त्रतापूर्वक घूमने लगी।

मुसोलिनी की प्रेमिका—

मागदा फौण्टेज

[यह एक 'मॉडल-गर्ल' थी—तीखे नाक-नक्श वाली। इस कलाकार बाप की बेटी से जब मुसोलिनी ने प्रेम की भीख मांगी थी, तो इसने उसके भिक्षापात्न को अपने शरीर का दान देकर लबालब भर दिया था। मुसोलिनी की यह प्रेयसी अन्त में जर्मन जासूस बनी और इसने अनेक गुल खिलाए।]

सन् 1963 ई० में ब्रिटेन की इक्कीस वर्षीया तरुणी क्रीस्टाइन कीलर की चर्चा ज़ोरों पर थी। इस अनन्य सुन्दरी के नयनबाण से बिंधकर ब्रिटेन के युद्धमंत्नी प्रोफ्यूमो के राजनीतिक जीवन का जिस तरह अन्त हुआ, उसने विश्व के एक अद्भुत, रहस्यपूर्ण एवं रोमांचक जीवन का भेद प्रकट किया। परन्तु, किसी नारी के अनुपम सौन्दर्य पर रीझकर अपने कर्तव्य से च्युत होने की यह पहली घटना नहीं थी। सन् 1931 ई० में भी एक ऐसी घटना ने संसार के लोगों का ध्यान अपनी ओर आकृष्ट किया था, जब सारी दुनिया को जीतने का स्वप्न देखनेवाला इटली का तानाशाह मुसोलिनी एक फ्रांसीसी मॉडल, शो-गर्ल मागदा फौण्टेज के सौन्दर्य-प्रहार से घायल हो उठा था।

मागदा फौण्टेज से मुसोलिनी की जब प्रथम भेंट हुई थी, तब उसी समय से वह उसका दीवाना बन बैठा था। कई दिनों की भेंट के बाद मुसोलिनी ने एकान्त में उस युवती से प्रेम को भीख मांगी थी और दर्जनों को अपने नयनबाण से घायल करनेवाली मागदा ने उस दिन मुसोलिनी के भिक्षापात्न को अपने दान से लबालब भर दिया था। मागदा का प्रेम-दान पाकर मुसोलिनी अपने कर्तव्य को भूल गया था। यहां तक कि मुसोलिनी की सेना ने जब अबीसीनिया पर चढ़ाई की थी, तब वह मागदा के साथ रंगरेलियां मना रहा था। मागदा ने जब उसे इस लड़ाई के बारे में कहा, तो मुसोलिनी ने

जवाब दिया था—"तुम्हारे साथ एक घंटा प्रेमपूर्वक बिताना मेरे लिए समस्त अबीसीनिया पर कब्ज़ा करने से अधिक महत्त्वपूर्ण है।"

मागदा का पिता एक फ्रेंच कलाकार था। फ्रांस के एक शहर में उसका अपना स्टूडियो था, जहां छात्रों को चित्र बनाना सिखाया जाता था। मागदा की उम्र तब बारह साल की थी तभी उसकी मां का देहान्त हो गया। बचपन से ही मागदा एक चंचल प्रकृति की लड़की थी। उसके नाक-नक्श तीखे थे। कलाकार बाप की एकमात्र पुत्री ने जब जवानी के दरवाज़े पर पैर रखा, तब उसके पास वह सब कुछ था जिसका होना मॉडल-गर्ल में अनिवार्य होता है। वह अपने बाप के स्टूडियो में मॉडल-गर्ल बनकर घण्टों खड़ी रहती। छात्रगण जिस 'पोज़' में उससे खड़ा रहने या बैठने को कहते, वह निःसंकोच वैसी ही मुद्रा बना लेती थी और इधर छात्रगण अपनी पेन्सिल से स्केच करते जाते थे। मागदा की मनमोहक रूप-राशि और लुभावने तौर-तरीकों ने उसे कुछ ही दिनों के अन्दर फ्रांस के कलाकार-वर्ग में प्रसिद्ध कर दिया। मॉडल-गर्ल के रूप में फ्रांस के कई हिस्सों से उसकी बुलाहट होती।

पिता की मृत्यु के बाद मागदा को अब अपना स्वतंत्र जीवन बिताने में किसी तरह की अड़चन न थी। मॉडल-गर्ल का पेशा अख्तियार करने के अलावा इसने भी वही कुछ किया जैसा ब्रिटेन की क्रीस्टाइन कीलर ने किया था। अपने ज़माने की बेहद आकर्षक और हसीन सुन्दरी ने एक दिन एक अखबार के सम्पादक की बातों में आकर उस पत्र का संवाददाता बनना स्वीकार कर लिया। अप्रैल, सन् 1931 ई० में उस फ्रांसीसी अखबार की प्रतिनिधि बनकर मागदा फौण्टेज रोम पहुंची।

वह अनेक समाचारपत्रों के सम्पादकों, सरकारी अधिकारियों और फेंच पार्लियामेंट के मेम्बरों तथा मंत्रियों से अनेक सिफारिशी पत्र इटली के अनेक दूतावासों और अधिकारियों के नाम ले गयी थी। रोम में वह बढ़िया से बढ़िया होटलों में ठहरती थी और कीमती से कीमती शराब स्वयं पीती और दोस्तों को पिलाती थी। मागदा के पास रूप तो था ही, अतः दर्जनों पुरुष दोस्तों के कारण उसे 'राशि' की कठिनाई कभी नहीं पड़ी। थोड़े ही दिनों में मागदा फौण्टेज की गिनती रोम के प्रसिद्ध पत्रकारों में की जाने लगी और वह बड़ी आसानी से महत्त्वपूर्ण समाचारों का पता लगा लेती थी।

एक दिन पत्रकार-सम्मेलन में पहली बार मुसोलिनी ने मागदा फौण्टेज को देखा। उसकी चितवन ने मुसोलिनी पर ऐसा जादू किया कि उसने दूसरे ही दिन

मागदा के सम्मान में एक दावत दी, जिसमें देश के कई गण्यमान्य व्यक्ति शामिल थे। मुसोलिनी ने लोगों से मागदा का परिचय एक प्रसिद्ध और कुशल पत्रकार कहकर दिया और साथ ही मागदा से प्रेम पाने के लिए मार्ग प्रशस्त कर लिया। भावावेश में आकर मुसोलिनी ने मागदा को एक ऐसा समाचार बताया जो कई समाचार-पत्रों में मुखपृष्ठ पर छपा और जिसे पढ़कर जनता को आश्चर्यचकित रह जाना पड़ा।

अब मागदा और मुसोलिनी की भेंट का सिलसिला बढ़ा और वह सब कुछ हुआ जिसकी चर्चा हम पहले ही कर चुके हैं। थोड़े ही दिनों में चारों ओर मुसोलिनी और मागदा के प्रेम की चर्चा फैल गयी। पर, मुसोलिनी के डर से किसीको ज़बान खोलने की हिम्मत न पड़ती थी। रोम के अधिकारी मागदा के नाम से थर-थर कांपते थे। मागदा स्वयं अपने प्रचार के प्रति सजग थी। जब फ्रांस के इटली-स्थित राजदूत ने मागदा और मुसोलिनी के प्रेम के मामलों में हस्तक्षेप करने की चेष्टा की और उसे अपने यहां बुलाकर भला-बुरा कहा, तो उन्हें अपने किए का परिणाम उसी क्षण भुगतना पड़ा। मागदा ने अपने बैग से रिवाल्वर निकालकर राजदूत को गोली से उड़ा दिया।

राजदूत की हत्या के बाद मागदा का नाम बराबर अखबारों में आने लगा। मुसोलिनी इन समाचारों को पढ़ता और मस्करा देता। हत्या के जुर्म में मागदा पर मुकदमा चलाया गया, पर मुसोलिनी के एक इशारे पर उसे प्राणदंड की जगह केवल दस पौंड जुर्माना देना पड़ा। यह है नारी-चितवन का कमाल। प्राणदंड की जगह दस पौंड जुर्माना!

परन्तु समय बड़ा बलवान होता है और परिस्थितियां किसीको भी कहीं से कहीं पहुंचा देती हैं। राजा भिखारी हो जाता है और भिखारी राजा; रानी नौकरानी बन जाती है और नौकरानी पटरानी। कुछ ही दिनों के बाद मागदा का भी समय बदला। अपने रूप के घमण्ड और मुसोलिनी जैसे व्यक्ति की प्रेमिका बनने के गौरव में पड़कर उसने अपने पांव में आप कुल्हाड़ी मार ली।

एक अमेरिकी पत्रकार ने काफी धन खर्च कर मागदा से अपने समाचार पत्र के लिए मुसोलिनी के प्रेम-प्रसंग पर एक लेखमाला लिखवाई। जब यह लेख अमेरिका में प्रकाशित हुआ, तो उसे पढ़कर मुसोलिनी के गुस्से का पारावार न रहा और मागदा को अपने किए का फल चखना पड़ा।

मुसोलिनी के एक संकेत पर मागदा को लालच देकर फ्रांस के गेस्टापो (जर्मन

जासूस संस्था) में नौकरी दे दी गयी और उसे यह काम सौंपा गया कि वह मित्रराष्ट्रों के अधिकारियों की हलचलों का पता लगाए और फ्रांस में जो गुप्त आन्दोलन चल रहा है, उसकी पूरी-पूरी सूचना 'गेस्टापो' को दे। इस नयी नौकरी में आकर मागदा ज़रा भी भयभीत नहीं हुई, वरन् उसे इस बात का घमण्ड था कि वह अपने रूप-जाल के बल पर बड़े से बड़े भेद को आसानी से जान जाएगी। फलस्वरूप गेस्टापो की एक सदस्या बनकर वह इटली से फ्रांस चली गयी।

मागदा फौण्टेज ने सन् 1940 से 1943 तक जर्मन गेस्टापो की ओर से जासूसी की थी। अपने इस पेशे में उसने कई कूटनीतिज्ञों, सैन्याधिकारियों, नेताओं आदि को फंसाकर काफी धन भी पैदा किया था। नवम्बर, सन् 1943 ई० में फ्रांस की पुलिस द्वारा जब मागदा गिरफ्तार कर ली गयी, तो उस समय वह अपने ज़माने की प्रसिद्ध सुन्दरी न थी, वरन् वह देखने में ठीक चुड़ैल की तरह लगती थी। उसका चेहरा झूर्रियों से भरा था। उसे देखकर यह अनुमान भी नहीं लग सकता था कि, इस महिला का अतीत कभी इतना रहस्यमय रहा होगा।

फ्रांस की अदालत में जब मागदा फौण्टेज पर मुकदमा चलाया गया, तो उसने अदालत में कई मनोरंजक घटनाएं बतायीं। उसने अपने प्रेमियों की कहानियां भी बतायीं, जिनमें अनेक उच्च अधिकारी और मन्त्री भी रह चुके थे। ऐसे लोगों के साथ बितायी गयी रातों की कहानियां सुनकर अदालत के लोग अपनी सुध-बुध भूल जाते थे। संभवतः मागदा ने जो कुछ बताया था, उसमें झूठ कुछ भी न था। बहुत-से फेंच राजनीतिज्ञ भी उसके साथ रातें बिता चुके थे और मागदा ने जी खोलकर उनका मनोरंजन किया था। मागदा ने इटली के सम्बन्ध में भारी धन पाने पर अनेक बातें बतायी थीं और यही उसने मुसोलिनी के साथ भी किया था। फ्रांस के बहुत-से भेद मुसोलिनी को दिए और धन-दौलत इकट्ठी की। उसने जर्मनी को भी फ्रांस और इटली के बहुत-से भेद बताए और अपने को मालामाल किया। उसने अदालत में फेंच पार्लियामेंट के एक मेम्बर के साथ बिताए गए दिनों की भी चर्चा की। उसने यह भी बताया कि फ्रांसीसी नेताओं को अपने जाल में किस तरह फंसाकर उसने अपना उल्लू सीधा किया था।

अदालत में वह पुरानी ट्वीड की जॉकेट पहने खड़ी थी। उसका स्कर्ट भी फटा-पुराना और गन्दा था। उसमें कई जगह पेबन्द लगे थे। अन्त तक अपनी जान बचाने के लिए मागदा ने कोई कसर उठा न रखी। बात यहां तक पहुंच गयी

कि उसने पेरिस के मशहूर एडवोकेट डाक्टर लार्सेल पेर्टिओट को अपनी सफाई देने के लिए तैयार कर लिया। उसके मेहनताने के बदले में उसने उसे अपना शरीर देना स्वीकार किया था और इसपर ही डाक्टर लार्सेल मागदा की वकालत करने को तैयार हुए थे, लेकिन मागदा को कोई लाभ न हुआ। अदालत से बाहर आते समय उसने केवल यह वाक्य कहा था—"मुझे केवल इसी बात का दुःख है कि मैं मुसोलिनी के साथ फांसी पर न लटकायी गयी।"

रूसी महिला जासूस—

इमगार्ड

['रूसी माताहारी' के नाम से विख्यात इमगार्ड नामक एक ऐसी जासूस नारी के सम्बन्ध में पढ़िए इस अध्याय में, जिसने अपनी छात्रावस्था से ही जासूसी का पेशा अपनाया और देखते ही देखते इस क्षेत्र में उसने ऐसी सफलता प्राप्त की कि बड़े-बड़े खुफिया अधिकारी भी सहज ही उसका भेद नहीं पा सके।]

बात उन दिनों की है जब तानाशाह हिटलर का अभिमान धूल में मिल चुका था और उसके अज़ीज़ वतन के दो टुकड़े हो चुके थे—पश्चिम जर्मनी और पूर्वी जर्मनी। पश्चिम जर्मनी अमरीका के अधिकार में आ गया था और पूर्वी जर्मनी रूस के अधिकार में।

उन्हीं दिनों पश्चिम जर्मनी के एक अखबार में यह समाचार छपा कि, रूसियों के के० जी० विभाग (रूस की खुफिया पुलिस जिसका नाम ज़ार के समय 'आकरैना' था। फिर उसे चेका, ओग्यू, एन० के० बी० डी०, के० जी० बी० आदि नाम दिए गए। आजकल उसका नाम एम० बी० डी० है—लेखक) ने जासूसी करने के लिए यहां एक अत्यन्त रूपवती युवती को भेजा है, जो महत्त्वपूर्ण सूचनाएं पूर्वी जर्मनी भेजा करती है। यह एक चौंकाने वाला समाचार था। फलस्वरूप जिधर देखिए—होटलों में, रेस्तराओं में, क्लबों में, सड़कों पर लोग उक्त जासूस महिला की चर्चा में ही निमग्न पाए जाने लगे।

पश्चिम जर्मनी के एक कॉफी हाउस में एक अमरीकी संवाददाता अपने एक मित्र की बड़ी बेचैनी से प्रतीक्षा कर रहा था। वह जल्द से जल्द उसे यह चौंकानेवाला समाचार सुनाना चाहता था। काफी देर बाद जब वह आया और आकर उसके पास बैठा, तब उसने पूछा—"क्यों भई, आज तो तुमने बड़ी देर लगा दी। कहीं तुम उस रूसी मालाहारी के जाल में तो नहीं फंस गए

थे, जिसके बारे में इस समाचारपत्र ने एक चौंकानेवाला समाचार प्रकाशित किया है ?"

दूसरे अमरीकी संवाददाता ने भी उस समाचार को पढ़ा था, अतः अपने मित्र की बातें सुनकर उसने मुस्कराते हुए कहा—"यह तो अपनी ही जाति के भाई-बंधुओं की मेहरबानी का समाचार है। पाठकों को आखिर रोज़-रोज़ चौंकानेवाली खबर कोई कब तक देता रहेगा ! कोई सामाचार नहीं मिला, तो बना डाला गया।"

उन दोनों व्यक्तियों की बातचीत को सुन इमगार्ड नामक एक सुनहरे बालों वाली जर्मन सुन्दरी, अपना शराब का गिलास लिए उनके पास चली आयी। दोनों अमरीकियों ने अपनी टेबल के पास उस युवती के लिए जगह बना दी। वे दोनों उससे परिचित थे। उन्हें यह ज्ञात था कि, यह अप्सरा पश्चिम जर्मनी स्थिति अमरीकी सैन्यवाहिनी-सेवा के गुप्तचर विभाग में एक कर्नल की सहायिका है। युवती ने कुर्सी पर बैठते ही कहना शुरू किया—"हां, मैंने भी उस समाचार को पढ़ा है, किन्तु मुझे इसकी सत्यता पर संदेह है। रूसी इतने बेवकूफ नहीं होते कि जासूसी के लिए वे अब भी अप्सराओं का उपयोग करें। यह धारणा सिर्फ मेरी ही नहीं, बल्कि कई व्यक्तियों की है। आपको भी विश्वास नहीं हो रहा। यह एक सरासर झूठा और मनगढ़न्त समाचार है। अजी अब माताहारी और बैंदा जैसी हुस्न की परियों का ज़माना गया; क्योंकि जासूसी के क्षेत्र में यह बात सिद्ध हो चुकी है कि, एक सुन्दर स्त्री पर अनायास ही लोगों की निगाहें जम जाती हैं। वे उसकी ओर तुरत आकर्षित हो उठते हैं। इसीलिए जासूसी के काम में सुन्दर स्त्रियां वरदान की जगह अभिशाप ही अधिक साबित हुईं। क्या यह बात रूसियों से छिपी है ? मैंने तो अब तक अमरीकी खुफिया विभाग द्वारा पकड़े गए जिन रूसी जासूसों को देखा है, वे सभी निहायत गन्दे और भद्दे चेहरे वाले प्राणी थे।"

उन दोनों अमरीकी संवाददाताओं ने उस युवती की बातों का समर्थन किया। एक ने कहा, "हां, मैं रूसियों को अच्छी तरह जानता हूं। विश्वविद्यालय के अहाते में उनके गुप्तचरों की गिद्धदष्टि लगी रहती है। वे अपने जाल में वैसे ही विद्यार्थियों को फंसाया करते हैं, जिन्हें देखकर कोई भी उनपर जासूसी का सन्देह नहीं कर सकता।"

उस बातचीत में तब तक और भी कई व्यक्ति शामिल हो गए थे। उन सभीने एकमत से उस समाचार का खंडन किया। किन्तु, उनमें से किसी को भी यह पता नहीं था कि, पेरिस के एक प्रसिद्ध दर्ज़ी द्वारा सिले गए वस्त्र पहने,

छरहरे बदनवाली यह रूपसी, जो हम लोगों के बीच में बैठी है, उक्त समाचार की नायिका है। उस युवती पर संदेह भला होता तो कैसे ? इतनी सरल आकृति वाली जर्मन युवती भला एक रूसी जासूस भी हो सकती है, इसका अनुमान करना उनकी कल्पना से परे था।

घटनाक्रम सन् 1949 ई० से प्रारम्भ होता है। इमगार्ड तब 'हाल विश्वविद्यालय' की एक मेधावी छात्रा थी। अपनी कुशाग्र बुद्धि के कारण वह विश्वविद्यालय में अपना प्रमुख स्थान रखती थी। उसके प्रोफेसर उससे बहुत प्रसन्न रहते। अपनी पढ़ाई के अतिरिक्त वह जिन विषयों में अधिक दिलचस्पी लेती थी, उनमें था उसका सभा-सोसाइटियों और सैर-सपाटों में पुरुषों के बीच निर्द्वन्द्व घूमना। वह एक ऐसी तितली थी, जिसके रंग-रूप पर लोग सहज ही आकर्षित हो उठते। पर, वह किसीकी पकड़ में नहीं आनेवाली थी।

इमगार्ड के समस्त क्रिया-कलापों पर दो व्यक्तियों की निगाहें सदा लगी रहती थीं। एक व्यक्ति था—प्रो० कुर्टज, जो रूसी जासूस विभाग का 'के० जी० बी०' था और दूसरा व्यक्ति था, उसी विभाग का एक पुलिस अधिकारी ए० बी० डी०। कुमारी इमगार्ड पर वे दोनों पुत्रीवत् स्नेह रखते और उसका उपयोग रूस के हित के लिए करना चाहते थे। प्रो० कुर्टज की सबसे बड़ी विशेषता यह थी कि वह अपनी बातों से सहज ही किसी व्यक्ति को अपनी ओर आकर्षित कर लेता था। इमगार्ड भी उसके इस प्रभाव से बच न सकी। वह पूरी तरह उसके वश में थी। 'हाल विश्वविद्यालय' के छात्र-छात्राओं ने रूस के प्रति कैसी धारणा बना रखी है, इसका पता लगाने के लिए वह इमगार्ड की मदद ले रहा था। उसने उसे बताया था कि, "तुम कम्युनिस्ट हो,' इसे तुम्हारे साथी कभी भांप न सकें, इसका ध्यान रखना। तुम्हारे सहपाठी राजनीति में कैसी धारणा रखते हैं, इसका अध्ययन करना। मगर भूलकर भी उनकी बहस में भाग लेने की कोशिश न करना।

प्रो० कुटेज की ये हिदायतें कुमारी इमगार्ड के लिए एक ऐसी लक्ष्मण रेखा बन चुकी थी, जिसे पार कर जाना उसके वश की बात न थी। वह प्रो० कुटेज को अपने प्रत्येक सहपाठी के सम्बन्ध में विस्तृत जानकारी दे चुकी थी। रूस-विरोधी छात्रों को प्रो० कुटेज समय रहते सही रास्ते पर लाना चाहता था। वह यह कदापि सहन नहीं कर सकता था कि रूसी क्षेत्र में रहनेवाले विद्यार्थी उसके देश के प्रति अपने में घृणा का भाव रखें।

एक दिन ब्रनकोव नामक इमगार्ड के एक सहपाठी ने उसके सामने ही स्टालिन की नीतियों की कड़ी आलोचना की। तब कम्युनिस्ट जगत् में स्टालिन की तूती बोलती थी। उस दिन वह निर्लिप्त भाव से उसकी आलोचनाओं को सुनती रही। ब्रेनकोव के पूछने पर उसने अपनी कोई राय भी ज़ाहिर नहीं की। उसी दिन ब्रेनकोव के कम्युनिस्ट-विरोधी विचारों की खबर प्रो० कुटेज तक पहुंचा दी गयी। वह तिलमिला उठा। सोचने लगा—संभव है, यह लड़का 'स्पाई' हो और इसका सम्बन्ध अमरीकी जासूस विभाग से हो। अतः उसने इमगार्ड से कहा, "तुम्हें ब्रेनकोव से घनिष्ठता बढ़ाकर अब सारी बातों की सही-सही जानकारी प्राप्त कर लेनी चाहिए।"

इमगार्ड तन-मन से कम्युनिस्ट थी। प्रो० कुर्टज के प्रदेश की अवहेलना उसके वश की बात नहीं थी। उसने सारी बातों का पता लगाने का निश्चय किया। प्रेमाभिनय करना उसके बायें हाथ का खेल था। इमगार्ड ने जो जाल बिछाया, उसमें ब्रेनकोव फंसता चला गया। 'यह रूपसी उसकी पत्नी बनेगी'—इस कल्पना से ही वह विभोर हो उठा। उसने अपने मन की सारी बातें इमगार्ड के आगे उंड़ेल दीं। ब्रेनकोव ने यह स्वीकार किया कि वह अमरीकी सी० आई० ई० का कर्मचारी नहीं है, बल्कि उसका सम्बन्ध पश्चिम बर्लिन-स्थित रूस-विरोधी गुप्त दल से है और अक्सर वह उसकी बैठकों में भाग लिया करता है। उसने यह भी बताया कि उसके हृदय में कम्युनिस्टों के प्रति ज़रा भी सहानुभूति नहीं है। वह कम्युनिस्ट जगत् से नफरत करता है।

ब्रेनकोव के सम्बन्ध में सारी बातों की जानकारी प्राप्त कर प्रो० कुर्टज गहरे सोच में पड़ गया। उसने इमगार्ड से कहा—"तुम्हें अब उसके गुप्त दल की सदस्या बन जाना चाहिए।"

"नहीं, यह कदापि सम्भव नहीं हो सकता। भला दिन और रात कहीं एकसाथ हुए हैं!" इमगार्ड ने आवेश में आकर कहा।

"पर तुम्हें उन लोगों के साथ रहकर उनकी भेदभरी बातों का जानकारी प्राप्त करनी है। तुम कम्युनिस्ट ही रहोगी। तुम्हें तो बस एक ऐसा अभिनय करना है कि सफलता मिले ही।" प्रो० कुटेज ने इमगार्ड को समझाते हुए कहा।

"नहीं, मैं कम्युनिस्ट-विरोधी लोगों के साथ नहीं रह सकती। फिर, उनके साथ सहयोग करने की बात हथेली पर घास उगाने के बराबर है।"

कुर्टज ने कहा—"तुम्हें इसमें डरने की कोई ज़रूरत नहीं है। मैं ए० बी० डी० से परामर्श कर तुम्हारे लिए सारी व्यवस्था कर दूंगा।

वहां तुम्हारा कोई बाल भी बांका नहीं कर सकेगा। युद्ध के समय हम दुश्मनों का स्वागत करते हैं। उन्हें अपने जाल में फंसाकर भेदभरी बातों का पता लगाते हैं। अत: तुम्हें स्वदेश-हित में यह काम सहर्ष स्वीकार कर लेना चाहिए; क्योंकि बगैर तुम्हारी सहायता के हम उन लोगों को गिरफ्तार नहीं कर पाएंगे।" प्रो० कुर्टज ने अन्तिम वाक्य पर ज़ोर देते हुए कहा। उसके शब्दों में अनुनय भरा था। फलस्वरूप इमगार्ड से 'ना' करते नहीं बना।

उसे मौन देखकर प्रो० कुटेज ने उसकी पीठ थपथपाकर शाबासी दी।

ब्रेनकोव की सहायता से इमगार्ड ने रूस-विरोधी गुप्त दल से सम्बन्ध स्थापित किया और फिर ज़ोर-शोर से उस दल का काम करने लगी। दल के अन्य सदस्य उसकी सक्रियता देखकर दंग रह गए। इमगार्ड जैसी युवती को एक सहयोगी के रूप में पाकर दल के प्रत्येक सदस्य ने गर्व महसूस किया। गुप्त दल की बैठकों में इमगार्ड एक दिन भी अनुपस्थित नहीं रहती।

उधर दल की प्रत्येक गतिविधि का समाचार प्रो० कुर्टज को प्राप्त होता गया। दल के किस सदस्य ने रूस के खिलाफ क्या कहा, किसने रूसी नेताओं की कड़ी आलोचना की और भविष्य के लिए उनकी क्याक्या योजनाएं हैं, आदि बातों की विस्तृत जानकारी इमगार्ड देती गयी। पार्टी के किसी सदस्य को उसपर ज़रा-सी संदेह नहीं होता; क्योंकि कई बार उसने अपनी जान खतरे में डालकर पार्टी की बैठक अपने फ्लैट में की थी।

एक दिन एक कबाड़ी की दूकान के पीछे उक्त दल के सदस्यों की एक आवश्यक बैठक होनेवाली थी जिसमें प्रत्येक सदस्य का उपस्थित रहना अनिवार्य था। इमगार्ड की प्रतीक्षा में समय बीतता देख, दो सदस्य उसके घर पहुंचे। वह बुखार में तप रही थी। उसने आंसू बहाते हुए कहा, "मुझे दुःख है कि बुखार के कारण आज मैं पार्टी की विशेष बैठक में शामिल नहीं हो सकूंगी। मुझे क्या पता था कि, आज ही मुझे फ्लू से पीड़ित होकर शय्या ग्रहण करनी पड़ेगी। अगर आप लोग मुझे ले चलने के लिए किसी टैक्सी आदि की व्यवस्था कर सकें, तो मैं इस हालत में भी चलने को तैयार हूं।..."

इमगार्ड की तकलीफ देखकर एक सदस्य ने कहा, "नहीं, नहीं, आप इस हालत में न जाएं। बैठक की सारी कार्यवाही का हाल मैं स्वयं अआकर बता जाऊंगा।"

अपने आंसू पोंछते हुए इमगार्ड ने उस व्यक्ति का धन्यवाद किया।

रूस-विरोधी गुप्त दल के सदस्यों की बैठक चल ही रही थी कि, अचानक पुलिस ने कबाड़ी की उस दुकान को घेर लिया। देखते ही देखते गुप्त दल के सभी सदस्य गिरफ्तार कर लिए गए। उधर फ्लू से पीड़ित इमगार्ड यह जानने को उत्सुक थी कि, बैठक में आखिर हुआ क्या। जब उसे यह ज्ञात हुआ कि दल के सारे सदस्य रूसियों द्वारा गिरफ्तार कर लिए गए हैं, तो वह मुस्कराकर रह गयी। कोई भी यह न जान सका कि यह सब नकली फ्लू से पीड़ित इमगार्ड की योजना थी।

यह थी जासूसी के क्षेत्र में इमगार्ड की प्रथम परीक्षा, जिसमें वह शत-प्रतिशत सफल रही।

इस घटना के तीन महीने बाद—

एक दिन रूसी के० बी० जी० विभाग के दो सदस्य इमगार्ड के घर आए और उससे कहा कि अब उसे स्वदेश-हित के लिए विदेशों में जाकर काम करना चाहिए।

उसने जवाब दिया—"जब तक मैं विश्वविद्यालय की अपनी शिक्षा पूरी नहीं कर लेती, तब तक मेरा कहीं भी जाने का इरादा नहीं है।"

"लेकिन आप विदेशों में भी तो अपनी शिक्षा जारी रख सकती हैं। इसकी सारी व्यवस्था हम लोग कर देंगे।"

"नहीं, विदेशों में मेरी शिक्षा के मार्ग में कई तरह की बाधाएं खड़ी हो जाएंगी। अभी मैं अपनी पढ़ाई के साथ-साथ रूसी, इतालवी, फ्रेंच, चीनी और स्पेनिश आदि कई भाषाएं सीख रही हूं। यहां मुझे जितनी सुविधाएं प्राप्त हैं, वह विदेशों में भी मिल ही जाएं, इस बात की क्या गारंटी है? इसीलिए अभी मैं अपनी विश्वविद्यालय की पढ़ाई पर ही अपना ध्यान केन्द्रित रखना चाहती हूं।" इमगार्ड ने सफाई देते हुए कहा

'उतावलेपन से बना-बनाया काम बिगड़ सकता है,' यह सोचकर के० जी० बी० के दोनों सदस्य लौट गए। उन्हें इमगार्ड की बातें जंच गयीं।

दिन बीतते गए।

इमगार्ड ने विश्वविद्यालय की अपनी शिक्षा ससम्मान पूरी कर ली। साथ ही उसने कई भाषाओं पर भी समान अधिकार प्राप्त कर लिया था। वह चाहे फ्रेंच बोलती या चीनी—उसके शुद्ध उच्चारण और बात करने के लहजे को देखकर कोई यह अनुमान नहीं लगा सकता था कि यह जर्मन युवती है। विदेशों में जाकर अब उसे स्वेदश-हित के लिए काम करना था। उसे अब एक नयी

ज़िन्दगी में कदम रखना था।

रूसी खुफिया विभाग ने इमगार्ड को विधिवत् ट्रेनिंग देना शुरू किया। उसे अमरीकी गुप्त विभाग की कई महत्त्वपूर्ण बातें बतायी गयीं। अमरीकी पुरुष किन-किन वस्तुओं में अधिक दिलचस्पी रखते हैं, अमरीकी सैनिक कैसा भोजन पसन्द करता है, कौन-सी शराब पर वह जान देता है आदि बातों की उसे विस्तृत जानकारी दी गयी। इसके अतिरिक्त उसे गुप्तचर्या-सम्बन्धी जिन बातों का प्रशिक्षण दिया गया, उनमें था—बत्तियां जलाकर काम करने के लिए अपने साथ अंधियारे पर्दे ले जाना; जब तक गुप्त ट्रांसमीटर का पता न लग जाए, तब तक बिल्कुल चुपचाप काम करना; सिर के बालों में छिपाकर पत्र या माइक्रो-फिल्म की प्रतिया ले आना; हटाए-उठाए गए कागज़ात तथा फर्श से हट गयी धूल को फिर से वहां फैलाना; अपने पैर तथा अंगुलियों की छाप मिटाने के लिए रासायनिक धूल छिड़कने वाली छोटी-सी पिस्तौल सदा साथ रखना; गुप्तचरों द्वारा फैलाए गए जाल को पहचानकर उससे सावधान रहना; तिजोरियों में रखे हुए सामान को छूने के पूर्व उनकी स्थिति नोट कर लेना, ताकि बाद में उन्हें उसी तरह रखा जा सके, आदि। इन सभी कार्यों को सीखने में इमगार्ड ने बड़ी दिलचस्पी ली।

गुप्तचर्या-सम्बन्धी ट्रेनिंग पूरी होने पर एक उच्चाधिकारी ने इमगार्ड से कहा, "आज से तुम्हारा कम्युनिस्ट पचिचय समाप्त हुआ। तुम्हें अब हमारे शत्रुओं के बीच जाकर काम करना है और साथ ही साथ उनका विश्वास प्राप्त करना है। तुम्हें अब यह भूल जाना होगा कि, तुम्हारा नाम 'इमगार्ड' है। तुम अब अपने नये नामकरण के लिए स्वतंत्र हो। विदेशों में चाहे तुम जिस नाम से भी जानी-पहचानी जाती रहो, हमारे लिए अब तुम 'स्तेफानिया' हो। हमारे रजिस्टर में तुम्हारा यही नाम दर्ज किया गया है। भूलना मत, 'स्तेफानिया' नाम याद रखना। और हां, तुम के० जी० बी० के हर आदेश का पालन करोगी, इस बात का विश्वास दिलाने के लिए कृपया इस प्रतिज्ञा-पत्र पर अपने हस्ताक्षर कर दो।"

इमगार्ड ने प्रतिज्ञा-पत्र पढ़ा और सहर्ष उसपर अपने हस्ताक्षर कर दिए। अब वह पूरी तरह एक जासूस बन गयी थी, अपनी नयी ज़िन्दगी के दरवाज़े पर पैर रख चुकी थी।

उन दिनों इमगार्ड की मां पूर्वी जर्मनी में रहती थी और बाप पश्चिम जर्मनी में। मां के अतिरिक्त पूर्वी जर्मनी में उसका अपना कहा जानेवाला और कोई न था।

रूस के के० जी० बी० के अधिकारी जासूसी के लिए ऐसे ही व्यक्तियों की तलाश करते थे। अगर वह अचानक पश्चिम जर्मनी गयी, तो 'बाप से भेंट करने आयी हूं', यह कहकर अपना पिंड छुड़ा सकेगी—ऐसा उन्हें विश्वास था। पूर्वी जर्मनी में रहनेवाली इमगार्ड की मां के हृदय में रूसियों के प्रति सख्त नफरत का भाव भरा था; क्योंकि उन्हीं लोगों के कारण उसे अपने पति से दूर रहना पड़ रहा था। एक सधवा होते हुए भी परिस्थितियों ने उसे वैधव्य जीवन बिताने को मजबूर कर दिया था। उसे जब यह पता चला कि उसकी बेटी अपने बाप के देश जा रही है, तो उसकी प्रसन्नता का पारावार न रहा। मगर शीघ्र ही उसकी प्रसन्नता पर तुषारपात हो गया, जब उसे बताया गया कि वह अपनी बेटी के साथ नहीं जा सकती। वहां जाकर जब वह अपनी मां के लिए रुपये भेजेगी, तभी वह जा सकेगी।

और, एक दिन अपने साथ दो सूटकेस और लगभग चार सौ फ्रांक (जर्मन मुद्रा) लेकर इमगार्ड पश्चिम जर्मनी रवाना हो गयी। उसने वहां के एक साधारण होटल में अपना डेरा डाला और भविष्य की योजना बनाने लगी। उसे सहज ही किराये पर एक छोटा-सा फ्लैट भी उपलब्ध हो गया। चूंकि वह कई विदेशी भाषाओं पर समान अधिकार रखती थी, इसलिए उसे नौकरी मिलने में देर न लगी। एक विदेशी प्रकाशन संस्था में उसने 'अनुवादिका' का काम करना शुरू किया। दो महीने में कुछ रुपये जमा कर उसने अपनी मां को भेज दिए और उसे भी अपने पास पश्चिम जर्मनी में ही बुला लिया। अब इमगार्ड का पूर्वी जर्मनी में कोई न रहा। वह आसानी से पश्चिम जर्मनी में अपने-आपको एक शरणार्थी के रूप में प्रस्तुत कर सकती थी। पाठकों को यह स्मरण रखना चाहिए कि, तब दोनों जर्मनी के बीच दीवार खड़ी नहीं हुई थी।

तीन-चार महीने पश्चिम जर्मनी में रहकर इमगार्ड ने आबोहवा का पता लगा लिया था। उसे सदा एक अनुवादिका का कार्य ही नहीं करना है—यह बात वह भूलती नहीं थी। उसे जिस मकसद से यहां भेजा गया था, उसे पूरा करना था। 'भूमिका' तो उसने तैयार कर ली थी। अब देर थी मंच पर आकर उसके अभिनय करने की।

एक दिन इमगार्ड पश्चिम जर्मनी के अमरीकी जासूस विभाग के कार्यालय में पहुंची। उसने अध्यक्ष से मिलने की इच्छा प्रकट की। एक कर्नल ने उससे जानना चाहा कि वह किस उद्देश्य के लिए उनसे मिलना चाहती है। इमगार्ड ने बताया—"मैं एक शरणार्थी हूं। कम्युनिस्ट जर्मनी के बारे में बहुत कुछ जानती हूं। मैं वे सारे

भेद उन्हें बताना चाहती हूं। संभव है, मेरी बातों से उन्हें लाभ हो...।"

आवश्यक जांच-पड़ताल के बाद इमगार्ड को जाससी विभाग के अध्यक्ष के पास ले जाया गया। उसने वहां आंसू बहाते हुए कहा—"मुझे वहां बहुत परेशान किया गया; क्योंकि मैं कम्युनिस्ट-विरोधी गुप्त दल की सदस्या थी। मुझे कई वर्षों तक अपने बाप से मिलने नहीं दिया गया। इतना ही नहीं, मेरी मां को एक विधवा की ज़िन्दगी बिताने पर उन लोगों ने मजबूर कर दिया। मैं उनसे बदला लेना चाहती हूं। मैं उनके बहुत सारे भेद जानती हूं। वह सारे भेद एक-एक कर आपको बताऊंगी।" और, वह फूट-फूटकर रो पड़ी।

कुछ देर बाद उसने आंसू बहाते हुए बताना शुरू किया कि, कैसे रूसी के० जी० बी० के लोग छात्रों से जासूसी का काम लेते हैं, किस प्रकार उनके मस्तिष्क में कम्युनिस्ट-नीति भरी जाती है, पूर्वी जर्मनी में कहां कितनी लाल सेना है, कहां-कहां हवाई अड्डे हैं। फिर उसने यह भी बताया कि अमरीकी नीति का समर्थक ब्रेनकोव कैसे पकड़ा गया। उसके द्वारा निर्मित कम्युनिस्ट-विरोधी दल ने कौन-कौन-सा काम किया। वह भी उक्त दल की सदस्य थी और बहुत पहले ही भागकर यहां आना चाहती थी, किन्तु, के० जी० बी० के लोगों की निगाहें उसपर लगी रहती थीं। और फिर वह अपनी मां को किसके भरोसे वहां छोड़ देती ? पहले वह भाग आयी। नौकरी कर पैसे इकट्ठे किए और तब मां को बुला लिया।

इन सारी बातों का वर्णन करते समय इमगार्ड ने नारी-जाति के उस भयंकर अस्त्र का सहारा लिया, जिसे कहते हैं—'आंसू'।

किन्तु, अमरीकी जासूस विभाग के घुटे हुए अध्यक्ष पर इमगार्ड के आंसुओं का कोई प्रभाव नहीं पड़ा। वह सहज ही यह विश्वास नहीं कर सका कि, यह लड़की जो कुछ कह रही है, वह सत्य ही है। उसने सोचा, संभव है यह लड़की रूसी गुप्तचर हो, अतः उसकी सारी कहानी सुनकर उसने उससे ऐसे-ऐसे बेहूदे प्रश्न पूछना शुरू किया कि बड़े-बड़े शूरमाओं के छक्के छूट जाते; उनके चेहरे का रंग बदल जाता या वे चौंक उठते। किन्तु, उन प्रश्नों को सुनकर इमगार्ड ज़रा भी नहीं चौंकी। बेझिझक वह सारे प्रश्नों का उत्तर देती रही। अन्ततः उस लड़की को सम्मानपूर्वक ठहराने की व्यवस्था करने का आदेश देकर वह वहां से चला गया।

इमगार्ड और उसकी मां को एक सुसज्जित कमरे में ले जाया गया। उनके खाने-पीने और रहने की अच्छी व्यवस्था की गयी। चार दिनों ठक वह उनका

अतिथि-सत्कार पाती रही।

इधर उन चार दिनों में इमगार्ड के मकान की तलाशी ली गयी। उसके पूर्वजीवन की अनेक बातों का पता लगाया गया। कहीं भी शक की कोई गुंजाइश नहीं मिली। पूर्व जर्मनी के अमरीकी गुप्तचरों ने लिखा कि वह ब्रेनकोव के दल की सदस्य थी और कई बार अपनी जान संकट में डालकर उस लड़की ने उक्त पार्टी की बैठक अपने फ्लैट में बुलवायी थी। ये सारी बातें इमगार्ड की सच्चाई साबित करने के लिए पर्याप्त थीं। अमरीकी खुफिया विभाग के अध्यक्ष को इमगार्ड पर अब ज़रा भी शक नहीं रहा। उसे खुफिया विभाग में ही नौकरी दे दी गयी।

इमगार्ड जैसी सुन्दर स्त्री को अपने एक सहायक के रूप में पाने के लिए अमरीकी जी० टू० विभाग के अधिकारियों में होड़ मचने लगी। उसकी सुंदरता के पीछे अफसरों का दल दीवाना हो उठा। इमगार्ड इन सब बातों से परिचित और खुश थी। उसके लिए यह एक शुभ लक्षण था। अन्त में मुख्यालय के आदेश पर वह जिस कर्नल की सहायिका बहाल हुई, उसके भाग्य से अन्य अफसरों को ईर्ष्या होने लगी। धीरे-धीरे उसने कई अफसरों से परिचय बढ़ाया और उन्हें जब-तब अपने फ्लैट में दावत देती। शराब और संगीत के दौर में वह अधिक से अधिक अफसरों को अपना प्यार बांटने लगी।

इमगार्ड अपने दफ्तर में सदा ठीक समय पर आती और पूरी मुस्तैदी के साथ अपना काम करती। उसकी कार्यदक्षता को देख लोगों को आश्चर्य होता। रूसी और जर्मन भाषा की विशेषज्ञ होने के कारण इमगार्ड से अमरीकी जासूस विभाग को विशेष मदद मिलने लगी। देखते ही देखते उसने ऐसा जाल फैलाया कि वह सबकी प्रशंसा की पात्र बन गयी।

कहते हैं, दो मिनट की बातचीत और दस कदम का चलना किसी भी व्यक्ति के व्यक्तित्व का आभास दे सकता है। इसीलिए कुछ दिनों से उक्त कर्नल ऐसा महसूस करने लगा कि इमगार्ड अब उसमें विशेष दिलचस्पी नहीं रखती। जिस आतुरता से वह पहले उससे मिला करती थी, अब वैसी आतुरता वह नहीं दिखाती। उसने सोचा, बहुत संभव है कि दूसरे अफसरों के सम्पर्क में आकर उसका झुकाव उनकी ओर हो गया हो। वह अपने उस अनमोल शिकार को किसी भी तरह हाथ से नहीं निकलने देना चाहता था। अतः वह उस दिन कार्यालय-अवधि के बाद इमगार्ड को एक शानदार होटल में ले गया। बड़े ही सुरम्य स्थान

पर बने स होटल में दोनों ने शराब के कई पेग लिए और नशे में बुत होकर वहां से वे चल पड़े। इमगार्ड की कमर में बांह डाले कर्नल उसे अपने फ्लैट में ले आया। वह रात उस कर्नल के जीवन की एक सुखद रात साबित हुई।

इमगार्ड को जासूसी विभाग में नौकरी क्या मिली कि वह 'एक अनार सौ बीमार' वाली कहावत बन गयी। प्रेमाभिनय में चतुर इमगार्ड ने ऐसे कई अफसरों को अपने रूप-जाल में फंसाया, जिनसे उसे कुछ लाभ हो सकता था। जासूस विभाग के कई अफसरों की यह धारणा बन गयी कि वह सबसे अधिक उसे ही प्यार करती है। उपहारों से उसका घर भरने लगा। इमगार्ड के मात्र एक संकेत पर कीमती से कीमती वस्तु उसके फ्लैट में पहुंचा दी जाती।

इस झूठे प्यार के स्वांग में दिन गुज़रते गए।

अचानक 24 अप्रैल, सन् 1953 ई० के दिन पश्चिम जर्मनी की सीमा पर अमरीकी सैनिकों की हलचल बढ़ गयी। उनके हवाई जहाज़ एक सिरे से दूसरे सिरे तक चक्कर लगाने लगे। उन हलचलों को देखकर ऐसा लगता कि, मानो युद्ध की तैयारी की जा रही हो। ठीक उसी दिन और उसी समय पूर्व जर्मनी की सीमा पर भी रूसी सैनिकों और टैंकों का जमाव शुरू हो गया। रूसियों के हवाई जहाज़ भी गश्त लगाने लगे। अमरीकी सेना के अधिकारियों के लिए यह एक बड़े आश्चर्य की बात थी। उनके गुप्त हमले की पूर्वसूचना रूसियों को कैसे मिल गयी—इस बात का पता लगाया जाने लगा। पूर्व जर्मनी के अमरीकी गुप्तचरों से पूछताछ की गयी, तो उनका जवाब आया—पश्चिम जर्मनी में रूसी गुप्तचरों का जाल बिछा दिया गया है। सावधानी की आवश्यकता है।"

समाचारपत्रों ने इस समाचार को प्रमुख स्थान दिया।

इस अध्याय के शुरू में आप जिस घटना का वर्णन पढ़ चुके हैं, वह उसी समय की बात है।

थोड़े ही दिन बाद पश्चिम जर्मनी में एक और दुःखद तथा सन्न कर देनेवाला यह समाचार पहुंचा कि, रूसियों ने पूर्व जर्मनी में अमरीका के कई गुप्तचरों को एक ही दिन पकड़ा और उन सबको गोली से उड़ा दिया गया। अमरीका का जासूस विभाग, विदेश विभाग और गृह विभाग इस समाचार को सुनते ही सन्न रह गए। किसीकी समझ में यह बात नहीं आ रही थी कि, प्रथम श्रेणी के सारे जासूस एक ही दिन उनकी पकड़ में कैसे आ गए। जब तक उन सबके बारे में

पूरी जानकारी किसीको प्राप्त न हो जाए, तब तक उन लोगों का भेद पाना भी कठिन था। और फिर, उन जासूसों से सम्बन्धित सारे कागज़ात पश्चिम बर्लिन तथा फ्रांकफुर्ट में, कड़े पहरों के बीच तिजोरियों में रखे जाते थे। उन तथ्यों के बारे में अमरीका के कुछ खास-खास अफसरों को ही ज्ञात था। ऐसी दशा में वे सारे तथ्य दुश्मनों तक कैसे पहुंचे, इस प्रश्न ने अमरीका के सी० आई० ए० विभाग के बड़े-बड़े अधिकारियों का दिमाग खट्टा कर दिया।

अब इस मामले की तह में जाकर वे सारी बातों का पता लगाना चाहते थे। अतः अमरीकी जी० टू० विभाग से बगैर पूछे अमरीकी सी० आई० ए० विभाग के अधिकारियों ने छानबीन शुरू की। जी० टू० के कई अफसरों के घरों की तलाशियां ली गयीं और इस बात का पता लगाया जाने लगा कि इस मामले से सम्बन्धित दस्तावेज़ किन-किन अफसरों के बीच से गुज़रते हैं। गुप्त कागज़ों को यथासमय नियत स्थान पर रखकर सुरक्षा-सम्बन्धी कार्यवाही तत्क्षण की जाती है या नहीं। टाइपराइटर के रिबन, डुप्लीकेटर कागज़ एवं रद्दी कागज़ों को तुरत जलाया जाता है या नहीं। दफ्तर के कर्मचारी नशे की हालत में कहां-कहां जाते और किन-किन लोगों से मिलते हैं। कर्मचारियों में कहीं किसीके प्रति वैमनस्य की भावना तो नहीं है, आदि।

अत्यन्त सावधानीपूर्वक जांच-पड़ताल के बाद यह तथ्य सामने आया कि उक्त कर्नल अक्सर उन फाइलों को देखा करता था, जिनमें मारे गए अमरीकी गुप्तचरों का पूरा हलिया दर्ज था। कर्नल के आदेश पर उसकी सहायिका इमगार्ड उन फाइलों को तिजोरियों से निकालती और फिर उन्हें बन्द करती थी।

इतने महत्त्वपूर्ण दस्तावेज़ों के प्रति उदासीन रहने के कारण उक्त कर्नल को चेतावनी दी गयी। उसे बताया गया कि उसकी इस असावधानी के कारण ही अमरीका के प्रथम श्रेणी के गुप्तचरों को अपनी जान से हाथ धोना पड़ा। इन सारी बातों से अधिकारियों की टोली इस निष्कर्ष पर पहुंची कि इमगार्ड ही वह लड़की है, जिसपर शक की पूरी गुंजाइश है। अतः उसे तत्काल नौकरी से हटा दिया गया। इतना ही नहीं, उसकी प्रत्येक गतिविधि पर नज़र रखी जाने लगी।

जी० टू० विभाग से इमगार्ड के हट जाने के कारण वहां का एक प्रबल आकर्षण समाप्त हो गया। फिर भी, उक्त कर्नल ने उसका पीछा न छोड़ा। वह छिप-छिपकर उससे मिलता रहा। उसने इमगार्ड से सहानुभूति प्रकट करते हुए कहा—"मुझे पूर्ण विश्वास है कि किसी और की गलती की सज़ा तुम्हें मिली है।

मैं दूसरी जगहों में तुम्हारी नौकरी के लिए प्रयत्न कर रहा हूं। जहां गोटी बैठ गयी, तुम्हें काम मिल जाएगा।" और वास्तव में कर्नल के प्रयत्नों से ही इमगार्ड को पश्चिम जर्मनी के एक प्रमुख हवाई अड्डे पर काम मिल गया। इस नये काम को पाकर उसने सोचा कि, अब भले ही उसे यहां गोपनीय फाइलें देखने को न मिलें, पर यहां लगे राडार से वह बहुत-सी ऐसी बातों का पता लगा सकती है, जिनके प्रति रूस की विशेष दिलचस्पी है।

इसी बीच अमरीकी गुप्तचर विभाग की रिपोर्ट पर इमगार्ड के चार प्रेमियों को पश्चिम जर्मनी से अमरीका वापस भेज दिया गया। उसके तत्कालीन चार प्रेमी थे—जी० टू० विभाग का उक्त कर्नल, दो निचली श्रेणी के अफसर और एक गृह सुरक्षा विभाग का कर्मचारी। इमगार्ड को इस बात का आभास भी नहीं मिल सका कि, उसके प्रेमी बनाम सहायक अब उसकी मदद के लिए न रहे।

इमगार्ड पर अमरीकी गुप्तचर विभाग का सन्देह बढ़ता ही जा रहा था। उसे ऐन मौके पर पकड़ने के लिए उसने अपना जाल फैलाना शुरू किया। अमरीका के सी० आई० ए० विभाग का सबसे बड़ा अफसर जान डफ (जो एक घुटा हुआ गुप्तचर था) इस कार्य के लिए ही पश्चिम जर्मनी आया था। उसके आने की खबर सिर्फ एक ही व्यक्ति को मालूम थी और वह था—अमरीकी कमिश्नर कन्याण्ट। जान डफ के लिए जर्मनी एक नयी जगह थी, फिर भी उसने अपना प्रयत्न जारी रखा।

निरन्तर निगरानी के बाद जान डफ ने देखा कि इमगार्ड अक्सर एक पब्लिक टेलीफोन बूथ में जाती है। ज्योंही वह उस बूथ से वापस आती है, वैसे ही एक अपरिचित व्यक्ति उसमें चला जाता है और थोड़ी ही देर बाद वह उस बूथ से लौट आता है। उसने सोचा, मुमकिन है इमगार्ड उस बूथ में, कोई गोपनीय संदेश रख जाती हो। इमगार्ड स्वयं सतर्क थी। वह कभी भूगर्म रेल से, तो कभी टैक्सी से और कभी बस पर सवार होकर उस टेलीफोन बूथ में जाने लगी। उसने वहां पहुंचने का अपना कोई निश्चित समय नहीं रखा था। अतः जान डफ परेशान हो उठा। अन्तः इस परेशानी से मुक्ति पाने और उसे अपने शिकंजे में लेने के लिए उसने एक युक्ति सोची।

उसने इस काम के लिए 'कार्ल' नामक एक सुन्दर नौजवान का चुनाव किया। उसे इस बात का पूर्ण विश्वास था कि इमगार्ड इस युवक को अवश्य पसन्द करेगी और बहुत संभव है कि वह इसके प्रेम में पड़ कर विवाह कर ले। अगर

वह इस रास्ते पर आगे बढ़ी, तो फिर उसके पकड़े जाने में ज़रा भी सन्देह नहीं है। उसने 'कार्ल' से कहा कि इमगार्ड से वह घनिष्ठता बढ़ाने की कोशिश करे।

एक दिन कार्ल और इमगार्ड की आंखें चार हुईं। उनमें परिचय हथा और, परिचय घनिष्ठता में बदलता गया। दोनों को एक-दूसरे के बिना चैन नहीं पड़ता। इमगार्ड वास्तव में कार्ल की ओर झुकती जा रही थी या कार्ल ही उसकी ओर झुक रहा था—इसे कोई नहीं जानता था। दोनों प्रेमाभिनय में माहिर थे। बातों ही बातों में कार्ल ने इमगार्ड को बताया कि वह आजकल अमरीकी गृह रक्षा विभाग में अनुवादक का काम कर रहा है। उसे अक्सर पूर्व जर्मनी से आए समाचारों को अतुबाद करने का कार्य सौंपा जाता है। यह सुनकर इमगार्ड मन ही मन प्रसन्न हो उठी। 'बस अब सहज ही काम बन सकता है"—ऐसा सोचकर 'कार्ल' को पूरी तरह अपने वश में करने के लिए वह उससे शादी करने का वादा कर बैठी। कार्ल भी अक्सर उससे कहता—"तुम अगर मुझे नहीं मिलीं, तो मैं पागल हो जाऊंगा।"

एक दिन दोनों प्रेम-चर्चा में लीन थे। इमगार्ड ने बातों ही बातों में अपने विगत जीवन के बारे में उसे बताया कि, वह अपने एक सहपाठी ब्रेनकोव को सच्चे हृदय से प्यार करती थी। उसके साथ उसकी शादी की बात बिल्कुल तय हो गयी थी; किन्तु, कम्युनिस्ट-विरोधी कार्यों में लिप्त रहने के कारण वह कैद कर लिया गया। इतना कहते-कहते इमगार्ड कूट-फूटकर रोने लगी। आंसुओं के बीच उसने अपनी बात जारी रखी—"ठीक उन्हीं दिनों लाल सेना के दो अधिकारियों ने मेरे सामने एक शर्त रखी कि अगर तुम हमारी ओर से जासूसी करना स्वीकार कर लो, तो हम ब्रेनकोव को छोड़ देंगे। उसे पाने के लिए मैं सब कुछ करने को तैयार थी; अतः मैंने उनकी शर्त मान ली। यहां आकर मैंने उन्हें दो-तीन साधारण समाचार भेजे। अब मैं इस काम से मुक्ति चाहती हूं। मुझे तुम मिल गए, तो ऐसा लगता है कि सारी दुनिया की निधि मिल गयी हो। बस मेरा एक काम कर दो। उसके बाद हम दोनों सदा के लिए एक हो जाएंगे।"

कार्ल ने पूछा, "कौन-सा काम ?"

"जानते हो, उस काम के बदले में मुझे ढेर सारे रुपये मिलेंगे। मे रुपये हमारे विवाहित जीवन को सुखमय बनाएंगे।"

"यह तो एक बड़ी अच्छी बात होगी। मगर, पहले यह तो बताओ कि तुम चाहती क्या हो ?"

"बस, दो काम।"

"कौन-सा ?" कार्ल ज़रा भी उत्तेजित नहीं हुआ।

"पहला यह कि अमरीकी जलसेना और वायुसेना के पुनर्विन्यास का सम्पूर्ण विवरण और दूसरा यह कि, पूर्व जर्मनी में कितने अमरीकी गुप्तचर हैं, उनका नाम और पूरा पता। इसके अलावा मुझे और कुछ नहीं चाहिए। बस यही दो विवरण मुझे लिखकर दे दो। फिर हम दोनों सदा के लिए... ।" और प्रेमविभोर होकर वह कार्ल से लिपट गयी।

"अच्छी बात है। मुझे उम्मीद है कि मैं वे सारे भेद प्राप्त कर लूंगा और शीघ्र ही तुम्हें सौंप दूंगा।" कहता हुआ काल उठ खड़ा हुआ।

उसने जान डफ से भेंट की। उसने तुरन्त अमरीका से 'अगले कदम' के बारे में निर्देश मांगा। जवाब आया—"दे दो। मगर सावधान—शिकार पकड़ने की पूरी व्यवस्था रहे।"

1 दिसम्बर, सन् 1954 ई० !

इमगार्ड की इच्छानुसार सारी गोपनीय बातों को एक बहुत ही पतले कागज़ पर लिखकर कार्ल उसे एक शराबखाने में दे आया। इमगार्ड ने उस अमूल्य सूचना को पाकर अपना एक क्षण भी बर्बाद करना उचित नहीं समझा। वह भूगर्भ रेलमार्ग से पूर्व जर्मनी की ओर रवाना हो गयी। एक-एक कर पश्चिम जर्मनी के स्टेशन गुज़रते गए। अगले स्टेशन के बाद वह पूर्व जर्मनी की सीमा में होती। पश्चिम जर्मनी के अन्तिम स्टेशन पर गाड़ी ज्योंहीं रुकी कि त्योंही तीन लम्बे-तगड़े व्यक्तियों ने उस डिब्बे में प्रवेश किया, जहां बैठकर इमगार्ड इत्मीनान से अखबार पढ़ रही थी। एकाएक उन तीनों व्यक्तियों ने उसे घर दबोचा और फिर उसे गोद में उठाकर प्लेटफार्म पर ले आए। इमगार्ड ने काफी चीख-पुकार मचायी। वह बेतरह गालियां देने लगी। किन्तु उन तीनों व्यक्तियों पर उसका कोई असर नहीं हुआ। उसकी तलाशी ली जाने लगी, तो कोट की जेब में सिगरेट का एक ऐसा डिब्बा निकला, जिसमें काले का दिया हुआ गोपनीय कागज़ था। इमगार्ड गिरफ्तार कर ली गयी।

अदालत में उसपर मुकदमा चलाया गया। ठीक उन्नीसवें दिन, अर्थात् 20 दिसम्बर, सन् 1954 ई० को उसके मुकदमे का फैसला सुना दिया गया। उसने अपने बयान में कहा कि उसे कम्युनिस्टों से घृणा है। वह ब्रेनकोव को प्यार करती है और उसे रूसियों की कैद से छुड़ाने के लिए ही उसने यह काम किया। दुश्मन

देश को गोपनीय सूचनाएं देने के अपराध में उसे सिर्फ सात साल की सख्त कैद की सज़ा मिली।

फैसला सुनकर वह चीख उठी—"सात साल ! इतने दिनों तक घुट-घुटकर जीने की अपेक्षा मुझे फांसी दी जाती तो बेहतर था !" कार्ल अदालत में खड़ा था। उसने इमगार्ड की बातें सुनीं और फिर मुस्कराते हुए अदालत से बाहर आ गया।

रूसी माताहारी के नाम से विख्यात इस युवती और माताहारी में बस इतना ही फर्क था कि माताहारी को गोली से उड़ा दिया गया था। और इमगार्ड को सात साल की सज़ा मिली थी।

पोलैंड की ओर से जासूसी करनेवाली दो बहन—

बैरोनेस वर्ग और फ्राउलिन

[दो चचेरी बहनों ने अपनी गरीबी से ऊबकर, वैभवपूर्ण ज़िन्दगी बिताने के उद्देश्य से एक धनी व्यक्ति को अपना प्रेमी बनाया और उसके झूठे प्रेम में पड़कर वे अपने देश को भूल गयीं। अपने जासूस प्रेमी के लिए उन्होंने जो कुछ भी किया, उसके बदले में उन्हें सज़ाये-मौत नसीब हुई।]

द्वितीय महायुद्ध उन दिनों आरंभ हुआ था। उससे कुछ ही दिन पूर्व, जर्मनी का एक गुप्तचर पोलैंड में पकड़ा गया। जर्मनी की सरकार ने इस समाचार का खंडन करते हुए कहा—"हमारा गुप्तचर ! असंभव ! फ्रेडरिक (तथाकथित जर्मन गुप्तचर) के बारे में सरकार को कोई जानकारी नहीं है।"

जर्मनी ने यह कहकर केवल एक सर्वमान्य प्राचीन परम्परा का पालन किया था, गोकि फ्रेडरिक जासूस था और जर्मन सरकार ने भेद लेने के लिए ही उसे तैनात किया था। संयोगवश, उन्हीं दिनों पोलैंड का एक जासूस जर्मन सरकार की पकड़ में आ गया। पोलैंड की सरकार ने भी वही रवैया अपनाया और कहा कि वह हमारे देश का नागरिक तो है, लेकिन हमसे उसका कोई संबंध नहीं है।

दोनों सरकारें यह जानती थीं कि वे असत्य का सहारा लेकर पकड़े गए व्यक्ति को अपना भेदिया स्वीकार न करने की परम्परा का पालन कर रही हैं। अन्ततः इस आत्मप्रवंचना का प्रतिकार इस तरह हुआ कि दोनों बन्दी गुप्तचरों की अदला-बदली कर ली गयी।

गुप्तचरों के पकड़े जाने पर किसी भी देश की सरकार, हमेशा यही कहती आयी है कि उनका गुप्तचरों से कोई सम्बन्ध नहीं है। अवै ध शिशु की तरह उसे कोई अपनाती नहीं। वस्तुतः जासूसी का कार्य उस अनैतिक कृत्य के समान है, जिसे व्यक्तिगत रूप से करते तो सभी हैं, लेकिन पकड़े जाने पर

निर्दोषता की दुहाई देते हैं।

जर्मनी के इतिहास में अपने ढंग की वह एक निराली घटना थी। पोलैंड के उक्त जासूस को जर्मनी की ही दो रहस्यमयी नारियों का सक्रिय सहयोग प्राप्त था। यह जर्मनों के सौभाग्य और उनको विश्वप्रसिद्ध जासूस-संस्था 'गेस्टापो' की अद्भुत कार्यकुशलता का परिणाम था कि, समय रहते सारी गुप्त योजनाओं का भेद खुल गया, अन्यथा द्वितीय महायुद्ध का नक्शा ही कुछ और होता।

सन् 1930 ई० की बात है। यूरोप के आसमान में जब-तब युद्ध के बादल मंडराने लगते थे। युद्ध की आशंका से जर्मनी पूर्ण सतर्क था। तब उसके युद्धमंत्रालय के 'आपरेशंज़ विभाग' का हर सदस्य अपने-अपने काम में चुस्त-दुरुस्त रहने लगा था। इस विभाग के सन्तरियों की ज़िम्मेदारी पहले से बढ़ गई थी। 'आपरेशंज़ विभाग' में आनेवाले प्रत्येक कर्मचारी—चाहे वह पुरुष हो या नारी—पर सन्तरियां की तेज़ नज़र रहती थी। आपरेशंज विभाग के मुख्य दरवाज़े पर प्रायः एक बूढ़ा सन्तरी तैनात रहता था। उसे यहां काम करते कई वर्ष हो चुके थे। यही वजह थी कि वह सन्तरी उस विभाग के प्रत्येक कर्मचारी को जानता-पहचानता था। उसे यह भी भली भांति ज्ञात था कि यहां के किस कर्मचारी की आर्थिक स्थिति दयनीय है और कौन सम्पन्न है।

एक दिन उसे बड़ा आश्चर्य हुआ, जब उसने अपनी कल्पना के विपरीत एक लड़की को बेहद कामती वस्त्र और जूते पहने दफ्तर में आते देखा। उस लड़की से सन्तरी की अक्सर भेट हुआ करती थी। स्वभाव से लजीली और विनम्र उस लड़की की गरीबी के कारण सन्तरी को उससे थोड़ी सहानुभूति भी थी। ईश्वर-प्रदत्त बेहद आकर्षक रूप-रंग और कोमल शरीर को वह साधारण वस्त्रों से ढंके रहती थी। अपने साधारण वस्त्रों के कारण वह लड़की जल्द किसीसे बातें नहीं करती और न किसी पार्टी वगैरह में ही शामिल होती थी। वह सदा एक अजीब संकोच से घिरी रहती थी। किन्तु, एकाएक उस लड़की में इतना बड़ा परिवर्तन कैसे आ गया—यह बात बूढ़े सन्तरी की समझ में नहीं आ रही थी। वह सोचने लगा—क्या यह संभव नहीं कि, इसके होनेवाले धनी पति ने इसके लिए कीमती वस्त्र बनवा दिए हों ? मगर नहीं, मैं देख रहा हूं कि इसके रहन-सहन में परिवर्तन तो आया ही है, साथ ही साथ, इसका विनम्र स्वभाव भी बदल रहा है। इसका संकोच और लज्जा, शोखी और अल्हड़पन में बदलता जा रहा है।

बूढ़े सन्तरी ने अपने अन्तःकरण से उठते हुए प्रश्नों को सुलझाने की

ज्यों-ज्यों कोशिश की, त्यों-त्यों वह अपने ही सवालों के जाल में उलझता गया। अन्त में उसने निर्णय किया कि उसे अब से उस लड़की पर और भी कड़ी नज़र रखनी होगी। हो सकता है कि, कहीं दाल में काला हो।

और, उस दिन से बूढ़े सन्तरी की निगाहें उस लड़की के प्रत्येक हावभाव, क्रियाकलाप पर सर्तक होकर दौड़ने लगीं। ज्यों-ज्यों दिन बीतते गए, त्यों-त्यों उस सन्तरी का सन्देह विश्वास में बदलता गया। वह यह जानता था कि उक्त लड़की युद्धमंत्रालय के 'आपरेशंज़ विभाग,' के एक कर्नल की मुख्य सचिव है। उसका बाप भी पहले इसी विभाग में लेफ्टिनेंट कर्नल था। जब यह लड़की सात-आठ साल की थी, उक्त कर्नल एक दुर्घटना में मारा गया। गरीबी में पली-बढ़ी यह लड़की धन का प्रलोभन पाकर कहीं दुश्मन के जाल में फंस तो नहीं गयी!—यह शंका उस बूढ़े सन्तरी को बार-बार सताया करती। किन्तु, उस लड़की की शिकायत किसी अधिकारी तक पहुंचाने के पूर्व वह सारी बातों की अच्छी तरह छातबीन कर लेना चाहता था।

एक दिन जब वह लड़की—जिसका नाम फ्राउलिन था—और दिनों की अपेक्षा बेहद भड़कीली और कीमती पोशाक में, दफ्तर के समय से एक घंटा बाद में आयी, तब उस सन्तरी ने अपनी पैनी नज़रों से देखा कि, वह आज बहुत घबरायी हुई है। लड़की ने एक बार अपनी सतर्क निगाहों से चारों तरफ देखा और फिर तेज़ी से अपने कमरे की ओर बढ़ गयी।

एक दिन रात्रि के समय वह बूढ़ा सन्तरी कार्यालय में गश्त लगा रहा था। उसने देखा कि फ्राउलिन के कमरे में बत्ती अब भी जल रही है। उसने धीरे से दरवाज़ा खोला और अन्दर आ गया। फ्राउलिन की अंगुलियां एक टाइपराइटर पर बड़ी तेज़ी के साथ चल रही थीं। एकाएक उसकी नज़र जब उस बूढ़े सन्तरी पर पड़ी, तब वह घबरा उठी। किन्तु, तुरत ही उसने अपने को संभाला और सन्तरी से कहा—"मोफ ! इतना काम ! देखो, सुबह से टाइपराइटर पर बैठी हूं... दम लेने की भी फुर्सत नहीं मिली। क्या तुम्हें ऐसा महसूस नहीं होता कि इस दफ्तर के हर व्यक्ति का कार्य पहले से बढ़ गया है ?" बड़ी मुश्किल से वह इतना कह पायी। वह यह नहीं चाहती थी कि, सन्तरी अपनी जगह से आगे बढ़े। अतः, उसने बात की दिशा बदल दी और उससे पूछा—"हां, तुम्हें मुझसे कोई काम है, तो जल्दी बताओ।"

बूढ़े सन्तरी ने जवाब दिया—"नहीं, कोई काम नहीं। गश्त लगाते समय

आपके कमरे की बत्ती जलती देख, चला आया। अब जा रहा हूं।"

"हां, जाओ। मुझे काम करने दो।" फ्राउलिन बोली।

"बहुत ठीक।" कहकर बूढ़ा सन्तरी कमरे से बाहर आ गया। उतनी ही देर में उसने उस कमरे में अपनी पैनी नज़रों से देखा कि खूंटी पर फ्राउलिन के कीमती कोट, छाता आदि टंगे थे। लोहे की उस तिजोरी का ताला भी खुला था, जिनमें कर्नल साहब गोपनीय कागज़-पत्र रखा करते थे। खुली तिजोरी और फ्राउलिन का घबरा जाना— इन दोनों ने सन्तरी के सन्देह को और भी बढ़ा दिया।

दूसरे दिन वह अपने को रोक न सका। ज्योंही 'आपरेशंज़ विभाग' का वह कर्नल अपने कार्यालय के कक्ष में बैठा, त्योंही वह बूढ़ा सन्तरी वहां पहुंचा। एक लम्बा सलाम ठोककर उसने बड़े अदब के साथ कर्नल से पूछा— "महाशय ! क्या आपने कल अपनी मुख्य सचिव को कुछ कागज़ात टाइप करने को दिए थे ?"

एक सन्तरी के इस सवाल से कर्नल हक्का-बक्का रह गया। वह कुछ देर तक उसे घूरता रहा। फिर बोला— "हां, टाइप तो वह रोज़ ही किया करती है।'

"लेकिन कल काफी रात गए वह टाइप करती पायी गयीं।"

कर्नल कुछ समझ नहीं पा रहा था। सन्तरी के उन बेढंगे सवालों को सुनकर वह मन ही मन बौखला उठा। मगर, उसकी उम्र का ध्यान रख उसने अपने को उत्तेजित होने से रोका। बूढ़े सन्तरी को इस बार कर्नल ने थोड़ी रुखाई के साथ जवाब दिया— "यह कोई असंभव बात नहीं है। जब जैसी ज़रूरत पड़ती है, उसे रुकना पड़ता है।...लेकिन इस तरह के सवाल तुम मुझसे क्यों पूछ रहे हो ? आखिर तुम्हें..."

कर्नल की बात पूरी भी नहीं हुई थी कि, सन्तरी ने क्षमा मांगते हुए कहा— "श्रीमान ! कल रात्रि में ज्योंही मैं उनके कमरे में गया, वे बेहद घबरा गयीं। टाइपराइटर के आगे खड़ी होकर उन्होंने कहा कि, काम अधिक है। लेकिन उनके हाव-भाव से पता चल रहा था कि, दाल में कहीं काला ज़रूर है। वह सामने वाली तिजोरी खुली थी। मैंने सोचा, शायद आपको इसका पता न हो। अतः आपको सूचित कर देना मैंने अपना कर्तव्य समझा।"

"धन्यवाद। अब तुम जा सकते हो।" कर्नल ने कहा।

बेचारा बूढ़ा सन्तरी अपना-सा मुंह लेकर कमरे से बाहर आ गया। सन्तरी के जाते ही कर्नल सोच में पड़ गया। 'तिजोरी खुली थी,' इस वाक्य ने उसके

मन में संदेह के बीज बो दिए। उसे अपने कमरे की तिजोरी में पड़े कागज़ातों की गंभीरता का स्मरण आया। उसने कुर्सी से उठकर तिजोरी खोली। तिजोरी में जर्मनी द्वारा चेकोस्लोवाकिया और पोलैंड पर आक्रमण करने की नवीनतम योजना, स्थल और वायु सेना द्वारा प्रथम हमले के स्थान, विभिन्न शस्त्रास्त्रों की तात्कालिक स्थिति एवं नये अस्त्र-शस्त्रों के उत्पादन एवं कुछ अन्य महत्त्वपूर्ण विवरण आदि थे। कर्नल ने एक-एक दस्तावेज़ की छानबीन शुरू की। प्रत्येक दस्तावेज़ को सुरक्षित पाकर कर्नल ने संतोष की सांस ली।

थोड़ी ही देर बाद उसकी मुख्य सचिव फ्राउलिन कर्नल के कमरे में आयी और उसने बड़ी मासूम अदा से 'नमस्कार' किया। उस दिन पहली बार कर्नल ने उसे बड़े गौर से देखा। आज उसे फ्राउलिन एकदम बदली हुई नज़र आयी। अन्य दिनों की अपेक्षा वह उस दिन काफी सज-संवरकर आयी थी। उसके ठाट-बाट देखकर वह दंग रह गया। कर्नल को लगातार अपनी तरफ घूरते देखकर फ्राउलिन ने सोचा कि, कहीं भेद खुल तो नहीं गया ! इस शंका के कारण वह कांप उठी। फिर भी, उसने अपने को संयत किया और आवश्यक कागज़ों को लेकर टाइप करने अपने कक्ष में चली गयी।

फ्राउलिन के जाने के बाद कर्नल को चैन नहीं मिल रहा था। उसने चालाकी से काम लिया। उसने उस दिन अपने हाव-भाव से यह प्रकट नहीं होने दिया कि वह फ्राउलिन पर शक करने लगा है। रोज़ की तरह वह उससे घुल-चुलकर बातें करता रहा। बीच-बीच में वह उससे मज़ाक करना भी नहीं भूलता था। परिणाम यह हुआ कि फ्राउलिन अपने मन का संदेह समझ बिल्कुल निश्चिंत हो गयी।

उसी दिन रात्रि में विशेष अनुमति प्राप्त कर कर्नल अपने कार्यालय में आया। उसने सारे दस्तावेज़ों की पुनः छानबीन की। कहीं किसी तरह की गड़बड़ी न पाकर वह निराश हो लौट गया। तीन दिनों तक वह इसी तरह रात में आता और फ्राउलिन की अनुपस्थिति में अपनी तिजोरी खोलकर देखा करता।

तीसरे दिन तो उसने ऐसा महसूस किया कि, वह व्यर्थ ही उस मासूम लड़की पर शक करने लगा है। मगर, चौथे दिन की छानबीन में उसने पाया कि एक अत्यन्त महत्त्वपूर्ण आपरेशंज़-संबंधी विवरण के अन्तिम दस पृष्ठ, जो उसने कई संशोधनों के बाद फ्राउलिन को पुनः टाइपकरने को दिए थे, गायब हैं। उसका शक ज़ोर पकड़ता गया। उसने फ्राउलिन के कमरे का कोना-कोना छान मारा।

उसे उन पृष्ठों का कहीं भी पता नहीं लगा, तो उसका माथा ठनका।

गायब हुए उन दस पृष्ठों में कर्नल ने आपरेशंज़ का एक खाका तैयार किया था, जिसपर अंतिम निर्णय लिया जानेवाला था। हालांकि उन कागज़ों के गायब हो जाने से जर्मनों को कोई खतरा न था। फिर भी ऐसे महत्त्वपूर्ण कागज़ गायब होने लगे या उनकी जानकारी दुश्मन देश को पहले ही मिलने लगी, तो ऐसी दशा में जर्मनों की भयंकर क्षति हो सकती थी। यद्यपि दूसरे दिन कर्नल ने उन कागज़ों को अपनी तिजोरी में ही पाया, उसका फ्राउलिन पर संदेह बढ़ गया। निश्चय ही वह धन का प्रलोभन पाकर दुश्मन देश के जाल में फंस गयी है। उसकी इन हरकतों को ध्यान में रख, अन्ततः कर्नल ने उसकी शिकायत करना आवश्यक समझा।

दूसरे दिन से ही युद्धमंत्रालय के अधिकारियों ने उस रहस्यमयी नारी का पता लगाने के लिए अपने गुप्तचरों को तैनात कर दिया। अपने चारों तरफ फैले जाल के बारे में फ्राउलिन को ज़रा भी पता नहीं लग सका। जासूस छाया की तरह फ्राउलिन का पीछा करने लगे। उसकी एक-एक दिन की रिपोर्ट जासूसों ने अधिकारियों को देना शुरू किया। वह कहां-कहां जाती है, किन-किन लोगों से मिलती है, आदि बातों की जानकारी गुप्तचरों ने एकत्र करना शुरू किया। और, जब जर्मनी की विश्व-प्रसिद्ध जासूस संस्था 'गेस्टापो' के सदस्य सक्रिय हो जाएं, तब भला भेद कैसे प्रकट नहीं होता!

कुछ ही दिनों बाद फ्राउलिन रंगे हाथों पकड़ी गयी। उसके साथ ही पकड़े गए—पोलैंड के एक जासूस सोनोवस्की और उसके कई साथी। कई दिनों तक लगातार उन लोगों से पूछताछ की जाती रही और उससे जो कहानी बनी, वह इस प्रकार है :

सोनोवस्की पोलैंड का निवासी था। वहां वह पोलैंड सरकार की सेवा में एक महत्त्वपूर्ण सैनिक अधिकारी था। ऊंचा कद, भरा-पूरा शरीर, खूबसूरत चेहरा उसके व्यक्तित्व के आकर्षण थे। साहसिक कार्यों में दिलचस्पी रखने के कारण उसने जासूसी का पेशा अपनाया और सन् 1930 ई० में वह तत्कालीन जर्मनी की राजधानी बर्लिन पहुंचा। पोलैंड पर जर्मनी के संभावित हमले को ध्यान में रखकर उसे जर्मन-आक्रमण की गुप्त योजना और उसके द्वारा आविष्कृत नवीनतम विमानों एवं हथियारों के संबंध में विस्तृत जानकारी प्राप्त करने को भेजा गया था।

बर्लिन आकर सोनोवस्की ने एक बड़ा ही शानदार फ्लैट लिया और वहां

रईसों की ज़िन्दगी बितानी शुरू की। धीरे-धीरे उसके जर्मन मित्रों की संख्या बढ़ने लगी। ऐसे मित्रों में अधिकांश 'सुरा और सुन्दरी' के उपासक थे। सोनोवस्की के यहां इन दोनों वस्तुओं पर पैसा पानी की तरह बह चला। नित नयी शराब, नित नयी लड़कियां। सोनोवस्की के आकर्षक व्यक्तित्व पर लड़कियां जान देती थीं। अतः, वह ऐसी लड़कियों से मित्रता का ढोंग रच उनसे भेदभरी बातों की जानकारी प्राप्त करता।

इसी बीच सोनोवस्की ने अपने कई मित्रों की राय पर वस्तुओं के आयात-निर्यात का धंधा शुरू किया। उसका यह काम जल्दी ही विस्तृत रूप में फैल गया और देखते ही देखते जर्मनी के एक कोने से दूसरे कोने तक उसके एजेण्टों का जाल फैल गया। मगर, यह सब तो एक दिखावा-मात्र था।

इन्हीं दिनों सोनोवस्की की भेंट बैरोनेस वर्ग नामक एक ऐसी महिला से हुई जिसका पति जर्मन सेना में एक कर्नल था। बैरोनेस वर्ग को सोनोवस्की से वह सब कुछ सहज ही प्राप्त होने लगा, जिसकी उसे चाह थी और उसकी उस चाह को उसका कर्नल पति पूरा नहीं कर पाता था। अतः, वह दिनानुदिन सोनोवस्की की ओर खिंचती चली गयी। परिणाम यह हुआ कि बैरोनेस वर्ग ने अपने पति को तलाक दे दिया और सोनोवस्की के साथ उसके फ्लैट में ही रहने लगी। सोनोवस्की ने बैरोनेस वर्ग को कभी भी यह नहीं बताया कि वह पोलैंड का गुप्तचर है।

एक दिन वह अपने एक जर्मन मित्र द्वारा आयोजित पार्टी में शामिल हुआ। वहां कई नाज़ी अफसर भी आए थे। सोनोवस्की उन्हीं लोगों के बीच इस आशा से चक्कर काटता रहा कि, शायद उनकी बातचीत के बीच कुछ रहस्य का पता लग सके। तब जर्मनी ने एक आधुनिक बमवर्षक विमान बनाया था। पार्टी में शामिल जर्मन अफसरों के बीच चर्चा का मुख्य विषय वह विमान ही था। लोग उस विमान की कुशलता का बढ़ा-चढ़ाकर वर्णन कर रहे थे। सोनोवस्की स्वयं विमान-विशेषज्ञ था। अतः, उन लोगों की बातचीत को सुन-सुनकर, उक्त बमवर्षक के संबंध में उसने आवश्यक बातें नोट कर लीं और घर आकर उसका सारा खाका एक कागज़ पर तैयार किया। दूसरे दिन उस कागज़ को अपनी सरकार को भेजने की बात तय कर वह सो गया

दुर्भाग्यवश रात्रि में उस कागज़ पर बैरोनेस वर्ग की निगाह पड़ गयी। उत्सुकतावश जब उसने उस कागज़ को खोला, तो सारा मामला उसकी समझ में

आ गया। उसे पहली बार यह ज्ञात हुआ कि उसका प्रेमी पोलिश जासूस है। फिर भी, सोनोवस्की के प्रति उसके मन में किसी तरह की मलिनता नहीं आयी। उसके प्रति उसका प्रेम ज्यों का त्यों बना रहा।

दूसरे दिन बैरोनेस ने सोनोवस्की से कहा—"मुझसे यह भेद अब छिपा न रहा कि, तुम पोलैंड की सरकार के जासूस हो। लेकिन मैं तुमसे नफरत नहीं कर सकती; क्योंकि मैं यह भी जानती हूं कि तुम पूरी जर्मन जाति के प्रति जासूसी नहीं कर रहे, बल्कि तुम जो कुछ भी जानना चाहते हो, उसका संबंध नाज़ियों से है।"

बैरोनेस वर्ग की बातें सुनकर सोनोवस्की को अपनी गलती महसूस हुई। हालत उसकी ऐसी हो गयी कि, काटो तो खून नहीं। कहीं यह औरत भेद खोल तो नहीं देगी—इस भय से वह कांप उठा। उसने अपने को संयत कर अपनी प्रेमिका बैरोनेस वर्ग से कहा—"तुम जो भी समझो,मगर यह सत्य है कि अब मैं तुम्हारे बिना नहीं रह सकता। मैं जहां भी रहूं, तुम्हें साथ रक्खूंगा। विश्वास रखो, ज्योंही हमें जर्मनों के संभावित हमले का पता चलेगा, त्योंही हम दोनों इस देश को छोड़ देंगे।..."

सोनोवस्की की इन बातों ने बैरोनेस वर्ग पर जादू-सा असर किया। वह प्रेम-विभोर हो उठी और इस घटना के बाद से वह सोनोवस्की की गुप्तचरी में सहयोग देकर उसका मार्ग प्रशस्त करने लगी। उसने उसकी भेंट जर्मनी के प्रभावशाली व्यक्तियों विशेषतः उच्च नाज़ी सैनिक अधिकारियों से करानी शुरू की। इसका परिणाम यह हुआ कि नाज़ी अफसरों की बातचीत से उसे उनकी योजना समझ में आने लगी।

एक दिन बैरोनेस वर्ग ने सोनोवस्की की भेंट अपनी चचेरी बहन फ्राउलिन नामक उस खूबसूरत लड़की से करायी, जिसकी चर्चा हम इस अध्याय के प्रारंभ में कर आए हैं। तब फ्राउलिन अपनी मां के साथ गरीबी के दिन बिता रही थी। दो-तीन बार की भेंट के बाद सोनोवस्की ने सहज ही भांप लिया कि यह लड़की अपनी गरीबी के कारण दुखी है। यह विलासितापूर्ण जीवन बिताने को इच्छुक है। अमर ऐसे समय इसे पर्याप्त धन दिया जाए, तो जर्मनी के युद्धमंत्रालय के 'आपरेशंज़ विभाग' में काम करनेवाली यह लड़की हमारे लिए बड़े काम की सिद्ध हो सकती है। अतः सोनोवस्की जब-तब उसे फैशनेबल रेस्तराओं, मधुशालाओं एवं क्लबों में एक से एक कीमती वस्त्रों में साथ ले जाता। दूकानों में फ्राउलिन

जिस वस्तु में उत्सुकता दिखाती, वह उसी दिन उसके घर पहुंचा दी जाती। फ्राउलिन और उसकी मां पर जितना कर्ज था, वह सब सोनोवस्की ने अदा कर दिया था

कुछ ही दिनों के भीतर सोनोवस्की की कृपा से फ्राउलिन और उसकी मां वैभवपूर्ण जीवन बिताने लगीं। गरीबी, दुःख और अपमान आदि के बोझ से दबकर असमय में वृद्धा बन गयी फ्राउलिन की मां खुश थी कि उसकी सुन्दर लड़की ने अपने लिए ऐसा वर खोज लिया है, जो स्वस्थ और सुन्दर तो है ही, धनी भी है। वह अक्सर सोचा करती कि, अपने विवाहित जीवन में फ्राउलिन को अब किसी तरह के अभाव का सामना नहीं करना पड़ेगा। यही वजह थी कि सामाजिक नियमों को तिलांजलि देकर वह बुढ़िया, रात्रि में उन दोनों को स्वच्छंद छोड़ देती। उसने सोचा, फ्राउलिन के साथ उस नौजवान के भावनात्मक संबंध जितने अधिक बढ़ेंगे, उतना ही उसकी बेटी का भविष्य उज्ज्वल होगा।

धीरे-धीरे सोनोवस्की ने फ्राउलिन को वैभव की उस चोटी तक पहुंचा दिया, जिसकी उसने कभी कल्पना भी न की थी। जब-तब वह फ्राउलिन की सुन्दरता की प्रशंसा करते हुए कविता करने लगता और वह प्रेमविभोर हो अपनी प्रशंसा के उस संगीत को सुनती रहती। उसने अपने-आपको पूर्ण रूपेण सोनोवस्की के हवाले कर दिया।

फ्राउलिन के प्रति सोनोवस्की की दिनानुदिन बढ़ती हुई आसक्ति की बात बैरोनेस वर्ग से छिपी न रह सकी। इधर फ्राउलिन भी यह चाहती थी कि उसका प्रेमी अब बैरोनेस वर्ग में किसी तरह की दिलचस्पी न ले। इसका परिणाम यह हुआ कि उन दोनों नारियों में ईर्ष्या उत्पन्न हो गयी। दोनों एक-दूसरे को फूटी आंख भी नहीं सुहातीं। ऐसी स्थिति में सबसे अधिक हानि सोनोवस्की को ही होती। अतः, उसने ऐसी चालाकी से काम लिया कि, सांप भी मर गया और लाठी भी न टूटी।

बैरोनेस वर्ग को तो पहले ही ज्ञात हो चुका था कि, उसका प्रेमी पोलैंड की सरकार का जासूस है। मगर, फ्राउलिन को अब तक इस बारे में कोई पता न था। अतः सोनोवस्की अब जल्द से जल्द रहस्य प्रकट कर उसकी मदद लेना चाहता था। लेकिन, वह उचित अवसर की तलाश में था। उसने एक नाटक रचा—उदास रहने और कम बोलने का। सोनोवस्की की इस उदासी का कारण फ्राउलिन की समझ में नहीं आया, तो उसने एक दिन पूछ ही लिया— "मैं देख रही हूं, इधर

दो-तीन दिन से तुम खोये-खोये नज़र आते हो। आखिर बात क्या है ?”

सोनोवस्की ने उसके इस प्रश्न का कोई उत्तर नहीं दिया। उसने अपने कोट की जेब से एक लिफाफा निकालकर फ्राउलिन की ओर बढ़ा दिया। वह ज्यों-ज्यों उस लिफाफे में रखे पत्र को पढ़ती गयी, त्यों-त्यों उसके माथे पर बल पड़ते गए। सोनोवस्की एकटक उसके चेहरे पर बनते-बिगड़ते भावों को देखता रहा। पत्र समाप्त कर उसने एक गहरी सांस ली। उसे उस दिन पहली बार यह ज्ञात हुआ कि उसका प्रेमी पोलिश जासूस है। उसने सिर्फ इतना ही कहा—“तो यह बात है !”

उक्त लिफाफे में सोनोवस्की के नाम पोलिश सरकार का वह पत्र था, जिसमें उसकी विफलताओं की चर्चा थी। पोलिश सरकार की ओर से उसे यह चेतावनी दी गयी थी कि वह बर्लिन जाकर अपना कर्तव्य भूल गया है और विगत तीन महीनों में उसने एक भी रिपोर्ट अपनी सरकार को नहीं भेजी। उसकी भेजी गई पिछली रिपोर्ट भी विश्वसनीय सिद्ध नहीं हुई। अगर यही हाल रहा तो विवश होकर पोलिश सरकार उसे बलिन से वापस बुलाकर पुनः सैनिक सेवा में भेज देगी।

अपने धनी प्रेमी को खो बैठने का खयाल आते ही फ्राउलिन उसके लिए सब कुछ करने को तैयार हो गयी। उसने कहा—“मैं तुम्हारी मदद करूंगी—भले ही इसके बदले में मुझे जो भी कीमत चुकानी पड़े।” सोनोवस्की खिल उठा। उसने कहा—“ज्योंही उसका उद्देश्य पूरा हो जाएगा, वह फ्राउलिन के साथ बर्लिन छोड़ देगा और दूसरे देश में शान-शौकत से जीवन बिताएगा।”

सोनोवस्की का अभिनय सफल रहा। फ्राउलिन के माध्यम से युद्ध मंत्रालय की कई गुप्त योजनाओं की जानकारी प्राप्त करने का उसका मार्ग सरल हो गया। यही अभिनय वह कुछ दिन पूर्व बैरोनेस वर्ग के समक्ष भी कर चुका था । वह भी अपने धनी प्रेमी के अपने हाथ से छिन जाने के भय से चिन्तित हो उठी थी। उसके लिए उसने भी सहर्ष जोखिम उठाना स्वीकार कर लिया था। सोनोवस्की के इस चालाकी-भरे अभिनय का परिणाम यह हुआ कि सोनोवस्की ने कुछ ही दिनों में अपनी सरकार को जर्मनों की ऐसी-ऐसी महत्त्वपूर्ण गुप्त योजनाओं की सूचना दी कि उनकी सत्यता पर उन्हें संदेह होने लगा। कई महत्त्वपूर्ण सूचनाओं को तो उसको सरकार ने बिल्कुल मनगढ़न्त माना।

सोनोवस्की के निर्देश के अनुसार फ्राउलिन युद्धमंत्रालय के 'आपरेशंज़ विभाग' से महत्त्वपूर्ण कागज़ें उड़ा ले आती और वह उसी दिन उनके फोटो लेता। पोलैंड की सरकार पर जर्मनी के संभावित हमले की सूचना सोनोवस्की को मिल चुकी थी। अतः, उसके द्वारा भेजी गयी सूचना के आधार पर पोलैंड की सरकार सतर्क थी। उधर फ्राउलिन पर युद्धमंत्रालय के अधिकारियों का शक बढ़ता ही जा रहा था। अब उसे कोई भी रिपोर्ट टाइप करने के लिए निश्चित माला में, हस्ताक्षर-युक्त कागज़ दिया जाने लगा। फिर भी वह हतोत्साहित न हुई। उसने कागज़ों की जगह वे कार्बन चुराने शुरू किए, जिनका उपयोग वह टाइप करने में किया करती थी।

एक दिन उसे अपने कार्यालय में लिखित आदेश मिला कि वह किसी तरह का पर्स अथवा बैग लेकर दफ्तर में न आया करे। इस आदेश के अनुसार फ्राउलिन को सतर्क हो जाना चाहिए था। किन्तु, उसके भाग्य में तो कुछ और ही बदा था। भविष्य की डोर में बंधे प्राणी को अपनी इच्छानुसार पलने की आज़ादी रहती कहां है ? तब भला फ्राउलिन अपवाद कैसे हो सकती थी ?

उसके प्रेमी को जब इस आदेश के बारे में ज्ञात हुआ, तब उसने फ्राउलिन के लिए विशेष प्रकार के जूते बनवा दिए, जिनमें वह बड़ी आसानी से महत्त्वपूर्ण कागज़ या कार्बन आदि रख लिया करती थी और किसीको पता भी नहीं लगता था। सोनोवस्की के पास आते ही वह अपने जूतों को पूर्वनिश्चित स्थान पर उतार देती और ठीक उसी आकार-प्रकार एवं रंग के दूसरे जूते पहन लेती। बाद में वह उन जूतों में रखे कागज़ या कार्बन को निकालकर रिपोर्ट तैयार कर लेता।

नाज़ी गुप्तचरों ने बहुत कोशिश की, इस बात का पता लगाने का कि, आखिर इतने प्रतिबंध और निगरानी के बावजूद वह रिपोर्टों की नकल कहां रखकर ले जाया करती है। अन्त में गुप्तचरों ने फ्राउलिन को उस समय पकड़ा, जब वह अपने प्रेमी के लिए जूते में कार्बन रख ही रही थी। फिर तो बात की बात में सोनोवस्की-सहित वे सभी व्यक्ति पकड़े गए, जो इस काम में प्रत्यक्ष या अप्रत्यक्ष रूप में शामिल थे।

गुप्तचर-दल की गिरफ्तारी के बाद, उनपर मुकदमा शुरू हुआ और एक हफ्ते के अन्दर ही फैसला सुना दिया गया। दोनों बहनों—बैरोनेस वर्ग और कुमारी फ्राउलिन—को अदालत ने मौत की सज़ा दी। सोनोवस्की को पोलैंड सरकार द्वारा पकड़े गए जर्मनी के कई गुप्तचरों के बदले में वापस लौटा दिया

गया। जर्मनी की उन दोनों नारियों की ओर से की गयी क्षमा-याचना की अपील को तानाशाह हिटलर ठुकरा दिया।

फ्राउलिन की मां को जब सारी बातों की जानकारी प्राप्त हुई, तब वह फूट-फूटकर रो उठी। उसने अपनी बेटी को छुड़ाने का हर संभव प्रयास किया, किन्तु उसे सफलता न मिली। बेटी के मृत्युदंड के दिन उसने सोनोवस्की के लिए कहा था—"हाय रे हत्यारे ! तुमने मुझे जितना दिया नहीं, उससे अधिक तो हमसे छीन लिया !"

चीनी जासूस नर्तकी—

शिह-नियांग

[लालचीन के जासूसों के आतंक का प्रतिकार करने के लिए जिन चीनी नारियों ने स्वेच्छा से च्यांग-काई-शेक की सरकार का जासूस बनना स्वीकार किया था, उनमें एक विख्यात नर्तकी, रूपगर्विता शिह-नियांग भी थी। लालचीन छोड़ने के बाद इसने प्रतिहिंसा की आग में जलकर जासूसी का पेशा अपनाया। इस नारी ने अकेले जितनी मदद च्यांग-काई-शेक को पहुंचायी, उतनी कई जासूस नारियों ने भी मदद नहीं की।]

चीन की साम्यवादी सरकार का इतिहास इस बात का गवाह है कि वह विश्वशांति के लिए सदव एक खतरा रही है। बात तब की है, जब उसकी सेना ने फारमोसा के 'नाचेन' द्वीप पर अधिकार कर पुनः युद्ध की अग्नि भड़कायी थी। चीन की इस कार्रवाई पर विश्व के कई शांतिप्रिय देशों ने चिन्ता प्रकट की और संयुक्त राष्ट्रसंघ के तत्कालीन महासचिव को यह अधिकार दिया गया कि वे चीन जाकर वहां के युद्धलोलुप नेताओं से फारमोसा में युद्ध बन्द कर देने का आग्रह करें। तब हांगकांग तथा उसके पड़ोसी नगर काबलून में लालचीन की सरकार के ऐसे गुप्त अड्डे थे, जहां से उसके जासूस च्यांग-काई-शेक की सरकार के विरुद्ध तरह-तरह के षड्यंत्रों की रचना एवं हांगकांग में तोड़-फोड़ की कार्रवाई किया करते थे।

लालचीन की इन कार्रवाइयों से हांगकांग की सरकार परेशान हो उठी थी। उसके जासूसों का प्रतिकार करने के लिए च्यांग-काई-शेक सरकार को कठोर कदम उठाना था। उसने अपने यहां भी जासूसों की भर्ती शुरू की। इस काम में जिन चीनियों ने हांगकांग की सरकार को स्वेच्छा से योगदान देना स्वीकार किया था, उनमें एक विख्यात नर्तकी भी थी।

उस नर्तकी का नाम था—शिह-नियांग। उसके अधर ऐसे लाल थे जैसे जवाकुसुम के फूल, आंखें ऐसी स्वच्छ और प्रफुल्ल थीं जैसे केतकी के फूल, गाल ऐसे गोल और मधुर थे जैसे महुए की कली, दंतपंक्ति ऐसी सुडौल और सुजड़ित कि अनार के दाने भी मात हो जाएं, और मुस्कराहट से खिला हुआ चेहरा ऐसा आकर्षक लगता था कि कमल का फूल दास बनने के लिए व्याकुल हो उठे। मालूम नहीं, विधाता की किस भूल के कारण सौन्दर्य की वह प्रतिमा धरती पर आ गयी थी।

उन्नीस वर्षीया शिह-नियांग, हागकांग के एक विख्यात क्लब में प्रतिदिन अपने नृत्यों का प्रदर्शन करती थी। संसार के प्रायः सभी देशों से आनेवाले पर्यटक उस क्लब में उसके प्राचीन शैली के धार्मिक नृत्यों को देखकर आश्चर्यचकित रह जाते थे। उसके नृत्य मोहक तो होते ही थे पर, पर्यटकों को सबसे अधिक आकर्षित करती थी—शिह-नियांग का अनुपम देह-वल्लरी। उसके शरीर का एक-एक अवयव जब नृत्यों की ताल पर थिरकता था, तो लोग आहें भरकर रह जाते थे। शिह-नियांग उस क्लब की सबसे प्रमुख आकर्षण थी।

शिह-नियांग के रूप-सौन्दर्य के पीछे पागल होनेवाले लोगों की कमी न थी। उसके प्रेमी और प्रशंसकों की संख्या असंख्य थी। लोग उससे दो बातें करने के लिए तरसते थे। किन्तु, किसीको भी यह पता नहीं था कि अनुपम सौन्दर्य की मालकिन शिह-नियांग एक कुशल जासूस भी है। लालचीन के जासूसों की कड़ी निगरानी के बाद भी वह बड़ी चतुराई और कौशल से अपना काम कर गुज़रता। किसीको उसपर ज़रा भी संदेह नहीं होता।

सन् 1954 ई० के मई माह में अकस्मात् शिह-नियांग के गुप्तचर - जीवन की शुरूआत हुई। एक कुशल डाक्टर बनने की महत्त्वाकांक्षा रखनेवाली यह लड़की तब 'एवा बू' कहलाती थी। परिस्थितियों से मजबूर होकर जब इसने जासूसी के क्षेत्र में कदम बढ़ाया, तो इसने अपना नाम 'शिह-नियांग' रख लिया।

तब चीन पर कम्युनिस्टों का प्रभाव बढ़ता जा रहा था। कम्युनिस्ट नीति को नापसन्द करनेवाले चीनी नागरिक अपनी सारी सम्पत्ति—खेत, जायदाद, मकान आदि छोड़कर अपने-अपने परिवार-सहित चीन से भागने लगे। चीन छोड़ने के कड़े प्रतिबंधों के बावजूद सन् 1955 ई० तक फारमोसा तथा हांगकांग आदि नगरों में लाखों चीनी नागरिक शरणार्थी बनकर पहुंच गए। नयी जगहों में पहुंचकर उन लोगों ने अपने-आपको व्यवस्थित करना शुरू किया।

उन दिनों शिह-नियांग का पिता चीन के कैण्टन शहर में एक डाक्टर था। उसकी पत्नी का देहान्त हो चुका था। वह अपने पीछे चौदह बच्चों की एक फौज छोड़ गयी थी। डाक्टर को यह कतई पसन्द न था कि उसके प्यारे देश पर कम्युनिस्टों का साम्राज्य हो। धीरे-धीरे जब कण्टन शहर की ओर कम्युनिस्टों का जबाव बढ़ने लगा, तब ऐसी दशा में उसने अपने बच्चों को वहां से हटा देना ही उचित समझा। शिह-नियांग अपने भाई-बहनों में सबसे बड़ी थी। अतः डाक्टर ने सारे बच्चों को उसके ज़िम्मे सौंपा और एक अंधेरी रात में उन्हें हांगकांग की ओर रवाना कर दिया। रास्ते में बेचारी शिह-नियांग को कई तरह की मुसीबतों का सामना करना पड़ा। यात्रा में उसकी सुन्दरता उसके लिए अभिशाप बन गयी। उसका एक बीमार भाई भी चल बसा। अन्त में भाग्य ने शिह-नियांग का साथ दिया। वह हांगकांग पहुंच चुकी थी।

अब उसके सामने सबसे बड़ा सवाल था अपने भाई-बहनों के पेट पालने का। नृत्य करने के सिवा उसे कोई दूसरा धंधा आता नहीं था। कैण्टन के एक विश्वविद्यालय में तब वह उच्च शिक्षा प्राप्त कर रहीं थी, जब उसे चीन छोड़ना पड़ा। ऐसी दशा में अपने भाई-बहनों का गुज़ारा चलाने के लिए उसने एक नर्तकी का पेशा अपनाया। कुछ ही दिनों में उसने अपने नृत्यों के बल पर धाक जमा ली। हांगकांग के फैशनेबल वर्ग में उसका नाम सहज ही फैल गया।

शिह-नियांग जब कभी अपने घर में अकेली रहती, तो उसे अपने प्यारे देश तथा पिता की याद बेतरह सताया करती। कम्युनिस्टों के प्रति उसका हृदय घृणा से भर आता। वह अक्सर यह सोचती कि, इन लोगों को अपने देश से भगाने के लिए मैं क्या कुछ कर सकती हूं ? उसने मन ही मन कई तरह की योजनाएं बना रखी थीं और वह किसी ऐसे योग्य साथी की तलाश में थी, जो उसकी योजनाओं को कार्य रूप दे सकता था।

दैवयोग से उन्हीं दिनों शिह-नियांग की भेंट लिच्या नामक एक चीनी युवक से हुई। चीन में कम्युनिस्टों के प्रभाव के पूर्व वह चित्रकारी किया करता था। प्रकृति ने उसे स्वस्थ शरीर दिया था, जिसका उपयोग चीनियों ने उसे ज़बर्दस्ती सेना में भेजकर किया। युद्ध-भूमि में एक कलाकार भला कितनी देर टिक पाता ! वह बुरी तरह घायल हुआ। अस्पताल में उसे अपने एक पैर से हाथ धोना पड़ा। वह किसी तरह वहां से भाग निकला। पैर कट जाने के कारण उसके हृदय में कम्युनिस्टों के प्रति बेहद घृणा भर गयी थी। वह उनसे बदला लेने की ताक में

था। किन्तु, अकेला चना भाड़ तो फोड़ नहीं सकता था। उसे एक योग्य साथी की तलाश थी।

एक दिन जब उक्त क्लब में लिच्या, शिह-नियांग का नृत्य देखने पहुंचा, तो उसे ऐसा लगा कि, अगर यह लड़की उसका साथ दे सके, तो वह अपने उद्देश्य में काफी सफलता प्राप्त कर सकेगा। उसने शिह-नियांग के निवास-स्थान का पता लगाया और एक रात्रि में जब वह उक्त क्लब में अपना नृत्य प्रदर्शित कर, थकी-मांदी घर लौटी ही थी कि लिच्या वहां पहुंच गया।

मध्य रात्रि में एक अनजान युवक को अपने घर आया देखकर वह बेहद घबरा उठी। उस समय वह अपने कमरे में अकेली थी। उसके भाई-बहन सभी सो रहे थे। अतः एक अज्ञात भय से वह कांप उठी। युवक सुशिक्षित एवं सुसंस्कृत दीख रहा था, तथा उसके वस्त्रों से शालीनता टपक रही थी। बड़ी मुश्किल से अपने को संयत करते हुए शिह-नियांग ने कांपते हुए स्वर में पूछा—"कहिए, मैं आपकी क्या सेवा कर सकती हूं ?"

बिना किसी पूर्वभूमिका के युवक ने कहना शुरू किया—"सेवा ? मेरी नहीं, अपने प्यारे देश की करनी है। आप चीन से भागकर इस देश में आयी हैं और मैं भी अपना एक पैर गंवाकर यहां आया हूं। क्या आपको अब अपने देश की उस धरती का ख्याल नहीं आता, जहां की मिट्टी में खेलकर, जहां की जलवायु में सांस लेकर हम लोगों ने अपने जीवन के कई वर्ष बिताए थे ? जहां के एक-एक कण को हम लोगों ने सजाया-संवारा था, उसे रौंदते हुए हम कब तक देखते रहेंगे ? क्या आप कभी ऐसा अनुभव नहीं करतीं कि कम्युनिस्टों ने हमपर, हमारे देश पर ज़्यादतियां की हैं ? अगर आप ऐसा अनुभव करती हैं, तो फिर उनसे अपने देश को परित्राण दिलाने की दिशा में भी कभी कुछ सोचा है...?"

उस युवक ने एक ही सांस में सारी बातें कह डालीं। नियांग एक-टक उस विकलांग युवक को देखती रह गई। उसे यह समझने में देर न लगी कि, यह युवक भी उसीकी तरह परेशान है और इसके हृदय में भी प्रतिहिंसा की आग जल रही है।

नियांग को चुप देखकर उस युवक ने कहा—"आप चुप क्यों हैं ? मेरी बातों का कुछ तो जवाब दीजिए !"

"क्या ?" नियांग ने पूछा।

"यही कि आप अपने देश की सेवा के लिए तैयार हैं या नहीं ?"

युवक ने यह वाक्य कुछ इस लहजे में कहा कि, नियांग कांपते हुए स्वरों में बोल उठी—"मैं अपने देश की सेवा के लिए तैयार हूं। बताइए मुझे क्या करना होगा?"

"तो कल मैं इसी समय फिर आऊंगा और आपको यह बताऊंगा कि देश-सेवा के मार्ग में आपको क्या-क्या करना है। मुझे पूर्ण विश्वास है कि, आप अपने उद्देश्य में सफल रहेंगी। अच्छा, अब मैं चला, नमस्कार।" कहता हुआ वह युवक लंगड़ाते हुए सीढ़ियों से उतरकर अन्धकार में ओझल हो गया।

युवक के जाते ही शिह-नियांग के हृदय में संघर्ष का तूफान उठ खड़ा हुआ। उसने वह रात बड़ी बेचैनी से काटी। सुबह उसकी आंखें एकदम लाल थीं और शरीर के एक-एक जोड़ में वह दर्द महसूस कर रही थी। फिर भी, अन्यमनस्क भाव से वह घर के कामों में लगी रही। अपने छोटे भाई-बहनों को स्कूल भेजकर दोपहर में सोने के लिए अपने कमरे में गयी, मगर उसे नींद न आयी। करवटें बदलती रही।

दूसरे दिन—रात्रि में शिह-नियांग अपने नृत्य प्रदर्शित कर घर लौटी, उसके थोड़ी ही देर बाद वह युवक आया। उसके हाथ में एक छोटी-सी अटैची थी। नियांग ने उस युवक का मुस्कराते हुए स्वागत किया और अपने कमरे में ले गयी। चारों तरफ रात्रि की निस्तब्धता छायी हुई थी। नियांग के भाई-बहन और उसकी बूढ़ी मकान-मालकिन सभी निद्रा को गोद में समाए थे। इधर एक एकान्त कमरे में एक युवक और एक युवती गुप्त योजना बना रहे थे।

युवक ने शिह-नियांग को बताया कि वह आसपास के उन नगरों में सामान खरीदने तो जाती ही है, जहां ऐसे चीनी नागरिकों की संख्या अधिक है, जो हांगकांग की सरकार को चीन की प्रतिनिधि सरकार नहीं मानते। उस क्षेत्र में चीनी गुप्तचरों की भरमार है। वे अपनी सरकार को गुप्त सूचना तो देते ही हैं, साथ ही साथ उसके इशारे पर यहां तोड़-फोड़ किया करते हैं। उस क्षेत्र में हमारे गुप्तचर भी कम संख्या में नहीं हैं। उन्हीं लोगों तक कभी कोई पत्र अथवा आवश्यक सन्देश ले जाना और ले आना ही नियांग का प्रमुख कार्य होगा।

शिह-नियांग ने युवक की इन बातों को सुन अपनी प्रतिक्रिया व्यक्त की—"यह तो इतना आसान काम है कि इसे कोई भी स्त्री-पुरुष आसानी से कर सकता है।"

उसके इस भोलेपन पर लिच्या को हंसी आ गयी। उसने कहा—"हां, है तो बड़ा आसान काम, किन्तु, खतरा भी कम नहीं है। आपको यह कदापि नहीं भूलना

चाहिए कि, आपकी ज़रा-सी असावधानी आपके प्राण ले लेने के लिए काफी होगी। पकड़े जाने पर लालचीन के गुप्तचर आपको मौत के घाट उतार देने में देर न करेंगे।"

लिच्या की इन बातों को सुनकर वह कांप उठी। मगर, उसने चेहरे पर शिकन तक नहीं आने दी। उसने बड़े गर्व से कहा, "देश-सेवा के मार्ग पर अगर मुझे अपने प्राणों की आहुति भी देनी पड़ी, तो उस समय मैं अपने को धन्य मानूंगी।"

युवक लिच्या का हृदय नियांग की इन बातों को सुनकर गर्व भर आया। उसने कहा—"मुझे आपसे ऐसी ही उम्मीद भी है। अच्छा, अब मैं चला। कल फिर आऊंगा और तब आपको विधिवत् इस बात का प्रशिक्षण दूंगा कि आप अपने उद्देश्य में किस प्रकार सफलता प्राप्त कर सकेंगी। हां, उस छोटी-सी अटैची को आप संभालकर रखेंगी।"

अटैची में एक गुप्त ट्रांसमीटर था।

दूसरे ही दिन से शिह-नियांग को विधिवत् जासूसी के कामों को प्रशिक्षण दिया जाने लगा। उसे जो कुछ भी बताया जाता, उन सभी कामों को सीखने में शिह-नियांग ने बड़ी दिलचस्पी दिखायी। परिणाम यह हुआ कि उसकी कार्य-कुशलता देखकर लिच्या को आश्चर्य होने लगा। नियांग की कुशाग्र बुद्धि पर वह दंग रह जाता। अब बारी थी। शिह-नियांग को कार्य-क्षेत्र में उतरने की: क्योंकि वह एक नर्तकी साथ ही जासूस भी बन गयी थी।

सर्वप्रथम उसे एक पत्र पहुंचाने की ज़िम्मेदारी सौंपी गयी। उसे अब अपनी बुद्धि से यह सोचना था कि उस पत्र को वह किस प्रकार निश्चित स्थान तक पहुंचाएगी। उसे उपाय निकालने में देर न लगी। अपने घने बालों से उसने आधुनिक फैशन का एक जूड़ा बनाया। पत्र उसके अन्दर सुरक्षित था। वह निश्चित स्थान पर पहुंच निश्चित व्यक्ति को पत्र दे आयी। गुप्त संदेश प्राप्त करनेवाले व्यक्ति ने नियांग से एक शब्द भी नहीं कहा। उसने उसी तरह अपना संदेश भी नियांग के हाथों में भेज दिया। पहली ही बार में सफलता प्राप्त करने के कारण नियांग को अपार प्रसन्नता हो रही थी। उसे इस बात की खुशी भी थी कि इस कार्य द्वारा वह अपने दुश्मनों से बदला भी ले सकेगी।

काम सफलतापूर्वक सम्पन्न हुआ या नहीं—यह बात लिच्या को बताने के लिए शिह-नियांग ने गुप्तसंकेतों का प्रयोग करना शुरू किया। उक्त क्लब में जब वह उसका नृत्य देखने पहुंचता, तब नियांग के बालों में सफेद फूल लगा

देख उसे यह समझने में देर न लगती कि कार्य कुशलतापूर्वक सम्पन्न हो गया है। इसके विपरीत जब कभी वह लाल फूल लगा लेती, तो लिच्या समझ जाता कि काम सम्पन्न नहीं हुआ और कहीं न कहीं उसे खतरे का सामना करना पड़ा है। ऐसी दशा में उस रात्रि को वह नियांग के घर जाता और सारी बातों की विस्तृत जानकारी प्राप्त कर उसे उनसे निपटने के अचूक नुस्खे बताकर चला जाता।

गुप्त संदेशों को यथास्थान पहुंचाने और ले आने के लिए नियांग के अपने कुछ कायदे थे। वह सीधे पूर्वनिश्चित स्थान तक न जाकर इधर-उधर सैर-सपाटे करती, दूकानों में जाकर अपनी मनपसन्द वस्तुएं खरीदती और मौका देखकर अपना काम इस सफाई से पूरा कर देती कि, सहज ही उसपर किसीको संदेह नहीं होता।

एक दिन वह अपने साथ एक महत्त्वपूर्ण माइक्रो-फिल्म लेकर उसे निश्चित स्थान तक पहुंचाने चली। वहां पहुंचने के पूर्व उसने एक कपड़े की दूकान पर मनपसंद रेशमी वस्त्र खरीदे और ज्योंही वह उस दूकान से बाहर आयी ही थी कि, कम्युनिस्टों की खुफिया पुलिस ने उसे घेर लिया। एक व्यक्ति ने बड़े कड़े शब्दों में कहा—"हम पुलिस अधिकारी हैं। हमें तुमपर सन्देह है। हम तुम्हारी तलाशी लेंगे।"

भयभीत होने की अपेक्षा नियांग ने चालाकी से काम लिया। उसने भी उतनी ही रुखाई और रौब से पूछा—"आखिर क्यों ? मेरी तलाशी लेने का तुम लोगों को क्या अधिकार है ? मैं चीनी क्षेत्र में हूं, इसीलिए तुम लोग मेरी तलाशी लेना चाहते हो ?" मगर, पुलिस अधिकारियों ने उसके इन प्रश्नों का कोई उत्तर नहीं दिया। वे अपनी ज़िद पर अड़े रहे। शिह-नियांग ने आवेश में आकर अपने सारे सामान को उनके आगे फेंक दिया और कहा—"ले लो तलाशी। मिटा लो अपना शक।"

पुलिस विभाग के कर्मचारियों ने उसके एक-एक सामान को गौर से देखना शुरू किया। जब वे उसके हैंडबैग को देख रहे थे, तो नियांग का हृदय बड़ी तेज़ी से धड़कने लगा। उसे ऐसा लगा कि अब मौत आ गयी। ये चीनी दरिंदे उसे यों ही नहीं छोड़ देंगे। किन्तु, उन्हें उस बैग में एक भी आपत्तिजनक वस्तु बरामद नहीं हुई। उनके चेहरे उतर गए। नियांग ने अपने सामान को एकत्र किया और गुस्से से फुफकारती आगे बढ़ गयी। उसे मन ही मन इस बात की खुशी हो रही थी कि आज वह बेदाग बच निकली। तलाशी लेनेवाले लालचीन के अधिकारियों की नज़र उसके बैग में रखे उस माइक्रो-फिल्म पर नहीं पड़ी जिसमें राष्ट्रवादी सैनिकों को अगला छापा कहां और किस समय मारने का आदेश दिया गया था।

दुर्भाग्यवश अगर कहीं उस फिल्म पर उनकी निगाह पड़ जाती, तो नियांग को जेल की कोठरी नसीब होती और च्यांग-काई-शेक की सरकार के हज़ारों सैनिक लालचीन के सैनिकों द्वारा मौत के घाट उतर जाते; क्योंकि उनके आक्रमण की सूचना उस फिल्म द्वारा उन्हें पहले ही ज्ञात हो जाती।

अपना काम पूरा कर नियांग रात्रि में अपने क्लब में नृत्यों का प्रदर्शन करने पहुंची। आज उसे ऐसा नृत्य करना था, जो उसके प्रशंसकों को बेहद पसन्द आता था। उस नृत्य में वह 'जलपरी' बनकर अपनी सहेलियों के साथ भाग लेती थी। वह 'जलपरी' नृत्य वस्तुतः एक चीनी लोककथा पर आधारित था और उस क्लब में प्रत्येक महीने की 25 तारीख को उसका प्रदर्शन हुआ करता था। उस दिन क्लब में दर्शकों की अपार भीड़ उमड़ पड़ती थी।

नृत्य के बीच शिह-नियांग को अपने मित्र लिच्या को यह बताना भी था कि उसके द्वारा सौंपा गया काम वह कुशलतापूर्वक सम्पन्न कर चुकी है। उस दिन मंच पर ज्योंही वह 'जलपरी' की पोशाक में उपस्थित हुई, दर्शकों ने तालियां बजा-बजाकर उसका स्वागत किया। अकस्मात् उसकी निगाह आगे की सीट पर बैठे दो व्यक्तियों पर पड़ी, जिन्होंने ताली नहीं बजायी थी, और अब वे गौर से नियांग को देख रहे थे। उसने उनदोनों व्यक्तियों को देखते ही समझ लिया कि, ये दोनों वही व्यक्ति हैं, जिन्होंने उसकी तलाशी ली थी और अब छद्मवेश में उसका पीछा करते हुए यहां तक आ पहुंचे हैं। उसने आनेवाले खतरे से निपटने का उपाय शीघ्र ही सोच लिया।

काम के सफलतापूर्वक सम्पन्न होने का प्रतीक 'सफेद फूल' सिर के बालों में लगाए शिह-नियांग जलपरी नत्य में मग्न थी। लिच्या उस प्रतीक-चिह्न को देखकर वापस जाना ही चाहता था कि नियांग ने उस फूल को निकालकर अपने हाथ में ले लिया। लिच्या ठिठक गया। फूल लेकर नियांग एक जल-पात्र के पास आयी। उसने दो बार उसे पानी में डुबाया। फिर एकाएक कमर से कटार निकालकर उसने अपनी एक अंगुली चीर ली। रक्त की बूंदों से उसने उस फूल को रंगकर पुनः अपने बालों में लगा लिया। दर्शकों ने इसे जलपरी नृत्य का ही एक अंग समझाऔर उन्होंने खुशी में ज़ोर-ज़ोर से तालियां बजायीं। किन्तु, लिच्या को पता चल गया कि नियांग खतरे में है और उसे किसी तरह बचाना है। वह तुरंत हॉल के बाहर आया और दूसरे रास्ते से मंच के पीछे बने श्रृंगार-गृह में पहुंचकर

नियांग की प्रतीक्षा करने लगा। उधर हॉल में तालियां बजती रहीं, इधर नियांग ने अपने नत्य को मंथर गति दी और फिर एकाएक श्रृंगार-गह में आ गयी। लिच्या ने उसे तुरंत एक रंगीन लबादा पहनाया और उसको लेकर बात की बात में क्लब से बाहर आ गया। उन दोनों की शीघ्रता के सामने लालचीन के दोनों पुलिस अधिकारी मात खा गए।

दस वर्षों तक लालचीन के गुप्तचरों को मात देनेवाली इस रहस्यमयी नारी ने अकेले जितनी मदद च्यांग-काई-शेक को पहुंचायी, उतनी उनके कई जासूसों ने मिलकर भी सफलता प्राप्त नहीं की। शिह-नियांग के दस वर्षों के गुप्तचरी-जीवन में सिर्फ एक बार ही उसपर शक किया गया था। कहते हैं, यह शिह-नियांग की कुशल गुप्तचरी का ही परिणाम है कि आज हांगकांग में लालचीन के गुप्तचरों का लगभग नामो-निशान मिटा दिया गया है और च्यांग-काई-शेक की सरकार पर हमला करने से पूर्व लालचीन को उसके परिणामों पर कई बार सोचना होगा।

बेटी बेल्जियम की, जासूस अमरीका की—

कुमारी हेली थर्म्स

[एक दिन सहज उत्कंठा के कारण इस नारी ने जो काम किया, वह कालान्तर में उसका शौक तथा जीविका का साधन बन गया। सीलबंद लिफाफे को खोलने में पारंगत इस जासूस नारी ने अकेले जितना फायदा अमरीका को पहुंचाया, उतना उसके कई जासूसों ने भी नहीं। स भवतः अमरीका को इससे अधिक चालाक गुप्तचरी न मिल पायी।]

टेलीफोन उठाते ही उसे दूसरी ओर से जानी-पहचानी आवाज़ सुनाई पड़ी। उसका उच्च अधिकारी कर रहा था—"आज ही हमें इस बात का पता चला है कि वाशिंगटन-स्थित'...' दूतावास के कर्मचारियों ने अपने कुछ महत्त्वपूर्ण कागज़ जलाए हैं। तुम्हें यह पता लगाना है कि क्या आज ही उस दूतावास के न्यूयार्क-स्थित वाणिज्य कार्यालय में भी कागज़ों को जलाया गया है ? काम कठिन है, लेकिन तुम्हें उसे करना है। उद्देश्य-पूर्ति के लिए तुम्हें जिन व्यक्तियों की सेवा की आवश्यकता पड़े, मित्रराष्ट्रों के दूतावासों से उन्हें प्राप्त कर सकते हो।"

"लेकिन महाशय, मैं तो..."

उसकी बात पूरी भी नहीं हो पायी थी कि उधर से जवाब आया—"जानता हूं तुम्हें कठिनाई होगी, मगर कोई दूसरा उपाय भी तो नहीं है। परेशानी से घबराओ मत, चेष्टा करो। सफलता मिलेगी ही। मगर यह याद रखना कि दूतावास विदेशी प्रदेश होते हैं। पकड़े जाने पर किसी भी परिस्थिति में अपनी सरकार को परेशान न होने देना।"

न्यूयार्क-स्थित तीसरे नौसेनिक गुप्त सूचना संग्रह यूनिट का कर्नल जार्ज विल्स अपनी ओर से किसी तरह की सफाई दे पाता, इससे पूर्व टेलीफोन करनेवाले ने रिसीवर रख दिया। अब उस कठिन और खतरनाक काम को पूरा करने के सिवा उसके सामने और कोई रास्ता नहीं रह गया था। निदान, वह उसी दिन उक्त वाणिज्य

कार्यालय के राशिकालीन सुपरिण्टेण्डेंट से मिला। सुपरिटेण्डेंट किसी ज़माने में नौसेना से सम्बद्ध रहा था, अतः उसने काम की गुरुता को देखते हुए अपनी जवाब-देही पर उसे वाणिज्य कार्यालय में प्रवेश करने की इजाज़त दे दी।

सुपरिण्टेण्डेंट द्वारा प्राप्त उस कार्यालय के फर्राश की वर्दी पहनकर वह रात्रि में दबे पांव उस बिल्डिंग में घुसा। लिफ्ट पर काम करनेवाले एक कर्मचारी को छोड़कर और कोई वहां न था। वह उस बिल्डिंग के दूसरे भाग में बने एक अन्य लिफ्ट में सवार होकर वाणिज्य कार्यालय की उस मंज़िल पर पहुंचा, जहां के कमरों को खोलकर उसे जले कागज़ों का पता लगाना था। तीसरे कमरे को खोलते ही उसे इस बात का पर्याप्त सबूत मिल गया कि कागज़ों को आज ही जलाकर नष्ट किया गया है। टिन की चादरों से बनी 'वेस्ट पेपर बास्केट' से जले कागज़ों की बू आ रही थी। अब उसकी नज़र उस कमरे में रखी कई तिजोरियों और फाइलें रखने की कुछ विशेष प्रकार की ऐसी आलमारियों की ओर गयी, जिनमें तरह-तरह के ताले लटक रहे थे। दीवार में लगी एक बड़ी तिजोरी को देखकर उसे कुछ संदेह हुआ। उसने सोचा कि बिना इन तिजोरियों को खोले, इस बात का पता लगाना मुश्किल है कि महत्त्वपूर्ण कागज़ जलाए गए हैं या नहीं। लेकिन जले कागज़ों को सूंघकर पता लगाना जितना आसान काम था, उतना ही कठिन था बिना चाबी के उन विशाल तिजोरियों को खोलना। दो-तीन तिजोरियों के तालों पर तो सील-मुहर भी लगी थी।

निराश होकर जार्ज विल्स वहां से लौट आया।

लगभट एक घंटे के बाद जब उसने पुनः उस वाणिज्य कार्यालय में प्रवेश किया तब वह अकेला न था। दूसरे प्रवेश के समय उसके साथ चार और व्यक्ति थे—एक ताली-विशेषज्ञ, एक भाषा-विशारद (जो उसे यह बता सकता था कि कौन-सा कागज़ महत्त्वपूर्ण है, जिसका फोटो लिया जा सकता है), एक उच्च कोटि का माइक्रो-फिल्म तैयार करने वाला फोटोग्राफर और एक पचीस वर्षीया दुबली-पतली, आकर्षणहीन चेहरे वाली महिला, जो सीलबंद लिफाफे को इस सफाई से खोलती और पुनः उसे बन्द कर देती थी कि अल्ट्रा वायलेट किरणों में भी उसका पता नहीं लग पाता था। वाणिज्य कार्यालय में प्रवेश करने के पूर्व जार्ज विल्स ने दस सुरक्षा सैनिकों को उस मकान के चारों तरफ तैनात कर दिया था। उन्हें यह काम सौंपा गया कि अगर कोई दूसरा व्यक्ति उस बिल्डिंग में प्रवेश करे, तो उन लोगों को तुरन्त इसकी सूचना दे दी जाए।

लगभग आध घंटे के कठिन परिश्रम के बाद वे तिजोरी को खोलने में सफल हुए। उसके खुलते ही उसमें रखी हुई सामग्री को देखने के लिए सभीने अपने-अपने सिर तिजोरी पर झुका गए। वह महिला उन लोगों के नौसिखियेपन पर हंस पड़ी। तिजोरी में रखी सामग्री को जार्ज विल्स उलटने-पलटने ही जा रहा था कि उस महिमा ने उसे रोक दिया। बोली —"अपने ही जाल में फंसना चाहते हो क्या ? ज़रा-सी चूक के कारण हम सभी पकड़े जाएंगे। पहले इस तिजोरी में रखी गयी प्रत्येक वस्तु की स्थिति तो नोट कर लो ताकि बाद में उन्हें उसी तरह रखा जा सके।"

जार्ज विल्स को अब अपने अज्ञान का बोध हुआ। 'स्थिति नोट करने' के बारे में वह कुछ जानता ही नहीं था, अतः इस काम को कुशलतापूर्वक सम्पन्न करने के लिए वह महिला आगे आयी। जार्ज विल्स तथा अन्य लोग बड़ी तल्लीनता के साथ सारे कामों को देखते रहे। उस महिला ने तिजोरी से सारे कागज़ों को निकालकर बात की बात में उन्हें फिर व्यवस्थित रूप दे दिया। इस बीच भाषा-विशारद के आदेश पर फोटोग्राफर ने कई महत्त्वपूर्ण दस्तावेज़ों की माइक्रो-फिल्म तैयार कर ली।

दूसरी तिजोरी खुलने के बाद उस महिला ने उनमें से सारे कागज़ों को निकालने और रखने का सारा काम जार्ज विल्स से कराया। कुछ हिचक, कुछ अड़चन के बाद उसने उसे पूरा तो किया, मगर उतनी सफाई से नहीं। उन नौसिखियों के कारण वह आफत में पड़ सकती थी अतः उसने उस दिन आगे की कार्रवाई रोक दी। उसने सारे काम की ज़िम्मेवारी अपने सिर पर ले ली।

दूसरे दिन उस खतरनाक काम को सफलतापूर्वक सम्पन्न करने के लिए उस महिला ने एक बृहत् योजना तैयार की। बाद में प्रत्येक दिन उसी योजना के अनुसार काम होता रहा।

कोई दस सप्ताह बाद जब सारा काम सम्पन्न हुआ, तब जार्ज विल्स को उस वाणिज्य कार्यालय के प्रत्येक महत्त्वपूर्ण दस्तावेज़ की माइक्रो-फिल्म, अमरीका में रहनेवाले धुरी राष्ट्रों का पक्ष लेनेवाले नागरिकों के नाम और पते प्राप्त हो चुके थे। इसके अतिरिक्त उसके पास इस बात के पर्याप्त सबूत भी इकट्ठे हो गए थे, कि नाज़ी उस वाणिज्य कार्यालय को गुप्तचर कामों के लिए इस्तेमाल कर रहे हैं।

उस सारी सामग्री को वाशिंगटन भेजते हुए जार्ज विल्स ने लिखा—"अगर हमें ब्रिटिश सुरक्षा सेवा वालों की ओर से हेली थर्म्स नामक उस महिला का सहयोग नहीं प्राप्त होता, तो कदाचित् हम इस कठिन काम को पूरा नहीं कर पाते

और एक-दो दिन में ही पकड़ लिए जाते। एक कुशल नेता की भांति वह हमारा मार्गदर्शन करती, आवश्यक आदेश देती और बराबर चौकन्नी भी रहती।... सीलबंद लिफाफे को इतनी आसानी से खोला जा सकता है, यह हमें हेली थर्म्स ने ही बताया। भाप से लिफाफा खोलने की रीति को वह आदिम युग की कला मानती है। कई बार तो उसने बात की बात में नकली सील भी तैयार किए। प्रत्येक दिन तलाशी लेने के बाद वह उस कमरे में हमारे पैरों की छाप तक को रासायनिक धूल छिड़ककर मिटा देती थी।...सारा काम उसकी योजनानुसार हुआ और हमें सफलता मिली। इस सफलता का सारा श्रेय हेली थर्म्स को है।..."

हेलो थर्म्स कौन थी ? कैसे वह इस काम में पारंगत हुई ?—घटना बड़ी रोचक है। हेली थर्म्स बेल्जियम की रहनेवाली थी। उसका पिता शीशे से बने आईनों का व्यापार करता था। वह अपनी एकमात्र पुत्री को एक योग्य डाक्टर बनाना चाहता था; अतः हेली थर्म्स ने जब किशोरावस्था की देहरी पर पैर रखा, तब उसके पिता ने अपने एक मित्र की राय से उसे लंदन के एक कालेज में भर्ती करा दिया। हंसमुख स्वभाव की वह शोख-चुलबुली लड़की शीघ्र ही अपने सहपाठियों के बीच प्रशंसा की पात्र बन गयी। वह अक्सर ऐसे-ऐसे चुटकुले सुनाती कि सुननेवालों के पेट में हंसते-हंसते बल पड़ जाते और यही वजह थी कि उसकी सहेलियां उसे हरदम घेरे रहतीं।

दिन बीतते गए। हेली थर्म्स एक पूर्ण नवयौवना बन गयी। उन्हीं दिनों उसके कमरे में रहनेवाली सहेली के प्रेमी का एक सुन्दर-सा लिफाफा आया। सहेली की अनुपस्थिति में उसने उस पत्र को खोलकर पढ़ना चाहा। 'क्या लिखा होगा इसमें,' इस उत्कंठा के वशीभूत होकर उसने भाप की सहायता से वह लिफाफा खोला और पत्र पढ़कर उसे फिर उसी तरह बन्द कर दिया। उस पत्र में प्रेमी ने अपनी प्रेमिका के लिए जिस कवित्वमयी भाषा का प्रयोग किया था, उसे पढ़कर उसके भीतर गुदगुदी मचने लगी। और, फिर बाद के दिनों में वह अपनी सहेली के प्रेमी के पत्रों की इस बेकरारी से प्रतीक्षा करती मानो वे पत्र उसके लिए ही आनेवाल हों।

धीरे-धीरे वह लिफाफे को खोलने में इतनी प्रवीण हो गयी कि बहुत दिनों तक उसका भेद उसकी सहेली को ज्ञात न हो सका। संयोग की बात कि उसने जब एक दिन एक लिफाफा खोला, तब उसके अन्दर मूल पत्र एक दूसरे लिफाफे में बन्द था, और उस लिफाफे पर मुहर लगी हुई थी। उसने सोचा—'क्या कारण है

कि इस बार सीलबंद लिफाफा आया ?' उसकी जिज्ञासा बढ़ी। उसने इस बारीकी से सील को उभारा कि लिफाफा सहज ही खुल गया। पत्र पढ़ने के बाद उसने पुनः उसे इतनी कुशलता से चिपका दिया कि उसे प्राप्त करनेवाली उसकी सहेली को उसके खोले जाने का ज़रा भी संदेह न हुआ।

विद्यार्थी-जीवन में मात्र एक मनोरंजन के लिए उसने जो काम शुरू किया था, आगे चलकर वह उसकी जीविका का साधन बन गया। उसके जीवन में इस कला ने एक नया मोड़ ला दिया। वह बनने चली थी एक डाक्टर, किन्तु बनकर रह गयी कुछ और। कालान्तर में हेली थर्म्स ने अपनी कला में इतना निखार पैदा कर लिया कि बड़े-बड़े गुप्तचर अधिकारी सीलबंद लिफाफे को खुलते और बन्द होते देख आश्चर्यचकित हो उठते। वह मुंहमांगे दाम पर ही लिफाफा खोलने को तैयार होती थी। कई बार उसने एक लिफाफे को खोलने की फीस सात सौ पौंड तक ली। ब्रिटिश सुरक्षा सेवा के अधिकारियों को अक्सर उसकी सेवाओं की आवश्यकता पड़ती थी। अतः वह उनके एक आदेश पर बड़े से बड़ा खतरा उठाने को तैयार हो जाती थी।

अमरीकी गुप्तचर अधिकारियों ने हेली थर्म्स की सेवा से भरपूर लाभ उठाया। उन्होंने अपने गुप्तचरों के लिए एक ऐसी शिक्षण-संस्था खोली, जिसमें उन्हें कठिन तालों वाली तिजोरियों की नकली चाबियां तैयार करने एवं सीलबंद लिफाफे आदि खोलने का काम विधिवत् सिखाया जाने लगा। हेली थर्म्स उस शिक्षण-संस्था की प्राचार्या थी। उसके लिए सारी सुख-सुविधाओं की व्यवस्था की गई। कुछ ही दिनों में उसने प्रशिक्षार्थियों को उनके काम में ऐसा पारंगत बना दिया कि उन लोगों की बाज़ाब्ता एक 'तलाशी-पार्टी' ही बन गयी।

उधर जार्ज विल्स हेली थर्म्स पर इतना निर्भर रहने लगा कि उसे जब भी कोई काम सौंपा जाता, वह उस काम को पूरा करने के उपाय पूछने उसके पास चला जाता। उसने जार्ज को कभी निराश नहीं किया। वह उसे अचूक नुस्खे बताती। उसे कहां चौकन्ना रहना है, मार्ग में कहां-कहां खतरा आ सकता है, यह सारी बातें वह उसे विस्तार से समझाती। 'तलाशी-पार्टी' भी हेली थर्म्स से आवश्यक जानकारी प्राप्त करने के बाद ही किसी खतरनाक काम में हाथ डालती थी। आवश्यकतानुसार वह तलाशी-पार्टी के साथ जाया भी करती। यह हेली थर्म्स की कुशल जासूसी का ही परिणाम था कि दो वर्षों में लगभग दो सौ गुप्त तलाशियों में उसकी पार्टी कभी पकड़ में न आ सकी। उसने ऐसे-ऐसे भेदों का

पता लगाया, जहां बड़े-बड़े जासूस भी पार नहीं पा सकते थे।

द्वितीय महायुद्ध के दिनों में हेली थर्म्स की तलाशी-पार्टी का काम बेहद बढ़ गया। एक ही दिन उन्हें कई कामों को सम्पन्न करना पड़ता। हेली थर्म्स के कार्यालय के टेलीफोन की घंटी तो मानो हमेशा बजती ही रहती। जहां कहीं भी किसीको कोई संदिग्ध व्यक्ति या चीज़ दीख जाती, उसके कार्यालय में फोन कर दिया जाता। किसीको हडसन नदी में जर्मन पनडुब्बी दिखाई देती, तो कहीं किसीको होटल में कोई जर्मन गुप्तचर नज़र आता और किसीको कोई शार्ट वेव पर प्रसारण करता दिखाई देता। लोगों की इन काल्पनिक सूचनाओं पर तलाशी-पार्टी को छानबीन कर सचाई का पता लगाना ही पड़ता था। ऐसी सूचनाओं में पांच प्रतिशत सही रहतीं।

हेली थर्म्स अपने काम में कितनी चौकन्नी रहती थी, इसका अनुमान निम्नलिखित एक घटना से लगाया जा सकता है। एक दिन रात के समय वह 'तलाशी-पार्टी' की गाड़ी से गुज़र रही थी, तो उसने दूर से विशाल भवनों के एक ब्लाक की सबसे ऊपरी मंज़िल पर रंग-बिरंगे बल्बों को जलते-बुझते देखा। उसका माथा ठनका। गाड़ी रोककर उसने जार्ज विल्स को वह दृश्य दिखाया और कहा—"देर मत करो। वह शत्रु देश का गुप्तचर है। उसे जा दबोचो।" जार्ज विल्स अपनी पार्टी सहित उस ओर बढ़ा। कोठरी का दरवाज़ा तोड़कर वह भीतर घुसा और बल्ब जलाने-बुझानेवाले व्यक्ति को आत्मसमर्पण करने पर मजबूर कर दिया। उस व्यक्ति ने सफाई दी कि वह शीशे की इस अलमारी में पड़ी मछलियों को गर्मी पहुंचाने के लिए ही रंग-बिरंगे बल्बों को जलाता बुझाता है। मगर नहीं, वह उसका गुप्त संकेत था। पास के बन्दरगाह में किसी जहाज़ पर बैठा कोई अन्य गुप्तचर उन रंगों के आधार पर गुप्त रिपोर्ट तैयार करता था। बात की बात में उस बन्दरगाह में एक जहाज़ पर बैठा वह भेदिया भी उनकी पकड़ में आ गया।

अपने जासूसी-जीवन में हेली थर्म्स ने सबसे महत्त्वपूर्ण काम किया था, अमरीका के छः महानगरों में कार्यरत एक जर्मन गुप्तचर-दल को पकड़ने का। अगर उक्त दल समय से पूर्व अमरीकी सैनिकों की गिरफ्त में न आया होता, तो आज संभवतः अमरीका का इतिहास कुछ और होता।

शिकोगो शहर में एक प्रसिद्ध बैंकर था—मिस्टर स्टीफन के० जिगली, जिसने अपने व्यापार के कारण अन्तर्राष्ट्रीय ख्याति प्राप्त कर रखी थी। अमरीका के कुछ गुप्तचर अधिकारियों को जिगली पर सन्देह था कि, वह अपने व्यापार

की ओट में कुछ और ही करता है। किन्तु मात्र सन्देह पर उस ख्याति-प्राप्त व्यापारी के कार्यालय या मकान की तलाशी नहीं ली जा सकती थी। और, फिर जिगली का कार्यालय एक ऐसा भुलभुलैया था, जहां शिकारी स्वयं उसका शिकार बन सकता था। जिगली ने जिस बिल्डिंग की तेरहवीं मंज़िल को किराये पर लिया था, उसमें उसने काफी फेर-बदल कर उसे अपने कार्य के उपयुक्त बनाया था। उसके खास कमरे तक पहुंचने के पूर्व आगन्तुक को ऐसे चार कमरों से गुज़रना पड़ता कि, वहां बैठे कर्मचारियों की निगाह सहज ही उसपर पड़ जाती। इसके अतिरिक्त उसने मकान-मालिक से यह समझौता कर लिया था कि वह अपने कार्यालय में झाड़-पोंछ करने के लिए अपने आदमी रखेगा। मकान की सफाई के लिए नियुक्त व्यक्तियों की आवश्यकता उसे नहीं है।

अमरीकी गुप्तचर जिगली पर बराबर नज़र रखते। धीरे-धीरे जब उनका संदेह जड़ पकड़ता गया, तब उन लोगों ने उसके कार्यालय की गुप्त तलाशी लेने का निश्चय किया।

तलाशी-पार्टी की इंचार्ज बनी—हेली थर्म्स। उसने सबसे पहले उस बिल्डिंग के मालिक से भेंट की। उसे जब सारी बातें विस्तार से बतायी गयीं, तब वह तलाशी की बात मान गया; किन्तु, वह चाहता था कि ऐसा कोई संतोषप्रद बहाना ढूंढ़ा जाए, जो कारगर सिद्ध हो सके। हेली थर्म्स ने उसे बताया कि तलाशी-पार्टी एक ऐसे इंजीनियर-दल के रूप में आएगी, जिसका काम इस बात की जांच-पड़ताल करना होगा कि, किसी कारणवश इस विशाल मकान की दीवारों में भीतरी दरार आदि तो नहीं पड़ गई है। हवाई हमले से दरार पड़े मकानों की अधिक क्षति हो सकती है। अतः इसकी जांच-पड़ताल आवश्यक है। यह बहाना बहुत वज़नदार था और इसमें गुप्त तलाशी के लिए सबसे बड़ा फायदा यह था कि उस बिल्डिंग के सारे लिफ्टों का चलना एकसाथ बन्द कराया जा सकता था। लोगों के एतराज़ करने पर तलाशी-पार्टी कह सकती थी कि छोटी से छोटी हलचल भी हमारे नाज़ुक मीटरों को प्रभावित करती है। मकान मालिक इसपर राज़ी हो गया।

गुप्त तलाशी शुरू करने के पूर्व हेली थर्म्स ने जिगजी के कार्यालय के प्रवेशद्वार के सामने से गुज़रनेवाले गलियारे की दीवारों पर सफेदी करने के लिए अपने दो विश्वस्त गुप्तचरों को लगाया। तीसरे दिन उन 'रंगसाज़ों ने उसे विश्वास दिलाया कि अब वे जिगली के कार्यालय के प्रत्येक कर्मचारी को पहचान सकते हैं।

चौथे दिन एक ताला विशेषज्ञ को लेकर जार्ज विल्स और हेली थर्म्स उस मंज़िल पर पहुंचे, जहां जिगली का कार्यालय था। मुख्य द्वार पर लगे ताले को खोलने के पूर्व ताला-विशेषज्ञ ने उसकी अच्छी तरह जांच की कि, कहीं गुप्त संकेत आदि देने के लिए इस ताले में कोई तार आदि तो नहीं लगा है। जब उसे यह विश्वास हो गया कि यह एक साधारण ताला है, तब उसने कुछ ही देर में नकली चाबी बनाकर उसे खोल दिया। कमरे में प्रवेश करने के पूर्व हेली थर्म्स ने दरवाज़े पर खड़ी होकर वहां की प्रत्येक कुर्सी, टेबल, आलमारी, दीवार आदि को इस उद्देश्य से देखना शुरू किया कि कहीं कोई 'जाल' वगैरह तो नहीं है। अकस्मात् उसकी नज़र पास के एक प्लग में लगे एक अत्यन्त पतले, दीवार की रंग के तार की ओर गयी। उसने देखा कि ठीक वैसा ही तार सामने, एक मेज़ के पीछे के बक्से में लगा है। उस तार का उद्देश्य क्या है, वह तुरन्त समझ गई। फौरन उसने उसे प्लग से अलग कर दिया। बक्से के पास पहुंचकर जब उसे खोला, तो देखा कि वह एक टेप-रिकार्डर है, जिसके दो माइक्रोफोनों में से एक दरवाज़े के पास और दूसरा कमरे के अन्तिम छोर पर रखे एक टेबल के नीचे छिपाकर रखा गया है। सूक्ष्म से सूक्ष्म ध्वनि अंकित करनेवाला वह एक ऐसा टेपरिकार्डर था, जो किसी तरह की आवाज़ पर स्वतः चालू हो जाता था। अब प्लग निकाल दिए जाने के कारण वह बेकार हो गया था।

जिगली के कमरे में पहुंचकर ताला-विशेषज्ञ ने एक ऐसी तिजोरी देखो, जिसे खास नम्बरों की सहायता से ही खोला जा सकता था। अतः उसने उस दिन तिजोरी का नम्बर, ताले की बनावट आदि नोट कर ली। प्रारंभिक सर्वेक्षण समाप्त होने के बाद वहां से प्रस्थान करने के पूर्व हेली थर्म्स ने बड़ी सावधानी से ऐसे सभी निशानों को मिटा दिया, जिनसे उनके आगमन का पता लग सकता था। फर्श पर उग आए जूतों के निशान को पोंछ दिया गया और जहां फर्श की पालिश उखड़ गयी थी, उस स्थान को पुनः चमका दिया गया। टेप-रिकार्डर के ढक्कन पर पूर्व की भांति रासायनिक धूल छिड़क दी गयी। लगभग दो घंटे तक वहां के हर कमरे का निरीक्षण करने के बाद हेली थर्म्स ने अपनी तलाशी-पार्टी के लोगों के लिए उचित स्थानों का चुनाव कर लिया था।

इस घटना के चार दिन बाद उस बिल्डिंग के पोर्टिको में कई गाड़ियां आकर रुकीं। हर गाड़ी पर लिखा था—'द नार्थ वेस्ट इंजीनियरिंग कम्पनी, शिकागो'। उन गाड़ियों से कई प्रकार के बक्से और तरह-तरह की मशीनें उतारी जाने लगीं।

गाड़ियों पर आए बारह व्यक्ति पूर्वनिर्दिष्ट स्थानों पर चले गए। दो आदमी अगले ट्रक में छिपकर बैठ गए। उनमें एक वायरलेस आपरेटर था और दूसरा था जिगली के कार्यालय के हर कर्मचारी को पहचाननेवाला वह 'रंगसाज'। दोनों व्यक्ति अपने कार्यरत साथियों को खतरे की पूर्वसूचना देने के लिए तैनात थे।

बिल्डिंग की जांच के पूर्व सभी लिफ्टों का चलना बन्द कर दिया गया। हेली थर्म्स की पार्टी के लोगों ने एक जगह अपने जूते, हैट, छड़ी आदि इसलिए रख दिए कि उस बिल्डिंग में रहनेवाले लोग यह समझ सकें कि जूते की धमक भी मशीनों को प्रभावित करती है। पांच व्यक्तियों ने मशीनों का काम संभाला और पांच व्यक्ति जिगली के कार्यालय की ओर बढ़े। प्रवेश-द्वार पर उस दिन एक दूसरा ताला लटक रहा था। ताली-विशेषज्ञ ने उसकी नकली चाबी तैयार की। और फिर दरवाज़ा खुलते ही तुरत टेप-रिकार्डर में लगे सूक्ष्म तार को प्लग से अलग कर दिया। रास्ता साफ देखकर अन्य लोगों ने कमरे में प्रवेश किया और खिड़कियों के शीशों पर काले पर्दे लगाकर बत्ती जलायी। वायरलेस आपरेटर ने ट्रक में बैठे अपने सहयोगी से सम्पर्क स्थापित किया। कैमरामैन ने गुसलखाने में अड्डा जमाया। इसी बीच एक नकली चाबी से गलियारे में बने एक अन्य कार्यालय का ताला हेली थर्म्स ने खोला ताकि एकाएक भागने की नौबत आए, तो वह कमरा तलाशी-पार्टी का शरण-स्थल बन सके।

कोई आधा घंटा बाद नीचे से वायरलेस आपरेटर ने सूचित किया कि जिगली के कार्यालय का एक कर्मचारी अभी-अभी बिल्डिंग में घुसा है। तलाशी-पार्टी ने तुरन्त अपने सारे सामान को समेटा और गलियारे के दूसरे कार्यालय में—जो पहले से खुला था—आश्रय लिया। उधर जिगली का कर्मचारी थोड़ी ही दूर गया कि 'इंजीनियर-दल' ने उसे रोककर कहा—"आप आगे नहीं जा सकते। क्या आपको पता नहीं कि इस बिल्डिंग की जांच की जा रही है ? सारे लिफ्टों को चलना इसीलिए बन्द करवा दिया गया है। आपके चलने की धमक से हमारे इस महत्वपूर्ण काम में बाधा पड़ सकती है। क्या आप अपना काम कल तक के लिए नहीं टाल सकते ?"

"लेकिन मेरा काम बस एक मिनट का है।" उस व्यक्ति ने कहा—"मेरी प्रेमिका पास की एक मधुशाला में बैठी है। वहां पेय-पदार्थ खत्म हो गया है। अपनी आलमारी खोलकर पेय-पदार्थ की दो बोतलें अपनी प्रेमिका के लिए ले जाना चाहता हूं। क्या आप मुझे इस काम के लिए एक मिनट का समय भी नहीं दे सकते ?"

"लेकिन आप इस बिल्डिंग में काम करते हैं, यह हमें नहीं मालूम। कृपया अपनी शिनाख्त के लिए सुपरिंटेंडेंट को बुला लाएं।"

मजबूर होकर उस व्यक्ति ने सुपरिंटेंडेंट को फोन करना शुरू किया। वह अपने कमरे में न था। उसने बन्द दफ्तरों में इस आशा से टेलीफोन करना शुरू किया कि शायद उनमें कहीं सुपरिंटेंडेंट से भेंट हो सके। लगभग दस मिनट तक कई कमरों में फोन करने के बाद सुपरिंटेंडेंट को न पाकर वह परेशान हो उठा। उसने विनम्र शब्दों में प्रार्थना की—"कृपया मेरी प्रेमिका पर दया कीजिए, उसके लिए मुझे एक मिनट का समय दीजिए।"

'इंजीनियर-दल' उस व्यक्ति को अधिक से अधिक समय तक इसलिए रोक रखना चाहता था, जिससे तेरहवीं मंज़िल पर कार्यरत लोगों को छिपने का पर्याप्त समय मिल सके। दल ने अनुमान लगाया कि अब वहां का रास्ता साफ हो गया होगा, तो उससे कहा गया—'ठीक है, आप जा सकते हैं, मगर लौटने में शीघ्रता करेंगे।"

प्रसन्नता से भरकर उस व्यक्ति ने कहा—"बस, गया और आया।"

और, वास्तव में वह जल्दी ही लौट आया। तलाशी-पार्टी के लोगों ने उसका उस मधुशाला तक पीछा किया, जहां उसने अपनी प्रेमिका के इंतज़ार करने की बात बतायी थी। पुनः हेली थर्म्स को जब नीचे से ट्रक में छिपे वायरलेस आपरेटर द्वारा 'सब ठीक है' की सूचना मिली, तब उसकी पार्टी फिर से अपने काम में लग गयी।

अनुभवी ताला-विशेषज्ञ ने इस बार खास नम्बरों से खुलनेवाली 'चोर-प्रूफ' तिजोरी को लगभग बीस मिनट के अन्दर ही खोल दिया। उसके खुलते ही जार्ज विल्स की नज़र एक सीलबंद लिफाफे पर पड़ी, जिसपर बैंगनी रंग की रोशनाई से लिखा था—'पाया, संध्या 5-15'। हस्ताक्षर जिगली का था और उसपर अगले दिन की तारीख पड़ी थी। 'इस लिफाफे में ज़रूर ही कोई गुढ़ भेद छिपा है,' ऐसा सोचकर उसने उसे बाहर निकालने के पूर्व तिजोरी में रखी प्रत्येक वस्तु की स्थिति को स्केच कर लिया।

अब बारी थी, हेली थर्म्स की, जो उस लिफाफे को आसानी से खोल सकती थी। उसने गौर से लिफाफे का मुआयना कर अपना काम शुरू किया। लिफाफे पर सबसे स्पष्ट रूप से उगी एक मुहर पर उसने एक विशेष प्रकार का सूक्ष्म, पारदर्शी कागज़ रखा। दांत बनानेवाले पाउडर को एक रासायनिक घोल में मिलाकर उसकी लुगदी से उसने एक सांचे का आकार बनाया। और फिर उसे लिफाफे के

मुहर पर रखे कागज़ पर रखकर धीरे से दबाया। हवा से सूखकर जल्द ही कड़ी बन जानेवाली उस लुगदी से उसने बात की बात में नकली मुहर तैयार कर ली। अब सील के लाह को उसने बिजली से इतनी गर्मी पहुंचायी कि उसका कड़ापन नमी में बदल गया। फिर तो मुहर उखाड़ने की कला में पारंगत उस नारी ने देखते ही देखते छः मुहरों को लिफाफे से अलग कर दिया। गोंद से सटे उस लिफाफे को अपनी विशेष विधि से नम बनाकर जब उसने उसे खोला, तब उसमें टाइप की हुई एक छोटीसी सजिल्द किताब निकली।

भाषा-विशारद के आदेश पर फोटोग्राफर ने उस पुस्तक के प्रत्येक पृष्ठ का फोटो लेना शुरू किया। उसका काम समाप्त होने पर, हेली थर्म्स ने उस लिफाफे को बन्द करना शुरू किया। उखड़े हुए लाह को गर्मी पहुंचाकर उसने उसे नम बनाया और फिर तैयार की हुई नकली मुहर से दबा-दबाकर उसने उस लिफाफे को ऐसा रूप दे दिया कि कोई भी उसे देखकर उसके खोले जाने का संदेह नहीं कर सकता था। इसी प्रकार जिगली के निजी कमरे की प्रत्येक आलमारी और तिजोरी को खोलकर सभी महत्त्वपूर्ण दस्तावेज़ों के फोटो लिए गए। लगभग चार घंटे की गुप्त तलाशी के बाद भाषा-विशारद के आदेश पर उस फोटोग्राफर ने दो हज़ार से अधिक फोटो लिए।

गुप्त तलाशी की समाप्ति के बाद जिगली के कार्यालय में संदेह के सारे चिह्नों को मिटाकर हेली थर्म्स उन व्यक्तियों के पास आयी, जहां दिखावे के लिए उसके दल के सदस्य व्यर्थ की नाप-जोख कर रहे थे। ठीक इसी समय उन लोगों के सामने एकाएक जिगली आकर खड़ा हो गया। उसने सशंक दृष्टि से इंजीनियरों के दल को देखा और एक झपाटे के साथ लिफ्ट की ओर बढ़ा। जिगली के उस कर्मचारी ने, जो पेय-पदार्थ लेने आया था, उसे फोन कर दिया था कि उस बिल्डिंग में कई तरह की मशीनों से लैस दर्जनों आदमी अजीबो-गरीब नाप-जोख कर रहे हैं। जिगली को अपने कार्यालय की ओर बढ़ते देख हेली थर्म्स इस बात से निश्चिंत थी कि अपना कमरा खोलने पर वह उसके प्रवेश का एक भी निशान नहीं पा सकेगा।

अपने कार्यालय का निरीक्षण कर जिगली निश्चिंत हो गया। वह पुनः उस 'इजीनियर-दल' के पास आकर खड़ा हुआ। उसने कई मशीनों को देखकर उसके सम्बन्ध में तरह-तरह के प्रश्न पूछे। जार्ज विल्स ने उसे प्रत्येक मशीन के बारे में विस्तार से बताया। जिगलो को जब यह पता चला कि यह बिल्डिंग सर्वथा

सुरक्षित है, तब वह बड़ा प्रसन्न हुआ। उसने 'इंजीनियरों' को धन्यवाद दिया और फिर मुंह से सीटी बजाता हुआ, मस्तीभरी चाल से आगे बढ़ गया।

दो दिनों के बाद जिगली के कार्यालय में ली गयी प्रत्येक फोटो को जब अमरीकी गुप्तचर्या विभाग को सौंप दिया गया, तब विशेषज्ञों ने एक मत से स्वीकार किया कि जिगली एक ऐसे जर्मन गुप्तचर-दल का संचालन कर रहा है, जिसके कई एजेण्ट अमरीका की प्रसिद्ध छः महानगरियों में कार्यरत हैं। छायाचित्रों के आधार पर उनके नाम-पते गुप्तचर विभाग को आसानी से मिल गए। जिगली द्वारा संचालित गुप्तचर-दल को कहां-कहां से सहायता मिलती है, उन्हें कौन-कौन-सी हिदायतों का पालन करना पड़ता है, जासूसी के लिए वे किन-किन व्यक्तियों से संपर्क स्थापित करते हैं आदि बातों की विस्तृत जानकारी उन चित्रों से उन्हें मिल गयी थी। अतः अधिकारियों ने अब और देर करना उचित न समझा। एक ही दिन और एक ही समय जिगली द्वारा संचालित गुप्तचर-दल के सारे जर्मन जासूस पकड़ लिए गए। जिगली तथा उसके साथियों को अन्त तक यह पता न लग सका कि आखिर यह सब हुआ तो कैसे? हां, जर्मनी पर हमले की जो योजना अमरीका ने बनायी थी, उसमें आमूल परिवर्तन करना पड़ा; क्योंकि उसके बारे में थोड़ी-सी जानकारी जिगली के गुप्तचर-दल को मिल चुकी थी। नयी योजना को कार्यरूप देने में कई महीने लगे और उनपर लाखों डालर खर्च हुआ सो अलग।

कोरिया की जासूस नारी—

किमस्विम

[कोरिया में अमरीकी नीति को विफल करनेवाली एक ऐसी रहस्यमयी नारी, जो जितनी सुन्दर थी, उतनी ही चालाक और सजग भी। कई वर्षों तक उसने इतनी चालाकी से जासूसी की कि, कोई उसपर कम्युनिस्ट गुप्तचरी होने का संदेह भी नहीं कर सका। किन्तु...! विशेष इस लेख में।]

कम्युनिस्ट देशों की जासूमी का ढंग समाजवादी देशों से सर्वथा भिन्न होता है। यों तो जासूसी के लिए हर देश का अपना-अपना ढंग है किन्तु अगर हम दोनों महायुद्धों में पकड़े गए जासूसों का तुलनात्मक अध्ययन करें, तो हम इस निष्कर्ष पर पहुंचेंगे कि ज़्यादातर कम्युनिस्ट देश के ही जासूस पकड़े गए। कारण चाहे जो भी रहा हो।

संसार के दो बड़े देश—ब्रिटेन और अमरीका—जासूसी के लिए उस देश के उन कार्यकर्ताओं से अधिक लाभ उठाते हैं, जो समय-समय पर उनके जासूसों को आवश्यक सूचनाएं देते हैं। स्कूल मास्टर, अपने व्यापार को उन्नत बनाने में प्रयत्नशील व्यापारी, विदेशी नागरिक, विदेशियों से शादी करने को इच्छुक सुन्दर नारियां, समाचारपत्रों के प्रतिनिधि एवं कलाकार आदि जासूसी के काम में बड़े उपयोगी साबित होते हैं। कई देश इस बात को आवश्यक नहीं मानते कि जिस देश में जासूसी की जाए, उसकी भाषा का ज्ञान होना ही चाहिए। गुप्त भेद के लिए बहुत-से तरीके इस्तेमाल करने पड़ते हैं, जिनमें रिश्वत, चोरी, धमकी आदि भी शामिल हैं। इन तरीकों को अपनाकर उन लोगों से जिन्हें अनेक गुप्त बातें मालूम रहती हैं, जासूस अपना काम साधते हैं। उसके अलावा जासूसों को कुछ खोज भी करनी पड़ती है। कुछ जासूस जनता के दुःख-दर्द में सहायक बन, आर्थिक या अन्य मदद पहुंचाकर उनसे भेद लेते हैं। किन्तु, महिला जासूसों का जासूसी का तरीका कुछ और होता है। वे सबसे अधिक लाभ उठाती हैं—अपने रूप और यौवन से। बड़े-बड़े 'शुकदेव मुनि' की तपस्या 'रंभा' रूपी जासूस नारियों के मोहक नृत्य

पर भंग हो जाती है। इतिहास के पन्ने महिलाजासूसों के कारनामों से भरे पड़े हैं। जासूसी के क्षेत्र में पुरुष जासूसों से आगे बढ़कर महिलाओं ने जासूसी सिण्डिकेटों का संगठन किया और अनेक गिरोहों में उन्होंने 'मुखिया' का काम भी किया।

महिला जासूसों के चुनाव के समय कोई भी देश उनके जिस गुण की ओर विशेष ध्यान देता है, उसे कहते हैं—नारी-सौन्दर्य। प्रस्तुत लेख की नायिका किमस्बिम सौन्दर्य की एक ऐसी देवी थी, जिसके पुजारियों की संख्या अनगिनत थी। सन् 1942 से सन् 1950 ई० तक उसने अपनी लक्ष्य-सिद्धि के लिए अनेक लोगों को अपने रूप-जाल में फंसाया। अपने परिचितों के बीच वह 'प्रेम की कुशल डाक्टर' के रूप में प्रसिद्ध थी। किमस्विम जितनी सुन्दर थी, उतनी ही चालाक और सजग भी। कई वर्षों तक उसने इतनी चालाकी से जासूसी की कि, कोई उसपर कम्युनिस्ट जासूस होने का संदेह नहीं कर सका। किमस्विम के कार्यों को देखते हुए यह कहा जाता है कि, सोवियत रूस को शायद ही उससे अधिक विश्वसनीय एवं चतुर महिला जासूस की सेवा प्राप्त हुई हो।

कोरिया के इसी युद्ध की बात है। किमस्विम ने ही सबसे पहले सोवियत रूस के जासूसी विभाग के अध्यक्ष लाब्रेन्ती पावलोविच बेरिया और जोसेफ स्टालिन को यह सूचना दी थी कि अब जल्द ही अमरीकी सेनाएं दक्षिण कोरिया से जानेवाली हैं। अमरीकी जनरल मैकआर्थर अपनी सेनाओं की वापसी का विरोध कर रहा है। किन्तु, अमरीका का राजनीतिक वर्ग अपनी ज़िद पर अड़ा है। वे मैकआर्थर की रत्ती-भर भी बात मानने को तैयार नहीं हैं। इस सूचना को पाकर बेरिया ने अवसर गंवाना उचित न समझा। उसने तुरत तैयारी शुरू की। उधर अमरीकी सेनाएं वापस गयी ही थीं कि मौका देखकर कम्युनिस्टों ने अपने पैर आगे बढ़ा दिए।

सन् 1942 ई० तक किमस्विम राजनीति से बिल्कुल अलग थी। उस समय उसे क्या पता था कि, आगे चलकर वह किसी देश की राजनीति का एक अंग बन जाएगी। अनाथ बालिका किमस्विम ने अमरीकी मिशन में रहकर उच्च शिक्षा प्राप्त की थी। वह अपने अवकाश के क्षणों में विभिन्न राजनीतिक दलों के नेताओं का भाषण सुनने चली जाती। भाषण की समाप्ति के बाद अपने हृदय में उठती हुई शंकाओं के समाधान के लिए वह कई तरह के प्रश्न पूछती। धीरे-धीरे वह कम्युनिस्ट विचारधारा की ओर प्रभावित होती गई।

एक दिन उसकी भेंट कोरिया के कम्युनिस्ट नेता लिकंग कुक से हुई। कुक

एक बेहद सुन्दर रोबीला युवक था। उसके बात करने का तरीका इतना सुन्दर था कि सहज ही लोग उसकी ओर आकर्षित हो जाते। वह अपने जोशीले भाषणों से कोरियाइयों में देशभक्ति का अलख जगाया करता था। प्रथम भेंट के समय ही किमस्विम लिकुंग कुक की ओर आकर्षित हुई। वह अक्सर उससे मिलती रही। दिनोंदिन आकर्षण बढ़ता ही गया। लिकुंग कुक को वह प्यार करने लगी। किन्तु उसे इसके लिए समय कहां था ? देशभक्ति के रंग में रंगा वह युवक किमस्विम का उपयोग अपने देश की भलाई के लिए करना चाहता था। प्रथम भेंट के समय ही उस अनिंद्य सुन्दरी को देखकर लिकुंग कुक ने यह निश्चय किया था कि, सुन्दरता की इस प्रतिमा को वह कम्युस्टिों की गुप्तचरी बनाकर ही छोड़ेगा।

एक दिन कुक ने किमस्विम को समझाते हुए कहा कि वह इस दुनिया में अकेली है। शादी कर गृहस्थी के जंजाल में फंसने की अपेक्षा उसके लिए श्रेयस्कर होगा कि वह अपने देश की सेवा करे। उसकी शिक्षा-दीक्षा अमरीकन ढंग से हुई है। उसने पूरी तरह अमरीकी रहन-सहन भी अपना रखा है। अतः इस अवसर से उसे लाभ उठाना चाहिए। उसपर कम्युनिस्ट गुप्तचरी होने का संदेह नहीं किया जा सकेगा। वह सहज ही अमरीकी अधिकारियों की आंखों में धूल झोंक देश की स्वतंत्रता में सहयोग दे सकेगी। अगर उसे इस काम के लिए अपना शरीर भी देना पड़े, तो वह सहर्ष तैयार रहे। आज़ादी बिना बलिदान के नहीं मिलती। कुर्बानी की नींव पर ही स्वतंत्रता की इमारत खड़ी होती हैं।

लिकुंग कुक की इन बातों को सुनकर वह गंभीर हो गयी। उसने उस दिन उसे कोई जवाब नहीं दिया। कुक ने उसे अच्छी तरह सोच लेने का अवसर दिया। किमस्विम दो दिनों तक मानसिक संघर्ष से जूझती रही। अन्त में उसने यह निर्णय किया वह कुक के बताए मार्ग पर चलेगी। उसने कम्युनिस्ट गुप्तचरी बनना स्वीकार कर लिया।

द्वितीय महायुद्ध की समाप्ति के बाद अमरीकी सैनिक कोरिया की ओर बढ़े। उन्होंने जापानियों को वहां से खदेड़ना शुरू किया। जापानी-चंगुल से उसके देश को छुड़ानेवाले अमरीकी सैनिकों का किमस्विम ने स्वागत किया। अमरीकी मिशन में शिक्षा प्राप्त करने के कारण वह बहुत अच्छी अंग्रेज़ी बोल सकती थी। अमरीकी सैनिक अफसरों का सहयोग प्राप्त करने के लिए उसने उनसे शिष्टतापूर्ण व्यवहार रखा। उनकी आवश्यकताओं की पूर्ति में वह जी-जान से लग जाती। अमरीकी सैनिक उसे अपनी एक शुभचिन्तिका के रूप में

जानने-पहचानने लगे। धीरे-धीरे किमस्विम ने अपने प्रेमपूर्ण व्यवहार से अनेक अमरीकी सैनिक अफसरों का ध्यान अपनी ओर आकर्षित किया।

किमस्विम धैर्यपूर्वक परिणाम की प्रतीक्षा करती रही। वह जानती थी कि उसे एक न एक दिन अमरीकी फौजी कार्यालय में कोई नौकरी मिलकर ही रहेगी और वास्तव में कुछ ही दिनों बाद उसे कोरिया-स्थित अमरीकी फौजी कार्यालय में 'स्वागतकर्त्री' का काम मिला। वह इस नौकरी को पाकर बेहद खुश हुई। उसे विश्वास हो गया कि अब वह अपने प्रेमी लिकुंग कुक की यथासंभव सहायता कर सकेगी। वह उस कार्यालय में आनेवाले लोगों से बड़े प्रेम से बातें करती, उन्हें आवश्यक सूचनाएं देती और अधिकारियों तक उनके सन्देश पहुंचाती। किन्तु, इन कार्यों के बीच व्यस्त रहकर भी उसके कान सदा खड़े रहते। वह उस फौजी कार्यालय के अफसरों द्वारा टेलीफोन पर होनेवाली बातचीत को गौर से सुनती और उनके अर्थ लगाती। प्रत्येक दिन की गतिविधि का हाल वह लिकुंग कुक को—जो रात्रि में उसके बंगले पर आया करता था—बता देती। प्रोत्साहनभरे दो-चार शब्दों को कहकर लिकुंग कुक अपना रास्ता नापता

लगभग एक साल तक वह स्यूल-स्थित अमरीकी फौजी कार्यालय में स्वागतकर्त्री का काम करती रही। इस बीच उसने लिकुंग कुक को अमरीकी सेना सम्बन्धी कई महत्त्वपूर्ण सूचनाएं दीं। उन्हीं सूचनाओं में एक थी—सोवियत रूस के खुफिया विभाग के अध्यक्ष बेरिया को दी जानेवाली वह सूचना, जिसकी चर्चा हम ऊपर कर आए हैं।

स्यूल-स्थित अमरीकी फौजी कार्यालय के अधिकारी किमस्विम की कार्यकुशलता से बहुत खुश थे। इतने दिनों में उसने अमरीकी अधिकारियों का विश्वास प्राप्त कर लिया था। उसे जब-तब सेना-सम्बन्धी फाइलों का काम भी दिया जाने लगा। किन्तु, वह उचित अवसर की तलाश में थी। तभी उसकी तरक्की हुई। वह एक अमरीकी मार्शल की सहायिका बनी। गोरा, हट्टा-कट्टा वह अमरीकी मार्शल कोरिया की उस सुन्दरी किमस्विम की सुन्दरता पर पागल हो उठा। उसे खुश रखने के लिए वह पानी की तरह पैसा बहाने लगा। इस मौके से लाभ उठाकर किमस्विम ने कई ऐसे सैनिक महत्त्व के दस्तावेज़ों की प्रतियां तैयार कर लीं, जो उसके प्रेमी और देश के लिए उपयोगी सिद्ध हुईं। वैसे महत्वपूर्ण अमरीकी दस्तावेज़ों की प्रतियां तैयार करना संभवतः अन्य किसी जासूस के लिए

सम्भव न होता, परन्तु किमस्विम ने एक अमरीकी अधिकारी को शारीरिक सुख प्रदान कर उसे सहज ही प्राप्त कर लिया। इसके अतिरिक्त आवेग के क्षणों में उक्त मार्शल ने उसे कई ऐसी गुप्त बातें बतायीं, जो बड़ी महत्त्वपूर्ण थीं। उन सारी सूचनाओं को उसने दूसरे दिन ही कम्युनिस्टों तक पहुंचा दिया।

किमस्विम एक आधुनिक बंगले में बड़ी शान से रहती थी। समाज में उसने अपना एक अलग स्थान बना रखा था। सभा-सोसाइटियों में, क्लबों में उसके आगमन से एक नयी जान आ जाती थी। उसे साथ लेकर नाचने के लिए लोग लालायित रहते। वह अक्सर अपने मकान पर होनेवाली पार्टियों में अमरीकी, चीनी, कोरियाई और जापानी अधिकारियों को आमंत्रित करती थी। दावतों में मुक्त हस्त से खर्च करना उसका व्यसन बन गया था। तब कोई उसपर यह संदेह न कर सका कि आखिर इतने पैसे वह लाती कहां से है ! पार्टियों में चहल-पहल के बीच किसे फुर्सत थी कि जो यह पता लगाता कि किमस्विम का बंगला कम्युनिस्टों की गैरकानूनी हलचलों का अड्डा है। स्यूल में आनेवाले कम्युनिस्ट जासूस किमस्विम का अतिथि-सत्कार पाते और वहीं से दक्षिण कोरिया में मित्रराष्ट्रों की सैनिक हलचलों के बारे में गुप्त भेद प्राप्त करने की चेष्टा करते।

स्यूल के कम्युनिस्ट जासूसों को किमस्विम के यहां रहने से कई फायदे थे। एक तो उन्हें अमरीकी मुद्रा के अभाव का सामना नहीं करना पड़ता था और दूसरे उसके बंगले के पिछले हिस्से में गुप्त ट्रांसमीटर, कोड तथा कई प्रकार के वैज्ञानिक उपकरणों का एक विशाल भंडार था, जिनका वे मनचाहा उपयोग करते थे। रहस्यमयी नारी के उस कमरे में बैठकर कम्युनिस्ट जासूस दक्षिण कोरिया-स्थित अपने जासूसों से सम्पर्क स्थापित कर महत्त्वपूर्ण भेदों का पता लगाते।

बेरिया को किमस्विम द्वारा दी गयी सूचना सही प्रमाणित हुई। कोरिया से अन्ततः अमरीकी सैनिकों को जाना ही पड़ा। वहां से प्रस्थान करते समय अमरीकी अधिकारी कदाचित् यह न जान सके कि किमस्विम एक कम्युनिस्ट गुप्तचरी है और उसे उनकी प्रत्येक योजना एवं सैनिक गतिविधि की पूरी-पूरी जानकारी है। अमरीकी जनरल मैकआर्थर के तीव्र विरोध के बावजूद अमरीकी सेनाओं को वहां से हटना ही पड़ा। किमस्विम खुश थी। उसने अपनी कुशल गुप्तचर्या का परिणाम देख लिया था। कोरिया में अमरीकी नीति विफल कराने में उसने महत्वपूर्ण योग दिया था।

दक्षिण कोरिया से अमरीकी सेनाओं के चले जाने के बाद किमस्विम

के बंगले पर उदासी छा गयी। नृत्य-संगीत की चहल-पहल और पार्टियों का दौरदौरा समाप्त हो गया था। जॉज की धुन पर थिरकते जोड़े की बहार उजड़ गयी थी। किन्तु उसे इसका ज़रा भी गम न था। किमस्विम के अतिरिक्त स्यूल में ऐसा कोई दूसरा व्यक्ति न था, जिसे घटनाओं की इतनी अधिक जानकारी हो, अतः उसे सिगनभरी की सरकार पर कड़ी नज़र रखने का आदेश दिया गया।

दक्षिण कोरिया से अमरीकी सेनाओं के प्रस्थान करने के कोई डेढ़ महीने बाद किमस्विम गिरफ्तार कर ली गयी। उसने अपनी गिरफ्तारी का विरोध किया और अपने को निर्दोष बताया लेकिन दक्षिण कोरियाई अधिकारियों ने उसपर ज़रा भी दया न दिखाई। उन्होंने कहा कि तुम्हारे चाहनेवाले अमरीकी उच्च अधिकारी चले गए। वे तुम्हारी बराबर रक्षा करते थे और तुम उन्हींके बल पर बचती रहीं। किन्तु, अब तो हमें इस बात की पूरी आज़ादी है कि हम तुम्हारे साथ जैसा चाहें, बर्ताव करें। उस दिन किमस्विम के बंगले की तलाशी लेने पर दक्षिण कोरिया के अधिकारियों को दो-तीन आपत्तिजनक वस्तुओं के अलावा और कुछ बरामद न हो सका। वह गिरफ्तार कर ली गई।

10 जून, 1950 ई० को किमस्विम को अदालत में पेश किया गया। उसपर जासूसी, चोरी, हत्या और राजद्रोह के कुल बत्तीस इलज़ाम लगाए गए। अभी मुकदमे के फैसले में देर थी कि अचानक 28 जून को यह समाचार मिला कि कम्युनिस्ट सेनाएं स्यूल की ओर बढ़ती आ रही हैं। वे उसे यों ही छोड़ना नहीं चाहते थे। फौरन ही किमस्विम को जेल से निकालकर हवाई जहाज़ द्वारा एक अज्ञात स्थान को ले जाया गया। वह समझ गई कि उसका अन्त अब निकट आ गया है। वह दिलेरी से मौत का सामना करने को तैयार हो गयी।

एक खुले मैदान में उसे एक खंभे से बांध दिया गया। उस समय अधिकारियों ने उससे उसकी अन्तिम इच्छा पूछने की दया भी न दिखायी। एकसाथ कई बन्दूकों से निकली गोलियों ने किमस्विम का काम तमाम कर दिया। उस समय उसके शरीर पर न तो अमरीकी कपड़े थे और न ही उसने अपने बाल अमरीकी ढंग से संवारे थे। वह अपने देश की वेशभूषा में थी। उसके बाल कोरियाई ढंग से बंधे थे। कभी बड़े-बड़े गर्वीले का सिर जिसके चरणों पर झुकता था, उसका वह गर्वोन्नत सिर उस दिन स्वयं एक ओर झुक गया था। खंभे के पास की धरती किमस्विम के गरम खून से तर हो गयी थी।

फ्रांस की धरती पर गुप्तचरी करनेवाली—

कुमारी पोर्शिया मैन्सफील्ड

[अक्षत यौवना, सुडौल शरीर, नीली आंखों वाली एक ऐसी जर्मन सुन्दरी जिसने एक फ्रांसीसी सैनिक अधिकारी को सच्चे हृदय से प्यार किया था। यौन-तरंगों में बहकर अनायास ही उसके मुंह से एक ऐसा वाक्य निकल गया, जिसने उसका सारा भेद खोल दिया और अन्त में उसे अपनी मौत का वरण करना पड़ा।]

गुप्तचर किसी भी देश का पुरुष हो या नारी, उसके जीवन में कभी-कभी ऐसे भी क्षण आते हैं, जब वह भावनाओं के प्रवाह में बहकर कुछ देर के लिए अपने कर्तव्य को भूल जाता है। ऐसा होना अस्वाभाविक नहीं होता। मानवीय दुर्बलताओं का शिकार न बन जाना उसके भी वश की बात नहीं रहती। आखिर एक जासूस के पास भी तो एक मानव-हृदय होता है। अतः वह चाहकर भी हृदयहीन नहीं बन पाता। जासूस स्त्री-पुरुष के हृदय में भी सुख-दुःख और प्यार के स्पंदन होते हैं। जासूसी के मार्ग में अकस्मात् प्राप्त प्रेम-प्रीत की डोर तोड़ना उनके लिए कठिन हो जाता है। स्त्री जासूस, पुरुष जासूस के प्रेम में पड़ जाती है, अथवा पुरुष जासूस, स्त्री जासूस के सौन्दर्य पर रीझकर अपना कर्तव्य भूल जाता है। किन्तु, यौन-तरंगों की गति मन्द होते ही, जब उसमें चेतना जगती है, तब वह यह महसूस करता है कि अभी-अभी वह जिस मंज़िल से गुज़रा है, वह भावनाओं की मंज़िल है, कर्तव्य की नहीं। ऐसी दशा में वह उन सारे बंधनों को तोड़कर अपने कर्तव्य की पूर्ति के लिए सचेष्ट हो जाता है। अगर वह अपना कर्तव्य न पहचाने, और प्रेम-सागर में ही तैरता रहे, तो उसका परिणाम उसके देश को किस रूप में भोगना पड़ेगा, इसकी भविष्यवाणी नहीं की जा सकती।

प्रस्तुत लेख में हम जिन दो स्त्री-पुरुष गुप्तचरों के बारे में बताने जा रहे हैं, उनके जीवन में अनायास ही ऐसे क्षण आए, जब वे दोनों कुछ देर के लिए दीन-दुनिया को भूलकर प्रेम के सागर में बह निकले थे। अचानक पुरुष जासूस ने अपनी बगल में निरावरण पड़ी उस रहस्यमयी नारी का एक वाक्य सुना, तो नारी-प्रेम की चढ़ी उसकी सारी खुमारी उतर गयी और उसने तत्काल उसे इस तरह अपने से अलग कर दिया जैसे दूध की मक्खी।

प्रथम महायुद्ध की बात है। फ्रांस में जर्मन स्त्री-पुरुष गुप्तचरों की बढ़ती हुई संख्या को देखते हुए फ्रांसीसी सरकार ने अपने यहां बहुत बड़े पैमाने पर गुप्तचर-विरोधी एजेण्ट बहाल किए, जिनका काम था अपने देश में कार्य करनेवाले दूसरे देशों के गुप्तचरों को पकड़ना। तब फ्रांस की सेना के योग्य अधिकारी इस काम को बड़ी खूबी के साथ निभा रहे थे। उनके कैम्पों में रोज़ ही अनेक संदिग्ध स्त्री-पुरुष पकड़कर लाए जाते। उन लोगों से गुप्तचर अधिकारी ऐसे-ऐसे सवाल करते कि बड़े-बड़े शूरमाओं का कलेजा दहल उठता। असमंजस, हिचकिचाहट, हकलाहट और उनके चेहरे पर हर क्षण बदलते भावों से उत्तरदाता उनकी पकड़ में सहज ही आ जाता था। उस समय इस काम के लिए बने कैम्पों में रहनेवाले फ्रांसीसी अधिकारियों का काम इतना बढ़ गया था कि किसी-किसीको एक साल से भी अधिक समय से छुट्टी नहीं मिल पायी थी। वे एक हृदयहीन मशीन की तरह अपने काम में लगे रहते।

फ्रांस के गुप्तचर्या विभाग के ऐसे ही व्यस्त अधिकारियों में एक था—पाल रिशर। पकड़कर लाए गए शत्रु के गुप्तचरों के साथ बौद्धिक युद्ध में उसे बड़ा आनन्द आता था। किन्तु, शुरू का उसका यह आनंद कई महीने के बाद उसके लिए परेशानी और खीझ का कारण बन गया। उसे पिछले एक वर्ष से छुट्टी नहीं मिली थी। नित्यप्रति एक ही काम करते-करते वह घबरा गया था। बाद के दिनों में वह इतना चिड़चिड़ा हो गया कि बात-बात में बिगड़ पड़ता। उसके इस रवैये को देखकर अन्य अधिकारियों ने उसकी छुट्टी के लिए मुख्यालय से सिफारिश की। कुछ ही दिनों बाद पाल रिशर की डेढ़ महीने की छुट्टी स्वीकृत हो गई।

छुट्टी मिलते ही वह पेरिस की रंगरेलियों से घबराकर, फ्रांस के दक्षिण, एक ऐसे स्थान में जा पहुंचा, जहां बहुत कम लोग ही युद्धकाल में मिली अपनी अमूल्य छुट्टियों को बिताने के लिए जाते थे। वह स्थान युद्ध की विभीषिका से अलग था। वहां वह बड़ी शान्ति के साथ अपनी छुट्टियां बिता सकता था। उसने वहां एक नदी

के किनारे अत्यंत सुरम्य स्थान पर बने होटल में एक कमरा किराये पर लिया। वह वहां अक्सर दोपहर का खाना खाने के बाद धूप-सेवन के लिए छज्जे में बैठकर होटल के आलीशान बाग की अद्भुत छटा और उससे सटी नदी की चमकती हुई धारा को निहारता रहता।

एक दिन छज्जे से हटकर वह होटल के सजे-सजाए हॉल में पहुंचा। एक खाली मेज़ के पास बैठकर उसने अपनी निगाह चारों तरफ दौड़ायी। उसने देखा कि तरह-तरह की वेश-भूषा में हर उम्र के स्त्री-पुरुष मेज़ों के चारों तरफ बैठे खाद्य-पदार्थों का भक्षण कर रहे हैं। अकस्मात् जब उसकी नज़र सामनेवाली एक मेज़ की ओर गयी, तब वह सब कुछ भूल गया। उस मेज़ के पास अकेली बैठी थी, नीली चोली पहने एक बड़ी हसीन युवती। वह जब-तब अपनी नज़रें इधर-उधर घुमाती और फिर प्लैट में पड़े भोजन की ओर झुक जाती। उसके मोहक सौन्दर्य पर पाल रीझ गया। पिछले डेढ़ वर्ष से वह उतनी सुन्दर किसी युवती के सम्पर्क में नहीं आया था। जिन संदिग्ध औरतों से अब तक उसका पाला पड़ा था, उनमें शायद ही कोई उतनी सुन्दर थी। एक तो पाल रिशर अविवाहित था और दूसरे वह छुट्टियों में था। अतः उसने सोचा कि काश, इन छुट्टियों में वह युवती उसका साथ दे पाती ! वह उसके अपरूप सौन्दर्य को आंखों ही आंखों में पीता रहा।

कॉफी पीते समय वह लगातार अपनी आंखों की ओर से उस सुन्दरी को देखता रहा। दो-तीन बार दोनों की नज़रें भी मिलीं। एक बार तो उसने अपना गिलास उठाकर उसका अभिवादन भी किया, जिसके उत्तर में वह केवल मुस्कराकर रह गयी। एक अधेड़ उम्र के बैरे को बुलाकर पाल रिशर ने उससे कहा कि वह सामने बैठी युवती से उसका नमस्कार कहे और साथ ही उससे यह भी पूछे कि, क्या मैं उसकी मेज़ के पास आकर कॉफी पी सकता हूं। शरमाते हुए उस युवती ने सिर हिलाकर पाल रिशर को अपने पास आने की स्वीकृति दे दी। अनुमति पाते ही पाल गद्गद हो उठा।

शुरू में वे दोनों इधर-उधर की बातें करते रहे। अपना परिचय देते हुए उस युवती ने पाल रिशर को बताया कि वह एक फर्म में सेक्रेटरी है और अपनी छुट्टियां बिताने के उद्देश्य से यहां आयी है। उसका पिता फ्रांसीसी सेना में है। पिता के सिवाय इस संसार में उसका अपना और कोई नहीं है। युवती ने अपना नाम बताया—पोर्शिया मैन्सफील्ड।

पाल रिशर की आदत बाल की खाल निकालने की थी। अतः उसने कुमारी मैन्सफील्ड से पूछा कि, तुम जैसी रूपवती ने भला छुट्टियों के लिए फ्रांस के इस पिछड़े इए इलाके को क्यों पसन्द किया, जबकि पेरिस में ही तुम्हें सारी सुविधाएं और समस्त आनंद के साधन सहज ही प्राप्त हो सकते थे। मैन्सफील्ड ने सहज स्वाभाविक ढंग से उत्तर दिया कि, पेरिस के सब कोने, छुट्टी से वापस आए सैनिकों से भरे पड़े हैं। वह उनके शोर-शराबों से दूर रहना चाहती थी। इसीलिए उसने यहां का शान्त वातावरण और यह रमणीक स्थान पसन्द किया है।

अब बारी थी, कुमारी मैन्सफील्ड के जिज्ञासा प्रकट करने की, तो पाल ने उसे सिर्फ इतना ही बताया कि वह एक प्रसिद्ध समाचार-समिति का संवाददाता है। कुछ हद तक यह बात सही भी थी; क्योंकि युद्धकाल में अधिकांश फ्रांसीसी गुप्तचर एजेंट नाममात्र के लिए किसी न किसी समाचार एजेंसी से संबद्ध रहते थे, जिससे कि उन्हें अपनी गुप्त कार्यवाहियों के लिए एक छद्मवृत्ति का सहारा मिल सके।

कुछ ही देर की बातचीत के बाद उन दोनों में इतनी घनिष्ठता हो गयी कि, पाल उससे गहरे मज़ाक करने लगा। किन्तु, मैन्सफील्ड ज़रा भी बुरा नहीं मानती। पाल रिशर बड़ा खुश था कि उसे बड़े सौभाग्य से इन छुट्टियों में मैन्सफील्ड जैसी सुन्दरी का सान्निध्य प्राप्त हुआ है। उसने सोचा कि, अब तो खूब कटेगी, जब मिल बैठेंगे दो दीवाने। उस समय वह यह भूल गया था कि, वह एक गुप्तचर-विरोधी एजेंट है। वर्तमान के आगे वह भविष्य की ओर देखना नहीं चाहता था।

रात्रि-भोजन से पूर्व पाल रिशर ने वह सुनहरी शाम बिताने के लिए, नदी-तट पर एक खूबसूरत नाव किराये पर ली। कुमारी मैन्सफील्ड नाव के पिछले भाग में, पाल रिशर के ठीक सामने, मखमली गद्दों पर लेट गई। पाल चप्पू चलाने लगा। नदी-तट के दोनों ओर के वृक्षों पर अनगिनत पक्षी चहचहा रहे थे। वृक्षों की शाखों से सुनहरी धूप छन-छनकर आ रही थी। वृक्षों की छाया के नीचे से निकलती जा रही नाव और पानी पर पड़नेवाली धूप बड़ी भली लगती थी। काफी दूर निकल जाने पर दोनों ने उस नाव में ही भोजन किया और उसके पश्चात् हल्की शराब के कई दौर चले। उस मस्तीभरे आलम में दोनों एक-दूसरे की ओर खिंचते जा रहे थे। मैन्सफील्ड पाल की बगल में लेटी थी। दूधिया चांदनी उसके गोरे मुखड़े की शोभा द्विगुणित कर रही थी। उसकी सांस की हर धड़कन के साथ नीली चोली के नीचे छिपे उन्नत उरोज ऊपर-नीचे हो रहे थे। पाल अपने को रोक न सका।

उसने मैन्सफील्ड को चूम लिया। उसकी ओर से किसी तरह की बाधा नहीं हुई। एक ओर पानी की धारा के साथ उनकी नाव बहती जा रही थी, तो दूसरी ओर प्रेम की धारा में दो हृदय एक होकर बहते जा रहे थे। वे दोनों स्त्री-पुरुष युद्ध की भयानकता से घबराकर यहां आए थे और अपने वर्तमान जीवन में अकस्मात् प्राप्त उस सुनहरे अवसर को यों ही गंवा देना नहीं चाहते थे।

रात्रि के लगभग दस बजे दोनों होटल की ओर लौटे। उस समय उनको युवा धमनियों में उष्ण रक्त का संचार हो रहा था। वे दोनों इस सृष्टि के सबसे प्राचीन आनंद का उपभोग करना चाहते थे। पाल ने अपने कमरे में प्रवेश किया। मैन्सफील्ड भी उसके साथ ही चली आयी। पाल के लिए यह एक मूक निमंत्रण था। कमरे की खुली खिड़कियों से झांकती हुई दूधिया चांदनी उस वातावरण को बड़ा मोहक बना रही थी। दोनों ने जल्दी-जल्दी अपने वस्त्र उतारे और फिर एक शब्द बोले बिना बिस्तर में घुस पड़े। पाल ने मैन्सफील्ड को अपने बाहुपाश में जकड़ लिया। मैन्सफील्ड की गोरी और नाजुक बांहें पाल के गले में पड़ी थी। वह रह-रहकर उसके सुनहरे रेशमी बालों को सहला रहा था। और, जैसाकि वासना के उन क्षणों में स्त्री-पुरुष किया करते हैं, वह पाल के कान में प्रेम की टूटी-फूटी, लगभग निरर्थक-सी बातें कहने लगी। और, जब उनकी यौन-तरंग पराकाष्ठा पर थी, मैन्सफील्ड चीख उठी और बोली—"पाल ! इस समय तुम कितने प्यारे लग रहे हो !"

पाल ने यह वाक्य सुना तो उसे काठ मार गया। जैसे किसीने उन क्षणों के बीच उसे कसकर थप्पड़ मार दिया हो। उसका सारा ज्वार ठंडा और अंग-प्रत्यंग ढीला पड़ गया। अभी-अभी जिस सुन्दरी के साथ वह जिस स्वर्गिक सुख को प्राप्त कर रहा था, उसके प्रति घृणा से उसका हृदय भर उठा। उसे ऐसा लगा कि वह सर्वांग सुन्दरी के साथ नहीं, बल्कि किसी नारी के शव के साथ लेटा हुआ है। मैन्सफील्ड के उस एक वाक्य ने पाल को यह बता दिया था कि वह फ्रांसीसी नहीं, जर्मन है; क्योंकि यौन-तरंगों से अभिभूत होकर उसने जो वाक्य कहा था, वह फ्रेंच में नहीं, बल्कि उसकी मातृभाषा (जर्मन) में था।

शीघ्र ही पाल ने उससे अपने को अलग किया। बिस्तर से बाहर निकलकर उसने बत्ती जलायी। वह अपने उन वस्त्रों को पहनने लगा जिन्हें उसने आतुरता के क्षणों में उतार फेंका था। उधर बिस्तर पर बीच मंझधार में पड़ी मैन्सफील्ड की यह समझ में नहीं आ रहा था कि, अचानक पाल को यह क्या हो गया है। उसे इस बात

का पता भी नहीं था कि, भावना की घड़ियों में वह क्या कह गई है। मैन्सफील्ड ने आश्चर्यचकित हो पूछा-"एकाएक तुम्हें क्या हो गया है, प्रिय ? क्या बात हुई ?"

पाल ने बड़े संयत शब्दों में जवाब दिया, "कुछ भी तो नहीं। मुझे अचानक याद आ गया कि मेरा सिगरेट खत्म हो गया है। दूकान बन्द होने से पहले उन्हें खरीद लेना चाहता हूं।"

मैन्सफील्ड उसी तरह बिस्तर पर लेटी रही। पाल की बातें सुनकर वह ठहाका मारकर हंसी। उसने कहा, "हद हो गयी। दुनिया जिस सुख को प्राप्त करने के लिए पागल बनी रहती है, उस स्वर्गिक सुख को छोड़कर तुम्हें सिगरेट लेने की सुध भला आई तो कैसे ? और, फिर इस रात में तुम्हें अब दूकानें खुली हुई मिलेंगी कहां ? मुझसे ही बहाना बनाते हो प्रिय ? वह देखो, उस डिब्बे में अभी इतने सिगरेट भरे पड़े है कि तुम सारी रात में भी उन्हें खत्म नहीं कर सकते।" मैन्सफील्ड ने अपनी मदभरी आंखों से पाल की ओर देखते हुए पूछा—"कहीं, परीक्षा की इस घड़ी में तुम मैदान छोड़कर भाग तो नहीं रहे ?" एकाएक वह उसी अवस्था में बिस्तर से बाहर निकलकर पाल से लिपट गयी और बोली—"सच-सच बताओ, आखिर बात क्या है ?"

भावना पर अब कर्तव्य की विजय की बारी थी। पाल ने मैन्सफील्ड को अपने बदन से अलग करते हुए बड़े ही नम्र शब्दों में कहा—"इस समय मैं प्रेम करने की स्थिति में नहीं हूं। कुछ देर के लिए मैं अपना कर्तव्य भूल गया था, किन्तु, अब नहीं चूक सकता। बस तुम इतना समझ लो कि मैं सिगरेट लेने जा रहा हूं और आधा घंटा बाद यहां लौटूंगा। उस अवधि तक तुम अगर मुझे इसी कमरे में मिली, तो मेरे सामने बस एक ही रास्ता रह जाएगा कि, मैं तुम्हें गिरफ्तार कर पास के किसी सैनिक कार्यालय के हवाले कर दूं।"

आश्चर्यचकित हो मैन्सफील्ड बोली—"तुम मुझे भला गिरफ्तार क्यों करोगे ? कहीं तुम्हारा दिमाग तो नहीं फिर गया है ? नहीं, नहीं, मुझसे इतना गहरा मज़ाक करना तुम्हें शोभा नहीं देता।"

"मैं मज़ाक नहीं कर रहा, बिल्कुल सत्य कह रहा हूं। मैं तुम्हें अब स्पष्ट बता देना चाहता हूं कि मैं किसी समाचार-समिति का संवाददाता नहीं, बल्कि 'ल' एजेंस हावा' से सम्बद्ध गुप्तचर अधिकारी हूं। मुझे तुम्हारे एक वाक्य से पता चल गया है कि तुम फ्रांसीसी नहीं, जर्मन गुप्तचरी हो, जिसकी तलाश में हम आए दिन मारे-मारे फिरते हैं।"

पाल के शब्दों में आक्रोश झलक रहा था।

मैन्सफील्ड का चेहरा पीला पड़ गया। उसने अंतिम तीर छोड़ते हुए कहा, "लेकिन मैंने तो तुम्हारे साथ कोई बुरा व्यवहार नहीं किया।"

"उसीका यह परिणाम है कि मैं तुम्हें यहां से जाने की पूरी स्वतंत्रता दे रहा हूं। तुम शीघ्र ही यहां से विदा लो और इस बात को याद रखना कि भविष्य में तुम मुझे फ्रांस की धरती पर कहीं दिखाई न दोगी। भावना के प्रवाह में पड़कर मैं एक बार अपना कर्तव्य भूल गया था, किन्तु बार-बार वही भूल मुझसे नहीं हो सकेगी।" इतना कहकर पाल तेज़ी से अपने कमरे के दरवाज़े की ओर बढ़ा और फिर अन्धकार में विलीन हो गया।

उस सुनसान रात्रि में नदी-तट पर अकेला बैठा हुआ पाल सोच रहा था कि उसने मैन्सफील्ड पर सारे भेद खोल दिए। उसने शुद्ध हृदय से, बिना किसी लाभ के मेरे आगे आत्मसमर्पण किया था। उसने मुझे न सैनिक-वेश में देखा था और न ही वह कल्पना कर पायी थी कि फ्रांसीसी सेना से मेरा किसी प्रकार का संबंध भी हो सकता है। बातचीत के क्रम में न ही कोई ऐसी बात हुई थी जिससे इस धारणा की पुष्टि हो कि मुझसे सेना-संबंधी जानकारी प्राप्त करने के लिए ही उसने मित्रता गांठी थी। क्या ही अच्छा होता यदि इन सारी छुट्टियों में वह साथ रहकर मेरे जीवन को सुरभित बनाती रहती।

कुछ ही देर बाद पाल के चिन्तन की दिशा बदली। उसने अपने आप को समझाना शुरू किया कि, उसने जो कुछ भी किया है, वह सर्वथा उचित और न्याय-संगत है। आखिर वह है तो एक जर्मन गुप्तचरी ही।

कोई एक घंटा नदी-तट पर रहने के बाद वह अपने होटल की ओर लौटा। उसे इस बात का अब भी पूर्ण विश्वास था कि, मैन्सफील्ड उसके कमरे में ही होगी और वापस जाने पर वह उसे विभिन्न प्रकार की चेष्टाओं से मनाने की कोशिश करेगी। किन्तु, वहां पहुंचने पर उसे अपना कमरा खाली मिला। उसने उसके कमरे में झांका। वह कमरा भी खाली पड़ा था। मैन्सफील्ड का कहीं पता न था। उसने पाल रिशर के आदेश का पालन कर उसे स्पष्ट रूप से बता दिया था कि वह जर्मन गुप्तचरी है, और भावनाओं की तेज़ गति में पड़कर अपना कर्तव्य भूल बैठी थी।

पाल के लिए वह रात काटनी मुश्किल हो गयी। रह-रहकर उसकी आंखों के सामने मैन्सफील्ड का भोला चेहरा और उसका नीली ब्लाउज़ साकार हो

उठता। कई दिनों तक यह सिलसिला बना रहा। वह उसे भूल जाने की जितनी कोशिश करता, उतनी ही अधिक उसकी याद सताया करती। वह अक्सर सोचता कि, काश ! उस दिन मैं अपना निष्कर्ष मन में ही छिपाए रहता और छुट्टियां बीत जाने के बाद वह भेद प्रकट करता, तो आज मेरे लिए इस बेचैनी की नौबत न आती। लेकिन अब उसके पछताने से मैन्सफील्ड लौटकर आ तो नहीं सकती थी।

एक हफ्ते बाद ही पाल रिशर ने अपनी बची छुट्टियां रद्द करवा दीं और अपने काम पर उपस्थित हो गया। उसकी अकस्मात् उपस्थिति से अन्य सैनिक अधिकारी इस बात से प्रसन्न हो उठे कि अब उनके काम का बोझ कुछ हल्का होगा। और, शीघ्र ही वह अपने काम में मुस्तैदी से जुट गया। वह पकड़े गए संदिग्ध व्यक्तियों से पूछताछ में व्यस्त रहकर अपने दुःख को भुलाने की चेष्टा करने लगा।

अभी उसे अपना काम शुरू किए कुल चार ही दिन हुए थे कि एक सैनिक अधिकारी ने हांफते हुए उसके कैम्प में प्रवेश किया। उसने अभिवादन कर पाल रिथर से कहा, "श्रीमान् ! हमारे सैनिकों ने पास के एक गांव में एक महिला गुप्तचर को पकड़ा है। वह हमारे एक अफसर से सैनिक गतिविधियों और हमारे कुछ रेजिमेंटों के बारे में पूछताछ कर रही थी। सिपाही उसे लिए बाहर खड़े हैं। इजाज़त दें, तो पूछताछ के लिए उस महिला को आपके पास ले आऊं।"

पाल ने उसे कैम्प में ले आने की इजाज़त दे दी और स्वयं अपना सैनिक हैट पहनकर वह कुर्सी पर तनकर बैठ गया। थोड़ी ही देर में जो महिला उसके सामने लायी गयी, उसे देखते ही उसको लगा मानो किसीने उसकी छाती में छुरा भोंक दिया हो। वह महिला और कोई नहीं, मैन्सफील्ड ही थी, जिसने उसके जीवन के एक दिवस को स्मरणीय दिवस बना दिया था। उस समय उसकी पतली एवं नाज़ुक कलाइयों को दो सैनिक बड़ी बेदर्दी से पकड़े थे। उसके चेहरे पर निरपराधी का भाव छाया था। पाल पर नजर पड़ते ही वह टकटकी लगाए उसे देखती रह गयी। पाल का हृदय बड़ी तेज़ी से धड़कने लगा। कुछ देर तक कैम्प में निस्तब्धता छायी रही। फिर, शान्ति भंग करते हुए पाल ने उन सैनिकों की ओर मुखातिब होकर पूछा—"क्या बात है ?"

एक सैनिक आगे बढ़ा और फिर अदब से खड़ा होकर उसने कहा—"श्रीमान् ! मैं और मेरा एक साथी 'द' लापिन रूज' नामक मधुशाला के बाहर पहरा दे रहे थे। यह औरत हमारे एक सैनिक अफसर के साथ उसी मधुशाला के एक कमरे में थी। इसके हाव-भाव से उस अफसर ने यह सहज ही जान लिया कि

यह महिला एक गुप्तचर है; अतः वह इसके सम्पर्क में आकर ऐसा अभिनय कर रहा था, मानो वह नशे में हो। इसने उससे हमारे सैनिक डिवीज़नों के बारे में कई तरह के प्रश्न पूछे थे। हम दोनों को संकेत से वहां बुलाया गया और उस अफसर के इशारे पर हमने इसे गिरफ्तार कर लिया। इसके सामान की तलाशी लेने पर हमें मात्र यही एक डायरी हाथ लगी है।" सैनिक ने वह डायरी पाल के आगे रख दी और फिर अदब के साथ खड़ा हो गया।

पाल रिशर ने जब उस डायरी का एक-एक पृष्ठ उलटना शुरू किया, तब मैन्सफील्ड का दिल बैठने लगा। फ्रांसीसी सेना की कई टुकड़ियों के स्थान, उनकी वर्तमान स्थिति और संख्या आदि के कई विवरण बीच-बीच के पृष्ठों में अंकित थे। डायरी के एक पृष्ठ पर बने मानचित्र में कुछ रेजिमेंटों के मुख्यालय के नाम और उससे सम्बद्ध चिह्न आदि बने थे। उस मानचित्र एवं अन्य संकेतों के चिह्न ठीक वैसे ही थे, जैसाकि जर्मन अपने मानचित्रों में बनाते हैं। डायरी के अंतिम पृष्ठ पर बर्लिन के दो पते लिखे थे। ये सारी चीज़ें मैन्सफील्ड को जर्मन गुप्तचरी सिद्ध करने के लिए पर्याप्त थीं। उसकी डायरी में फ्रांस की जिस प्रख्यात रेजिमेंट का ज़िक्र था, अगर उसका भेद शत्रु को मिल जाता, तो फ्रांस की सरकार को किन परिस्थितियों से गुज़रना पड़ता, यह भविष्य ही बता सकता था।

मैन्सफील्ड से प्रश्नों का जो क्रम शुरू किया गया, उसके आधार पर यह बात प्रकट हुई कि वह वास्तव में जर्मन गुप्तचरी है। उसे फ्रांस के महत्त्वपूर्ण सैनिक अड्डों की जानकारी प्राप्त करने के लिए ही वहां भेजा गया था। एक अंधियारी रात में जर्मनों ने उसे समुद्री रास्ते से फ्रांस की धरती पर उतार दिया था। जर्मनी में रहकर ही उसने फ्रेंच भाषा का अध्ययन किया था और उसमें ऐसी योग्यता प्राप्त कर ली थी कि उसकी बोलचाल को सुनकर कोई भी उसे गैर-फ्रांसीसी नहीं कह सकता था। फ्रेंच की तरह अंग्रेज़ी भाषा पर भी उसका उतना ही अधिकार था, और जर्मन तो उसकी मातृभाषा थी ही। मैन्सफील्ड का पिता जर्मन सेना का कर्नल था, उसकी मां आयरिश थी, जिसका देहान्त मैन्सफील्ड के जन्म के पांचवें वर्ष बाद ही हो गया था। उसके कर्नल पिता ने दूसरी शादी नहीं की। मैन्सफील्ड अपनी बुआ की देख-रेख में बड़ी हुई। फ्रांस की धरती पर आकर उसने पहली बार अपने शरीर का सौदा पाल रिशर से किया था। वहां उसे आए पांच महीने ही बीते थे और इस बीच उसने अपनी सरकार को तीन महत्त्वपूर्ण सूचनाएं भेजी थीं।

प्रश्नों का क्रम कोई दो घंटे तक चला। इस बीच एक बार भी मैन्सफील्ड के चेहरे की ओर देखने की हिम्मत पाल को नहीं हुई। उसने उससे जितने भी प्रश्न किए, बराबर अपनी गर्दन नीचे ही किए रहा। हां, अंतिम प्रश्न पूछते समय पाल ने साहस कर उसकी आंखों में झांका और औपचारिक ढंग से पूछा— "तुम्हें अब अपनी सफाई के लिए कुछ कहना है ?"

पाल से नज़र मिलते ही मैन्सफील्ड मुस्करायी और फिर कंधे लचकाकर बोली—"यह तो लड़ाई है। युद्ध के दिनों में ऐसा होना स्वाभाविक है। तुम जो काम कर रहे हो, वह अपने देश के लिए और मैं जो काम कर रही हूं, वह अपने देश के लिए। किन्तु मैंने स्वेच्छा से इसे नहीं अपनाया। यातनाओं से घबराकर ही मैंने इस काम को स्वीकार किया है।" इतना कहते-कहते उसकी आंखें छलछला आयीं। सैनिकों के भुजबंधन से अपने को मुक्त करती हुई वह पाल के परों में लिपटकर क्षमा की भीख मांगने लगी। दोनों सैनिक उसे उठाने की कोशिश कर रहे थे, पर वह पाल के पैरों को छोड़ नहीं रही थी।

अचानक पाल की निगाह जब मैन्सफील्ड के सिर के उन सुनहरे बालों की ओर गयी—जिन्हें उसने बिस्तर पर शुभ्र चांदनी में तकिये की पृष्ठभूमि में देखा और सहलाया था—तब उसका दिल भर आया। उसके मुंह से एक भी शब्द नहीं निकला। उसे ऐसा लगा कि उसकी जीभ तालू से सट गयी है और वह बोलने में असमर्थ हो गया है।

"मुझे बस एक बार और छोड़ दो। भगवान के लिए अंतिम बार वह आज़ादी दे दो, जो तुमने कभी स्वेच्छा से मुझे दी थी। बस एक बार और। मैं तुम्हारे पैर पड़ती हूं। मेरी यह आयु मरने की नहीं, मैं अभी जीना चाहती हूं। मुझे छोड़ दो, मैं तुम्हारे इस देश से चली जाऊंगी, विश्वास करो।" रोती हुई यह सारी बातें वह जर्मन भाषा में बोल रही थी जिससे कि पास खड़े फ्रांसीसी सैनिक समझ न पाएं। पाल ने एक क्षण के लिए उसे छोड़ देने का निश्चय किया, किन्तु उसके सचेतन मन ने उसे तुरंत समझाया—क्या दूसरी बार भी तुम अपने कर्तव्य से विमुख होगे ? बेचैनी की उन घड़ियों में पाल ने बड़ी मुश्किल से, सैनिकों से बस इतना ही कहा— "इसे ले जाओ। कल सैनिक न्यायालय में इसपर मुकदमा चलेगा।"

और, दूसरे दिन मैन्सफील्ड के मुकदमे के फैसले में ज़्यादा देर न लगी। उस दिन संयोग की बात कहिए या भाग्य की क्रूर विडंबना कि, सैनिक न्यायालय

में अध्यक्ष-पद की ज़िम्मेवारी पाल रिशर को ही संभालनी थी। उसने शान्तिपूर्वक मुजरिम की सारी बातें सुनीं और जैसा कि युद्ध के दिनों में गुप्तचरों को सज़ा दी जाती है, उसीके अनुरूप पाल ने कुमारी मैन्सफील्ड को गोली से उड़ा देने का आदेश दिया। सज़ा सुनते ही मैन्सफील्ड चीख उठी। बोली—"हाय रे निर्दयी ! कुछ भी तो ख्याल किया होता !" पाल ने उसकी चीख और वाक्य पर ज़रा भी ध्यान न दिया। फैसला सुनाने के बाद वह अदालत के कमरे के बाहर चला गया।

दूसरे दिन मैन्सफील्ड को मौत की सज़ा दी जानेवाली थी, तब उससे कुछ देर पहले पाल रिशर मैन्सफील्ड के पास आया और उससे उसकी अंतिम इच्छा के बारे में पूछा। मैन्सफील्ड ने एक ही रात में सारी परिस्थिति का मुकाबला करने के लिए अपने को उसी अनुरूप बना लिया था। उसके चेहरे पर मौत का ज़रा भी भय नहीं था। उसने पाल से बेझिझक कहा—"मुझे उस सिगरेट का एक डिब्बा चाहिए, जो मेरे एक दिन के मित्र को बड़ा प्रिय है और उसकी याद में एक छोटी-सी सुखमय छुट्टी, जिसने मुझे एक अवसर दिया किन्तु दूसरा न दे पाया।"

मैन्सफील्ड की अंतिम इच्छा सुनकर पाल ठगा-सा रह गया। उसे उसके साथ बितायी गयी रात याद आ गयी। उसने अपने को बड़ी मुश्किल से संभाला और मैन्सफील्ड की अंतिम इच्छा की पूर्ति में लग गया।

अगले दिन पाल को बताया गया कि जब कुमारी मैन्सफील्ड को जेल से उस स्थान की ओर—जहां उसे गोली मारी जाती—ले जाया जा रहा था, तब वह बड़ी बहादुरी से अपना मस्तक ऊंचा किए थी। अपने तीन तरफ खड़े बन्दुकधारी सिपाहियों को देखकर उसके चेहरे पर मौत का ज़रा भी भय नहीं छाया। उसने अपनी आंखों पर पट्टी बंधवाने से इनकार कर दिया था। वह अपनी खुली आंखों से मौत को देखना चाहती थी। एकसाथ सात बन्दूकें गरजीं और मैन्सफील्ड निष्प्राण होकर धरती पर गिर पड़ी। उसके सुनहरे बाल ज़मीन पर पड़े खून से सने कीचड़ से भर गए थे।

पाल ने उसकी मौत की कहानी सुनी, तो उसका दिल भर आया। उसे बार-बार कुमारी मैन्सफील्ड का एक वाक्य याद आता—'युद्धकाल में तो यह सब होता ही है।...'

चीन की जासूस रमणियां—

सेली क्वांग और उसकी सहेलियां

[पिछले कई वर्षों में कम्युनिस्ट चीन ने बहुत बड़ी तादाद में अपने देश से खूबसूरत लड़कियों का निर्यात किया है। ऐसी लड़कियां संसार के किसी भी हिस्से में बसे अविवाहित चीनियों के लिए वधू के रूप में भेजी जाती थीं और वैवाहिक जीवन की ओट में वे उस देश के सामरिक महत्व के स्थानों एवं व्यापारिक रहस्य आदि की सूचना चीन भेजा करती थीं। ऐसी ही चार रहस्यमयी चीनी नारियों के कारनामे पढ़िए, इस अध्याय में।]

अन्तर्राष्ट्रीय जासूसी के क्षेत्र में घृणित से घृणित कर्म करने में दो देश सबसे आगे रहे हैं। एक, हिटलर का जर्मनी, जिसके खुफिया विभाग (गेस्टापो) ने एक ज़माने में अपने शत्रुओं का भेद पाने के लिए ऐसे-ऐसे कार्य किए, जिनके बारे में जान-सुनकर हमारे रोंगटे खड़े हो जाते हैं। दूसरा स्थान है, कम्युनिस्ट चीन का। जासूसी के क्षेत्र में इस देश ने भी कई ऐसे कार्य किए हैं, जहां मानवता शर्म से सिर झुका लेती है। प्रस्तुत लेख में हम अन्तर्राष्ट्रीय क्षेत्र में चीन द्वारा की गई एक ऐसी सच्ची घटना का उल्लेख करने जा रहे हैं, जिसे पढ़कर आप अनुमान लगा सकेंगे कि अपने शत्रुओं के भेद पाने के लिए कम्युनिस्ट चीन कैसे-कैसे हथकंडों का प्रयोग करता रहता है।

सन् 1959 ई० के आरम्भ की बात है। पीकिंग रेडियो ने अपने प्रसारणों में, विदेशों में रहनेवाले चीनियों के लिए एक 'शुभ संदेश' प्रसारित करना शुरू किया। संसार के प्रायः सभी देशों में चीनी भरे पड़े हैं। कुछ दांत के डाक्टर का पेशा अपनाए हैं, तो कुछ सर्कसों में भर्ती हैं और कुछ होटलों तथा रेशम के काम में लगे हैं। किसी-किसी देश में तो इनकी संख्या इतनी अधिक है कि उन लोगों ने अपने मुहल्ले का नाम ही 'चाइना टाउन' रख लिया है। उदाहरणार्थ, भारत

की कलकत्ता नगरी में। विदेश में रहनेवाले चीनियों ने जब पीकिंग रेडियो का वह संदेश सुना, तब वहां के अध्यक्ष माओ-त्से-तुंग के प्रति वे श्रद्धाभिभूत हो उठे। उन्होंने सोचा—कितना ख्याल रखते है माओ-त्से-तुंग हम लोगों का!

पीकिंग रेडियो से नित्य कई बार प्रसारित होनेवाले उस संदेश को सुनकर अविवाहित चीनी पुरुषों की तो मानो बाछें खिल उठीं। यह बात दूसरी थी कि विदेशों में रहनेवाले चीनियों का तब कम्युनिस्ट चीन से कोई सम्पर्क नहीं रह गया था। चीनी क्रान्ति के समय भागकर वे संसार के कई देशों में आकर बस गए थे। उनका सम्बन्ध चीन में रहनेवाले अपने नाते-रिश्तेदार को कभी-कभी पत्र लिखने तक ही सीमित रह गया था। विदेश में रहनेवाले चीनियों को अक्सर शादी करने में कठिनाई होती थी; क्योंकि चीनी लड़कियों की संख्या कम थी। उनकी उस कठिनाई को दूर करने के लिए पीकिंग रेडियो ने एलान करना शुरू किया :

"विदेश में रहनेवाले अविवाहित चीनी पुरुषों की शादी के लिए अध्यक्ष माओ-त्से-तुंग अपने देश से सर्वगुण-सम्पन्न, सुन्दर चीनी कन्याएं भेजने की सहर्ष घोषणा करते हैं। विदेश में रहनेवाले चीनी, चाहे वे कम्युनिस्ट हों या गैर-कम्युनिस्ट, शादी करना चाहते हों, तो चीन में रहनेवाले अपने रिश्तेदारों के नाम खत भेजें। अपने खतों में वे अपनी उम्र, पेशा, आमदनी, मकान आदि का पूरा ब्योरा दें। उन खतों के अधार पर संसार के किसी भी देश में, अपने खर्च से अध्यक्ष माओ-त्से-तुंग चीनी कन्याएं रवाना कर देंगे।..."

रेडियो पीकिंग से यह संदेश नित्य कई भाषाओं में प्रसारित किया जाने लगा। इतना ही नहीं, अन्य कम्युनिस्ट देशों के प्रसारणों में भी ये संदेश प्रसारित किए गए। चीन के नागरिकों से कहा गया कि, विदेशों से विवाह-सम्बन्धी पत्र आने पर वे अपने रिश्तेदारों को यह विश्वास दिलाएं कि यह ब्योरो बिल्कुल सच है। फलस्वरूप कुछ ही दिनों में हज़ारों की तादाद में विदेशों में रहनेवाले अविवाहित चीनी पुरुषों ने चीन में रहनेवाले अपने-अपने रिश्तेदारों को, शादी के लिए खत भेजे। शुरू में जिन अविवाहित चीनी पुरुषों ने इस घोषणा को, कम्युनिस्ट चीन के प्रचार का एक ढोंग समझा था, उन्हें तब बड़ा पछतावा हुआ, जब उनकी आंखों के सामने, उनकी ही बस्ती में अध्यक्ष माओ-त्से-तुंग का विशेष आशीर्वाद प्राप्त कर चीनी रूपसियां आयीं और शादी कर घर-गृहस्थी में लग गयीं।

मैक्सिको में रहनेवाले एक अधेड़ चीनी व्यापारी-काओ-फैंग–ने इस सुअवसर से लाभ उठाना चाहा। अपनी अपार सम्पत्ति के लिए उसे एक वारिस चाहिए, ऐसा सोचकर उसने चीन में रहनेवाली अपनी बूआ के नाम एक खत भेजा, जिसमें उसने अपने लिए एक लड़की भिजवाने की प्रार्थना की थी। कोई एक महीने की प्रतीक्षा के बाद उसे अपनी बूआ का पत्र मिला। धड़कते हृदय से उसने पत्र पढ़ना शुरू किया। उसका चेहरा खुशी से खिल उठा। उसकी बूआ ने लिखा था कि उसके पत्र को वह शादी के दफ्तर में दे आयी है। अब शीघ्र ही उसके लिए अठारह वर्षीया एक ऐसी वधू भेजने की व्यवस्था हो रही है, जिसकी सुन्दरता पर वह रीझ उठेगा। लड़की जितनी खूबसूरत है, उतनी ही घर-गृहस्थी के काम में होशियार भी। आवश्यक लिखा-पढ़ी समाप्त होते ही, अध्यक्ष माओ-त्से-तुंग का विशेष आशीर्वाद प्राप्त कर वह लड़की हवाई जहाज़ से मैक्सिको भेज दी जाएगी।

उस दिन से काओ-फैंग को अपनी रातें काटनी मुश्किल हो गयीं। पुरुषों के लिए एक सुन्दरी की प्राप्ति की कामना के चित्र बड़े मनोहारी और सपने जैसे सुहाने होते हैं। मनुष्यों की तो बात क्या—'एक चुम्बन के लिए तो देवता बनते भिखारी।' वह बार-बार अपनी बूआ का पत्र पढ़ता। देखने में वह कमज़ोर और वृद्ध न लगे, इसके लिए उसने तरह-तरह के उपाय किए। अपनी भावी पत्नी को उपहार देने के लिए कीमती वस्तुएं खरीदीं।

लगभग दो महीने की लम्बी प्रतीक्षा के बाद उसे फिर अपनी बुआ का एक पत्र मिला, जिसमें उसने काओ-फैंग की पत्नी के मैक्सिको पहुंचने की तारीख और समय बताया था। निश्चित तिथि को काओ-फैंग दो घंटा पहले ही हवाई अड्डे पहुंचकर, इधर-उधर टहलता हुआ, बड़ी बेताबी से वायुयान की प्रतीक्षा करने लगा। उस दिन वह खूब सज-संवरकर आया था। उसे ऐसा अनुभव हो रहा था, जैसे कोई देवबाला अपने उड़नखटोले से उतरकर अपनी बांहें उसके गले में डालनेवाली है।

वायुयान की सीढ़ी पर जब उसे एक अत्यन्त रूपवती चीनी युवती दिखाई पड़ी, तब उसकी छोटी-छोटी आंखों की पुतलियां सिकुड़ गयीं। कंठ सूखने लगा। 'ओफ! इतनी सुन्दर युवती का वह पति बनेगा! यह तो अप्सरा है। अभी मुश्किल से इसकी उम्र अठारह वर्ष की होगी। वास्तव में अध्यक्ष माओ-त्से-तुंग प्रशंसा के पात्र हैं, और, यह सोचकर उसका सिर श्रद्धा से झुक गया। चीनी युवती उसके पास आयी। बोली—"मैं सेली क्वांग हूं। चीन देश के अध्यक्ष का आशीर्वाद प्राप्त

कर मैं आपकी पत्नी बनने आयी हूं। मुझे अपने साथ ले चलिए।" बेचारा काओ-फैंग बेहद घबरा गया। वह चीनी रीति-रिवाज के अनुसार बार-बार सेली-क्वांग के आगे झुकने लगा। सेली शर्म से गड़ गयी।

कार में अपनी बगल में बैठी उस युवती के कीमती रेशमी वस्त्रों की सरसराहट की आवाज़ के बीच काओ-फैंग अपनी सुध-बुध भूलता जा रहा था। उसे ऐसा लग रहा था कि मानो वह कोई सुखद स्वप्न देख रहा हो। वह किस तरह उससे बात करना शुरू करे, यह सोच ही रहा था कि युवती बोल उठी—"हम चार लड़कियां आज एकसाथ ही रवाना हुई थीं। मैं आपकी पत्नी बनने आयी हूं। शेष तीन लड़कियां अन्य देशों को चली गई।" फिर एक-दो क्षण मौन रहने के बाद सेली क्वांग ने शरमाते हुए काओ-फैंग से पूछा—"मैं पसन्द आयी, आपको ?"

काओ-फैंग से जवाब देते न बना। उसने सिर हिलाकर अपनी स्वीकृति दी।

एक छोटे किन्तु अत्यन्त आकर्षक फ्लैट के सामने उनकी कार रुकी। अपने नये घर में प्रवेश करते ही सेली बोल उठी—"वाह ! कितना सुन्दर है हमारा घर !" इधर-उधर देखती हुई वह उस कमरे में पहुंची, जिसे विशेष रूप से उसके लिए ही सजाया गया था। ताज़े फूलों की महक से सारा कमरा भर उठा था। पलंग के गद्दे पर लाल मखमल की ज़रीदार किनारोंवाली चादर पड़ी थी और उसी रंग के ताज़े फूल गुलदस्तों में बड़े सलीके से रखे थे। सेली क्वांग को वहां आराम करने को कह, काओ-फैंग स्वयं भोजन के प्रबन्ध में लगा। उस दिन उसके बदन में गज़ब की फुर्ती आ गयी थी। 'मेरे पास यह है, वह है, तुम्हें किसी तरह की तकलीफ न होगी, रानी बनकर रहोगी', आदि अनाप-सनाप बकता हुआ वह सेली क्वांग के आगे-पीछे चक्कर काटता रहा।

दूसरे ही दिन, काओ-फैंग ने चीनी रीति के अनुसार सेली क्वांग से शादी कर ली। जिस किसीने उसकी पत्नी को देखा, उसने उसके भाग्य की सराहना और माओ-त्से-तुंग की प्रशंसा की। शादी की पहली रात इधर-उधर की बातों में ही कट गयी। उस रात फैंग ने अपनी नवपरिणीता को विस्तार से यह बताया कि मैक्सिको के इस प्रसिद्ध बन्दरगाह में वह जहाज़ों पर खाद्य-सामग्री सप्लाई करने को ठेका लेता है। यहां के बन्दरगाह में किन-किन देशों के जहाज़ तेल लेने आते हैं, तेल का रोज़गार कैसे होता है, तेल-व्यवसाय में किस-किस देश का आधिपत्य है, आदि बातों का ब्योरा उसने अपनी पत्नी को बताया। सेली ने सबसे अधिक

रुचि प्रशान्त महासागर से गुज़रनेवाले जहाजों के प्रति ली। उस सम्बन्ध में कई तरह के प्रश्न करके उसने सारी जानकारी प्राप्त की।

अब उनके वैवाहिक जीवन के दिन आमोद-प्रमोद में गुज़रने लगे। सेली क्वांग जैसी पत्नी पाकर काओ-फैंग निहाल हो उठा था। छुट्टी के दिनों में वह अक्सर अपनी पत्नी को मैक्सिको के विभिन्न स्थानों में ले जाता।

एक दिन, रात में सोते समय उसने सेली से सुबह जल्दी जगा देने की बात कही। सेली ने जब यह पूछा कि इतना सवेरे उठकर उसे क्या करना है, तब उसने बताया कि एक विशाल ब्रिटिश तैलवाहक जहाज़ लाखों गेलन तेल लेकर फारमोसा में च्यांग-काई-शेक का सरकार को पहुंचाने जा रहा है। उस जहाज़ के कर्मचारियों के लिए उसे खाद्य-सामग्री एवं ताज़े फलों की सप्लाई करनी है। इस काम से उसे हज़ारों रूपये का लाभ होगा। सुबह अगर उठने में देर हो गयी, तो यह सौदा हाथ से निकल जाएगा; क्योंकि अभी वह जहाज़ पनामा नहर से गुज़र रहा है और जल्द ही यहां पहुंचकर लंगर डालेगा।

भोर में काओ-फैंग की नींद खुली, तो उसने देखा कि उसकी पत्नी उससे पहले ही जाग गयी है और कहीं फोन कर रही है। कैग ने उससे पूछा कि इतना सवेरे वह किसे फोन कर रही है, तो उसने बताया, रात से मेरी तबीयत ठीक नहीं। खट्टी डकार एवं कलेजे में जलन हो रही है। एक दवाखाने को फोन कर कुछ दवाइयां मंगवाई हैं।

थोड़ी देर बाद काओ-फैग अपने काम से रवाना हो गया। हां, जाते समय वह सेली से यह कहता गया कि, अगर उसकी तबीयत ज़्यादा खराब हो, तो उसे शीघ्र फोन कर दे।

काओ-फैंग के जाने के लगभग आध घंटे बाद सेली क्वांग के पास एक युवक आया। उसके हाथ में दवा की कुछ शीशियां थीं। पैसे लेकर वह चलता बना। राह में सेली क्वांग द्वारा दिए गए नोट पर बने एक छोटे-से नक्शे और संकेत को वह गौर से देखता जा रहा था। कोई घंटे-भर बाद मैक्सिको की खुफिया जहाज़ी पुलिस ने अपने वायरलेस सेट पर एक गुप्त संकेत प्रसारित होते हुए सुना। बहुत प्रयत्न करने पर भी वे उन गुप्त संकेतों का अर्थ न समझ पाए। उस संकेत के रिकार्ड किए अंश को तुरन्त मुख्यालय भेजते हुए खुफिया पुलिस ने लिखा कि यह गुप्त संकेत मैक्सिको के ही किसी हिस्से से प्रसारित हुआ है। सारे देश को खुफिया पुलिस सतर्क हो गयी। इस बात का पता लगाया जाने लगा कि आखिर यह संदेश किसने, कहां

से प्रसारित किया। किन्तु, वह गुप्त संदेश जिसके लिए प्रसारित किया गया था, वह अपना काम करने के लिए निद्दष्ट स्थान पर पहुंच चुका था।

पनामा के नहरी क्षेत्र में एक व्यक्ति झाड़ियों एवं पेड़ों की ओट में लुकता-छिपता आगे बढ़ रहा था। वह व्यक्ति उस तैलवाही जहाज़ (जिसका ज़िक्र काओ-फैंग ने अपनी पत्नी सेली से किया था) से लगभग सौ गज़ ही दूर रह गया कि बंदरगाह में तैनात एक सशस्त्र सन्तरी की निगाह उसपर पड़ गयी। उसे उस व्यक्ति पर संदेह हुआ। सन्तरी ने उसे चेतावनी दी। जब उसने भागने की कोशिश की, तब सन्तरी ने उसके पैर में गोली मार दी। घायल व्यक्ति की तलाशी ली गयी। उसके पास से एक जीवित बम बरामद हुआ। उसने बताया कि वह कम्युनिस्ट है। इस बम को वह ब्रिटिश तैलवाही जहाज़ पर रखने जा रहा था। घायल व्यक्ति तत्काल गिरफ्तार कर लिया गया।

तुरन्त बेतार के ज़रिये कई देशों की खुफिया पुलिस को सावधान कर दिया गया। अमरीकी गुप्तचर संस्था 'पेंटागन' को समाचार भेजकर जांच-पड़ताल के लिए आवश्यक मदद मांगी गयी। हांगकांग, होनोलूलू, फारमोसा, पनामा एवं मैक्सिको के बन्दरगाह क्षेत्र में पहरे कड़े कर दिए गए। सभी जगह खुफिया पुलिस की दौड़-धूप शुरू हो गयी।

इस घटना के तीन दिन बाद काओ-फैंग रात्रि-भोजन के पश्चात् चीनी चाय की चुस्कियां ले रहा था। उसकी हसीन, आज्ञाकारी पत्नी पास ही बैठी थी। दोनों प्रेमचर्चा में मग्न होकर सोने की तैयारी कर रहे थे कि किसीने उनके दरवाज़े पर दस्तक दी। काओ के हाथ में चाय का प्याला था, अतः दरवाज़ा खोलने के लिए सेली आगे बढ़ी। अपने घर के दरवाज़े पर खड़े व्यक्ति को देखते ही उसके पैरों तले से धरती खिसक गई। दरवाज़े पर खड़ा व्यक्ति एक फौजी सार्जेण्ट था, जिसके हाथों में रिवाल्वर थी। रिवाल्वर की नली सेली की छाती की ओर तनी थी और सार्जेण्ट के पीछे दो फौजी सन्तरी टामीगन संभाले खड़े थे। रिवाल्वरधारी ने आगे बढ़कर पूछा—"क्या आप ही श्रीमती काओ-फैंग हैं ?"

"हां।" उसने संक्षिप्त उत्तर दिया।

"मेरे साथ चलिए।"

"कहां ?" सेली ने पूछा।

"पुलिस स्टेशन। बाहर पुलिस की गाड़ी खड़ी है। अगर ज़रा भी चीं-चपड़ की,

तो गोली मार दूंगा।"

उधर देर होती देख, काओ-फैंग वहीं से चिल्लाया—"कौन है, किससे बातें कर रही हो?" और वह भी दरवाज़े पर आ गया। वहां का नज़ारा देख उसके होश उड़ गए। कप्तान ने काओ-फैंग से पूछा—"यह आपकी पत्नी है?"

"जी हां। लेकिन बात क्या है?" बेहद घबरायी हुई अवाज़ में काओ-फैंग ने पूछा।

"हम आपकी पत्नी को गिरफ्तार करने आए हैं। यह है गिरफ्तारी का वारंट।"

"नहीं, नहीं, ऐसा नहीं हो सकता। इससे अनजाने कोई गलत हुई होगी। यह यहां नयी-नयी आयी है। यहां के नियमों से पूरी तरह परिचित नहीं हैं। गलती होना स्वाभाविक है। कहीं आप किसी और की तलाश तो नहीं कर रहे? गलती से यहां..."

"बको मत। हम ठीक जगह पर पहुंचे हैं।" सार्जेण्ट सेली की और मुड़ा। बोला—"चलो, हमारे साथ।"

"चलती हूं। ज़रा अपने मोज़े दुरुस्तकर लूं।" कहकर सेली अपने पैरों की ओर झुकी और देखते ही देखते उसने मोज़े के भीतर से एक छोटा-सा पिस्तौल निकालकर हाथ में ले लिया। सार्जेण्ट सतर्क था। सेली गोली चला पाती, उससे पूर्व ही उसने अपनी रिवाल्वर चला दी। अपनी पत्नी से लिपटने के लिए काओ-फैंग आगे आया ही था कि सार्जेण्ट की गोली उसकी छाती को पार कर गयी। हतभागा काओ, सेली और गोली के बीच में आ गया था। इसी बीच टामीगनधारी सैनिकों ने सेली क्वांग को पकड़ लिया। घायल काओ पलंग पर लिटा दिया गया। वह अन्तिम सांस ले रहा था। उसे बताया गया कि कम्युनिस्ट चीन से आनेवाली यह लड़की वास्तव में एक खतरनाक जासूस है, जो वहां के अध्यक्ष माओ-त्से-तुंग के विशेष निर्देश पर पैट्रोल पाइप के सारे नक्शे तैयार करने, उन्हें नष्ट करने के छोटे हथियारों एवं ट्रांसमीटर आदि से लैस होकर आयी है। काओ को सहज ही विश्वास नहीं हुआ कि यह सुन्दर नारी इतना खतरनाक काम भी करती है। उसकी आंखें पथराने लगीं और कुछ ही देर बाद एक वारिस के लिए शादी करनेवाला काओ फैंग अपनी सारी सम्पत्ति को लावारिस छोड़कर दुनिया से चल बसा।

अपनी आंखों के सामने पति को दम तोड़ते देख सेली क्वांग ज़रा भी विचलित न हुई। उसकी आंख से एक बूंद आंसू भी नहीं गिरा। पुलिस के पहरे में वह खुफिया विभाग ले जायी गयी। जेल में चौबीस दिनों तक उससे लगातार कई तरह के प्रश्न पूछे

गए। उधर पनामा क्षेत्र में पुलिस की गोली से घायल व्यक्ति से भी पूछ-ताछ की जाती रही। सेली क्वांग और उस व्यक्ति के उत्तरों से पुलिस इस निष्कर्ष पर पहुंची कि समस्त पनामा क्षेत्र में कम्युनिस्टों ने जासूसी का जाल बिछा रखा है। विदेशी शरणार्थी इस काम को अंजाम दे रहे हैं। ऐसे जासूस शरणार्थियों को सेली क्वांग महत्त्वपूर्ण सहयोग देती आयी है और इस काम में उसने प्रमुख भूमिका अदा की है। सेली क्वांग ने खुफिया पुलिस को यह भी बताया कि कम्युनिस्ट चीन ने विदेशों में रहनेवाले अविवाहित चीनियों को अब तक एक हज़ार अठारह ऐसी पत्नियां भेजी हैं, जो जासूसी के कामों में दक्ष हैं। लगभग छ: सौ जासूस चीनी पत्नियां जापान, इंडोनेशिया, फिलीपीन, स्याम, मलाया और बर्मा में वैवाहिक जीवन की ओट में जासूसी कर रही हैं।

'पेंटागन' ने सेली क्वांग की गिरफ्तारी की सूचना अपने मित्रराष्ट्रों को दी। उन्हें सारी परिस्थिति से अवगत कराया। ब्रिटेन और फ्रांस की सरकार चौकन्नी हो गयी। सबसे अधिक चिन्ता तो ब्रिटेन को हुई; क्योंकि वैसी सुन्दर जासूस पत्नियों का निर्यात चीन हांगकांग के हवाई अड्डे से ही करता था। सेली क्वांग भी उसी हवाई अड्डे से मैक्सिको के लिए उड़ी थी। अतः, इस बात का पता लगाया जाने लगा कि सेली क्वांग की उड़ान के दिन उस हवाई अड्डे पर कौन अधिकारी तैनात था, किसने उनके पासपोर्ट आदि की जांच की थी। शायद इस छानबीन से उस दिन उड़नेवाली दूसरी चीनी युवतियों का सूराग लग सके।

उस दिन हांगकांग के हवाई-अड्डे पर तैनात स्काटिश इंस्पेक्टर को अब भी अच्छी तरह याद था कि रेशमी वस्त्रों से सजी-धजी, खूब तेज सेंट लगाए, चार युवतियां एकसाथ, एक ही मोटर पर आयी थीं। उनमें से दो इतनी सुन्दर थीं कि उनकी सुन्दरता देख वह कई क्षणों तक रजिस्टर उलटना भूल गया था। स्काटिश इंस्पेक्टर के स्मृति-पटल पर अब भी उन युवतियों के चित्र अंकित थे। रजिस्टर देखकर उसने सूचना भेजी कि, उस दिन हांगकांग के हवाई अड्डे से उड़नेवाली उन चारों लड़कियों के नाम थे—सेली क्वांग, अन्नाकांग, आइरीन हो और भेरी-बू।

सेली क्वांग तो गिरफ्तार हो चुकी थी, किन्तु शेष तीन लड़कियां किस देश में, किसकी पत्नी बनीं, यह पता लगाना आसान काम न था। सेली क्वांग उन लड़कियों के बारे में लाख प्रयत्न करने पर भी कुछ नहीं बता रही थी। पुलिस को पूर्ण विश्वास था कि वे सभी निश्चय ही पत्नी बनकर किसी न किसी विध्वंस-कार्य में लगी होंगी। मित्रराष्ट्रों को उनके नाम, रंग-रूप, कद आदि के बारे में जानकारी

दी गयी। चीनी बस्तियों, होटलों, रेस्तराओं एवं वेश्यालयों में खुफिया पुलिस ने खोज शुरू की।

कुछ दिन बाद स्काटिश इंस्पेक्टर ने अपनी याददाश्त के बल पर यह सूचना भेजी कि उन चार लड़कियों में से एक उतनी सुन्दर नहीं थी। हां, उसकी चाल बड़ी गज़ब की थी। वह हरदम ऐसे चला करती थी, मानो स्टेज पर थिरक रही हो। संभवतः नर्तकी रही होगी। उसका कद नाटा और शरीर हृष्ट-पुष्ट था। उसके सिर के बाल कंधों तक कटे थे। बायें गाल पर एक बड़ा-सा तिल था। उसकी उम्र अठारह-उन्नीस वर्ष से अधिक नहीं थी। उसे यह अच्छी तरह याद है कि उसके पासपोर्ट पर उसका नाम लिखा था—'मेरी-बू'।

खुफिया पुलिस ने अपनी फाइलें उलटनी शुरू कीं, तो उन्हें ज्ञात हुआ कि बहुत छोटी उम्र से नृत्य का पेशा अपनानेवाली इस नाम की एक चीनी लड़की है अवश्य, जिसने अब तक कई देशों में अपने नृत्य का प्रदर्शन किया है। रिकार्ड उलटे गए। आवश्यक सूचनाएं एकत्र की जाने लगीं। कई देशों की खुफिया पुलिस के अथक परिश्रम के बाद यह रहस्य प्रकट हुआ कि उस लड़की को चीन की लाल सेना के एक अधिकारी ने कई महीनों तक अपने पास रखा था। संभवतः उस अवधि में वह उसे गुप्तचर्या-सम्बन्धी प्रशिक्षण देता रहा हो। उसने उस लड़की का परिचय अपने अधीन रहनेवाले कई सैनिक अफसरों से भी कराया था और अन्तिम बार उस लड़की के पास जापान का पासपोर्ट देखा गया था।

अतः, जापान के प्रसिद्ध होटलों एवं नाइट-क्लबों में 'मेरी-बू' की खोज आरम्भ हुई। कुछ दिनों के बाद खुफिया पुलिस को यह पता चला कि एक प्रसिद्ध नाइट-क्लब में महीनों पूर्व एक चीनी लड़की बड़े मोहक नृत्यों का प्रदर्शन करती थी, किन्तु अब वह यहां से कनाडा चली गयी है। कनाडा की खुफिया पुलिस को तत्काल सूचित किया गया। दौड़-धूप शुरू हुई। कई हफ्ते की छानबीन के बाद यह भेद प्रकट हुआ कि जापान से आनेवाली वह नर्तकी कनाडा के एक प्रसिद्ध चीनी सौदागर की पत्नी बन गई है। कनाडा के समस्त रेशम-व्यवसाय पर आधिपत्य रखनेवाले उस धनी चीनी व्यवसायी ने भी कम्युनिस्ट चीन से अपने लिए एक चीनी पत्नी मंगवायी थी। 'मेरी-बू' उन दिनों जापान में अपने नृत्य का प्रदर्शन कर रही थी। वहीं उसे कनाडा जाने और वहां के उस व्यवसायी से शादी करने के लिए तार मिला। वह कनाडा रवाना हो गयी।

कनाडा में चीनी सौदागर की पत्नी बनकर 'मेरी-बू' रानी बनी हुई थी। उसके

कनाडियन चीनी पति ने उसे हीरे-जवाहरातों से लाद दिया था। उसकी रेशमी पोशाक में हीरे और प्लाटिनम जड़े रहते थे। इतना ही नहीं, उसके पति ने उसके लिए एक नयी लाल खुली कार खरीद दी थी। वह रोज़ शाम को सज-संवरकर उस खुली कार पर सवार हो घूमने जाया करती थी। देखनेवाले लोग उसे 'लाल गाड़ी की गुड़िया' कहा करते थे।

कनाडा की खुफिया पुलिस ने मेरी-बू पर निगाहें रखनी शुरू कीं। मगर, महीनों तक उन्हें उसकी जासूसी का कोई सबूत न मिला। कुछ अधिकारियों का यह ख्याल था कि धनी पति पाकर वह कीमती वस्त्राभूषणों में रम गयी है और कम्युनिस्ट चीन के लिए जासूसी करना छोड़ चुकी है। आजिज़ आकर खुफिया पुलिस ने अपने मुख्यालय से अगले कदम के बारे में पूछा। वहां से जवाब आया—"धेयपूर्वक, सावधानी से उसपर निगाह रखो।"

कई हफ्तों की सतत निगरानी के बाद भी जब कोई सबूत न मिला, तब खुफिया पुलिस का धैर्य टूटने लगा। उन्हें यह देखकर बड़ी हैरानी होती कि मेरी-बू न किसीसे मिलती है और न कोई उससे मिलने के लिए ही आता है। टेलीफोन भी अक्सर वह सिनेमा को ही करती है।

अन्ततः 26 अप्रैल, सन् 1960 ई० को कनाडा की खुफिया पुलिस ने यह भेद पा ही लिया कि मेरी-बू के मातहत दो ऐसे जासूस हैं, जो उसके निर्देश पर सारा काम करते हैं। उनमें एक का नाम है—लाक्रंस और दूसरे का जार्ज ब्लाक। ला-क्रंस का पिता चीनी था और मां एक कनाडियन शरणार्थी। कनाडा के हवाई अड्डे पर वह अमरीका और एशिया के बीच आने-जानेवाले हवाई जहाज़ों पर खानसामे का काम करता था। यहीं से वह मेरी-बू द्वारा दी गयी गुप्त सूचनाएं पंचमांगियों तक पहुंचाया करता था। विशेष छानबीन के लिए ला-क्रंस को गिरफ्तार करना आवश्यक था।

एक रात को पुलिस जब उसे गिरफ्तार करने पहुंची, तब उसके हाथ में एक भरी हुई पिस्तौल और दूसरे में नौ इंच लम्बा छुरा था। पुलिस को देखते ही ला-क्रंस ने उनपर हमला कर दिया। उसकी गोली से एक सार्जेण्ट घायल हो गया। दो पुलिस-मैन को उसके छुरे से घाव लगे। बड़ी मुश्किल से ला-क्रंस जीवित पकड़ लिया गया। पुलिस ने उसके हाथ-पैर बांध दिए और फिर सिर के बाल पकड़कर घसीटते हुए उसे पुलिस-वान तक ले आई। अब वह जेल में डाल दिया गया।

मेरी-बू का दूसरा सहकारी था—जार्ज ब्लाक, जो एक ड्राफ्टमैन तो था

ही, साथ ही, कुशल फोटोग्राफर भी। अपने विद्यार्थी-जीवन से ही वह कम्युनिस्ट विचारधारा वाले छात्रों का नेता रहा था। उसका काम इतना ही था कि मेरी-बू की तैयार की हुई लम्बी-चौड़ी रिपोर्ट को फोटो द्वारा एक नाखून के आकार में परिवर्तित कर देना। जिस समय पुलिस उसे गिरफ्तार करने पहुंची, उस समय वह अमरीका और कनाडा के सहयोग से बननेवाले सैनिक महत्त्व के एक राडार-सम्बन्धी रिपोर्ट की फोटो-प्रति तैयार कर रहा था। उसने पुलिस के आगे आत्मसमर्पण कर दिया। तलाशी के समय पुलिस ने कई संदिग्ध वस्तुएं उसके फ्लैट से बरामद कीं।

सामरिक महत्त्व के उस राडार के बारे में सारी सूचनाएं मेरी-बू को किस तरह मिल गयीं, यह बात खुफिया पुलिस की समझ में नहीं आ रही थी। यह भेद बिना 'लाल मोटर की गुड़िया' को गिरफ्तार किए नहीं प्रकट हो सकता था। एक दिन जब वह अपनी खुली लाल मोटर पर कनाडा की निर्जन सड़कों पर घूम रही थी, तब पुलिस ने उसे गिरफ्तार कर लिया। अपनी गिरफ्तारी के समय उसने न झगड़ा किया और न चीखी-चिल्लायी । वह अपने काम को अंजाम तो जानती ही थी। हां, गिरफ्तारी के समय उसने सिर्फ इतना ही कहा—"चलो, अच्छा ही हुआ । रोज़ रात में उस कामुक बूढ़े की बांहों में पिसने से अब छुट्टी मिल गयी । यही क्या कम है ?"

पुलिस की गाड़ी में बैठते समय एक गहरी सांस लेकर वह बोली—"मैडम विंग, तुम्हें अफसोस होगा कि अब तुम्हारी सबसे प्रिय शिष्या तुमसे कभी न मिल सकेगी।..."

'मैडम विंग' का नाम सुनते ही पुलिस के कान खड़े हुए। कौन है यह मैडम विंग, कहां रहती है, क्या करती है, कहां से आयी है—आदि अनेक प्रश्न मेरी-बू से पूछे गए, मगर, उसने एक बार जो चुप्पी साधी, तो फिर कई तरह की यातनाओं के बाद भी उसने उसके बारे में कुछ नहीं बताया।

अमरीका और कनाडा के सहयोग से बननेवाले सैनिक महत्त्व के उस राडार के बारे में मेरी-बू को किस तरह पूरी सूचना प्राप्त हुई—इस सम्बन्ध में पाठक अवश्य जानना चाहेंगे। मेरी-बू का देवर एक प्रसिद्ध ठेकेदार था। उसने उस राडार-क्षेत्र में बहुत-से सामानों की पूर्ति का ठेका लिया था। मेरी-बू अक्सर अपने देवर के साथ वहां आती-जाती थी। वह अपनी सतर्क निगाहों से वहां सब कुछ देखा करती थी। आंखों देखी बात के आधार पर उसने वह रिपोर्ट तैयार की

थी। किन्तु, उतनी लम्बी-चौड़ी रिपोर्ट भेजने में पकड़े जाने का भय था, अतः उसने जार्ज ब्लाक को सूक्ष्म आकार का फोटो तैयार करने को दिया था।

पुलिस की गिरफ्त में पड़कर, चीन की दोनों रहस्यमयी नारियां धीरे-धीरे अपने सारे भेद प्रकट करने लगीं। 'मेरी-बू' की सूचना के आधार पग हांगकांग की गुप्तचर पुलिस उस तीसरी रहस्यमयी नारी की तलाश में थी, जिसका नाम था—अन्नाकांग। अन्नाकांग में वह सब कुछ था, जो एक जासूस नारी के पास होना चाहिए। टटके फुल-सा खिला हुआ स्वास्थ्य। सहज अकृत्रिम स्वभाव। कद की कुछ ठिंगनी। जिस्म भरा, कुछ गठा-फूला, चीनी रंग में कसे अवयव। मधुर पराजित कर देनेवाली मुस्कान, अशावादी तारुण्य की शक्ति, जो रूज़ और पाउडर की मिलावट पाकर भी किसी अंश में दूषित नहीं हुई थी। वसन्त के प्रभाव जैसा ताज़ा था अन्नाकांग का चीनी नारीत्व। रूप की ऐसी अप्सरा को अपनी अर्द्धांगिनी के रूप में पाकर मनीला का वह चीनी व्यापारी (जो जंगली लकड़ियों एवं मिट्टी के तेल आदि का थोक व्यापार करता था) गद्गद हो उठा। पत्नी बनकर अन्नाकांग ने उस सुनहरे अवसर से भरपूर लाभ उठाया। वह अपने फर्ज़ी पति के संगृहीत धन को फैशन के पीछे पानी की तरह बहाने लगी। वह अपने लिए कीमती से कीमती वस्त्र सिलवाती। सैर-सपाटे के समय वह ऐसी पोशाक पहनकर निकलती, जिससे उसके शरीर के प्रत्येक अवयव का प्रदर्शन हो सके। ऐसे वस्त्रों में वह अक्सर किसी ऐसे होटल या क्लब में चली जाती, जहां नौसैनिक अधिकारी आया करते थे। वह नौसैनिकों से हंस-हंसकर बातें करती, उनके साथ शराब पीती और फिर साथ नाचती भी। वह सदा इस कोशिश में रहती, जिससे उसके झीने वस्त्रों से झांकते सुन्दर स्वस्थ शरीर के प्रति कोई रुचि ले और वह उसे उन्मत्त बनाकर भेद की बातें जान सके।

अन्नाकांग के इस अंग-प्रदर्शन का परिणाम उसके मनोनुकूल हुआ। चन्द ही दिनों में वह मनीला के होटलों एवं क्लबों की 'नायिका' बन बैठी। उसके परिचितों की संख्या दिन पर दिन बढ़ती ही गयी। होटल में अन्नाकांग के पदार्पण करते ही, वहां बैठे नौसैनिक अधिकारियों में मानो नयी जान आ जाती। लोग उसे घेर लेते। पुरुषों को लुभाने की कला में प्रवीण अन्नाकांग अवसर की ताक में रहती। वह नौसैनिक अफसरों से छेड़छाड़ करती। उसकी यह छेड़छाड़ उस सीमा तक पहुंच जाती कि, अगर कोई नौसैनिक अफसर उसे अपनी गोद में बिठा लेता, तो वह

ज़रा भी आनाकानी नहीं करती। प्यार के इन झूठे नाटकों के बीच वह उस देश की नौसेना-संबंधी सारी कार्यवाहियों का पता लगा लेती थी और देखते ही देखते वह उन होटलों से इकट्ठी की गई सूचनाएं गन्तव्य स्थान तक पहुंचा दिया करती थी।

अन्नाकांग के गुप्तचरी का ढंग सर्वथा निराला था। वह नौसैनिक अफसरों से छेड़छाड़ करती, उस स्थान तक पहुंच जाती, जहां उसके 'आदमी' बैठे रहते। वह कभी एक के पास तो कभी दूसरे के पास थोड़ी-थोड़ी देर बैठा रहकर वह गुप्त संदेश रवाना कर देती। ऐसी स्वच्छंद गुड़िया को हांगकांग की ब्रिटिश खुफिया पुलिस को खोजने में देर न लगी। वह फिलपाइन पुलिस की मदद से अन्नकांग की प्रत्येक गतिविधि पर नज़र रखने लगी।

एक दिन होटल में उसी छेड़छाड़ के बीच अन्नाकांग ने जैसे ही एक व्यक्ति को कोई गुप्त संदेश दिया, एक गुप्तचर पुलिस ने अपनी पैनी नज़रों से देख लिया। होटल से बाहर निकलते ही उस आदमी का पीछा किया गया। वह व्यक्ति वहां से फिलिपाइन के समुद्री तट की ओर बढ़ा जा रहा था। उस समय रात हो आई थी। समुद्र में बड़े ज़ोर का तूफान उठा था। हवा बड़ी तेज़ी से सायं-सायं कर बह रही थी। समुद्र-तट श्मशान की भांति नज़र आता था। पीछा करनेवाली गुप्तचर पुलिस ने देखा कि एक स्थान पर वह व्यक्ति रुका। थोड़ी देर बाद उसने एक बहुत तेज़ फ्लैश लाइट समुद्र की ओर फेंकी। उफनते हुए समुद्र में एक विशाल चीनी जंगी पनडुब्बी ने सिर निकाला। तीन बार फ्लैश की तेज़ चमक का संकेत पाकर वह गोता लगा गई। फिलिपाइन पुलिस उस चीनी जंगी पनडुब्बी पर किसी तरह की सैनिक कार्यवाई नहीं कर सकती थी, क्योंकि उनका चीन से कोई झगड़ा न था। हां, गुप्तचर पुलिस ने तत्काल वायरलेस द्वारा अपने उच्च अधिकारी को उस पनडुब्बी के बारे में सूचित किया। आदेश मिला कि पनडुब्बी की चिन्ता मत करो। उस आदमी का पीछा कर उसे गिरफ्तार कर लो।

चीनी जंगी पनडुब्बी को संकेत देनेवाला वह व्यक्ति जब वापस लौट रहा था, तब पुलिस ने उसे अपने दोनों हाथ ऊपर उठाने की चेतावनी दी। वह तुरत गिरफ्तार कर लिया गया। प्रारंभ में उस व्यक्ति ने अपने तथा अन्य साथियों के बारे में पुलिस को कुछ भी नहीं बताया। पर, जब उसकी अच्छी तरह मरम्मत की गई, तब एक-एक कर उसने सारे भेद उगलने शुरू किए।

फिलिपाइन के समुद्री तट पर चीन की जंगी पनडुब्बी को गुप्त संकेत देने

वाला वह व्यक्ति एक प्रसिद्ध कम्युनिस्ट था, जो वहां की कम्युनिस्ट पार्टी का सक्रिय कार्यकर्ता था। पार्टी में वह 'कैप्टन विला' के नाम से प्रसिद्ध था। उसने यह स्वीकार किया कि उसके कार्यकर्ता पार्टी के आदेश पर यहां की राष्ट्रीय सरकार का तख्ता उलटने के लिए आए दिन तोड़-फोड़ किया करते हैं। 'कैप्टन विला' ने पुलिस को यह भी बताया कि उसके कस्बे में मात्र एक अन्नाकांग ही चीन से नहीं आई, बल्कि उसके आने के कुछ दिनों बाद एक और चीनी लड़की आई है—बिग येन, जिसने रेशमी वस्त्रों के व्यापारी लु-चुआन से शादी की है और यहां से सारी खबरें चीन भेजा करती है।

उधर फिलिपाइन की गुप्तचर पुलिस ने तत्काल हांगकांग-स्थित ब्रिटिश गुप्तचर अधिकारी सैमुएल को चीन की उस पनडुब्बी के बारे में सारी जानकारी दी। उसे यह भी बताया कि पनडुब्बी संभवतः यहां के समुद्र से विदा हो चुकी है और अब अपना काम समाप्त कर चीन की ओर लौट रही है। इस सूचना के आधार पर पहरे कड़े कर दिए गए। वायुसेना को किसी भी आकस्मिक हमले से निपटने के लिए सतर्क कर दिया गया। नौसेना ने भी अपने मोर्चे संभाल लिए। समुद्र में कई जगह बारूदी सुरंगें बिछा दी गईं। तीसरे ही दिन कई देशों के प्रसारण-केन्द्रों से यह समाचार प्रसारित हुआ कि च्यांग-काई-शेक की सरकार की वायुसेना ने चीन लौटती हुई एक विशाल जंगी पनडुब्बी का अपनी समुद्री सीमा में खात्मा कर दिया।

इधर 'कैप्टन विला' की सूचना के आधार पर फिलिपाइन की पुसिस ने अन्नाकांग को एक प्रसिद्ध होटल में उस समय गिरफ्तार किया, जब वह अपने चाहनेवालों के बीच बैठी ज़िन्दगी के मज़े ले रही थी। उसकी गिरफ्तारी के बाद लोगों को यह बात समझ में आई कि इतनी सुन्दर स्त्री वास्तव में एक ऐसी नागिन है, जिसके काटे का कोई इलाज नहीं। बात की बात में उसकी गिरफ्तारी की खबर चारों तरफ फैल गई। झुंड के झुंड लोग होटल की ओर उमड़ पड़े और उस उमड़ती हुई भीड़ पर पुलिस ने बड़ी मुश्किल से काबू पाया।

फिलिपाइन की पुलिस का शुरू से ही यह विश्वास था कि कैप्टन विला की तरह अन्नाकांग भी आसानी से अपना भेद नहीं बताएगी। मगर, उनका यह विश्वास उस समय ढह गया, जब अन्ना ने बिना किसी दबाव के अपना सारा भेद बताना शुरू किया। पुलिस के कई अधिकारी खुश थे कि अब जांच के काम में बड़ी आसानी होगी। किन्तु, उनके एक बूढ़े अफसर ने अपने सिर के बाल धूप में नहीं सफेद किए थे। उसे कम्युनिस्ट जासूसों का पूरा अनुभव था। वह जानता

था कि, अगर अन्ना की बातों पर विश्वास कर तदनुसार कार्यवाही की गई, तो हमें हाथ कुछ न लगेगा, बल्कि हम गुमराह हो जाएंगे। उसने अन्नाकांग को एक अंधेरी कोठरी में बन्द कर देने का आदेश दिया

लगभग दो बजे रात्रि में वह वृद्ध अधिकारी अपने कुछ सहयोगियों के साथ पुलिस स्टेशन आया। उसके इशारे पर अन्नाकांग काल-कोठरी से बाहर लाई गई और उसे पुलिस अफसरों के कमरे में पहुंचा दिया गया। उसके आगे एक छोटा-सा बक्सा रखकर उसे उसका ढक्कन खोलने को कहा गया। ज्योंही अन्ना ने उस बक्से का ढक्क उठाया, त्योंही उसमें से दो-तीन मांसभक्षी मोटे चूहे चिचियाते हुए अन्ना के बदन पर कूद गए। उन विशाल चूहों को देखते ही अन्ना चीखकर बेहोश हो गई। बूढ़े अधिकारी ने मुस्कराते हुए अपने सामने बैठे अफसरों से कहा—"अब देखिए, सचाई अब आपके सामने प्रकट होगी।" बेहोश अन्ना होश में लाई गई। फिर तो उसने अपने सारे भेद बताने शुरू किए :

"...जब से मैंने अपना होश संभाला, मैं चीन के कम्युनिस्ट युवक संघ की सदस्या रही हूं। ग्यारह वर्ष की अवस्था से ही उस संघ में रहकर मुझे तरह-तरह के व्यायामों को करने का प्रशिक्षण दिया गया। हम तीन भाई-बहन युवक संघ के सदस्य थे। वहां की पढ़ाई में हमें मार्क्सवाद की शिक्षा मिली। युवक संघ के हर कार्य में मैं विशेष दिलचस्पी लेती थी। उस संघ में जितने भी युवक-युवतियां थीं, उनमें मैं सबसे तेज़ समझी जाती थी।

"एक दिन लाल सेना का एक अधिकारी हमारे परेड और कार्यों का निरीक्षण करने आया। तब मेरी अवस्था सोलह वर्ष की थी। वह मेरे प्रत्येक कार्य को गौर से देखता रहा। फिर उसने युवक संघ के सचिव को बुलाकर कुछ इशारे किए। उस अधिकारी के जाने के बाद मुझे एकान्त में बुलाकर कहा गया कि लाल सेना का वह अधिकारी मेरे कार्यों से बड़ा प्रभावित हुआ है। वहीं मुझे फौजी गुप्तचर स्कूल में भर्ती होकर गुप्तचर्या-संबंधी प्रशिक्षण लेने का आदेश दिया गया। मैंने अनिच्छापूर्वक इस कार्य को स्वीकार किया; क्योंकि इन्कार करने का परिणाम क्या होगा—यह मैं अच्छी तरह जानती थी।

"गुप्तचर-प्रशिक्षण विद्यालय में युवक-युवतियों के प्रशिक्षण की व्यवस्था अलग-अलग थी। विद्यालय की प्राचार्या थीं—'मैडम विंग'। (पाठकों को स्मरण होगा कि अपनी गिरफ्तारी के समय मेरी-बू ने भी पुलिस के समक्ष मैडम विंग

का नाम लिया था, किन्तु उसके बारे में उसने कुछ भी बताने से इंकार कर दिया था।) वे बड़ी तेज़-तर्रार, थुल-थुल शरीर की औरत थीं और चीन की सेना में भर्ती होकर कभी उन्होंने माओ-त्से-तुंग के साथ काम किया था।

"मैडम विंग ने हमारी तरह बहुत-सी लड़कियों को गुप्तचर्या का प्रशिक्षण देना शुरू किया। प्रत्येक दिन सबसे पहले हमें यह बताया जाता कि, पाप-पुण्य, सदाचार-दुराचार आदि शब्द मूर्खों के लिए है। दुनिया में न कोई पाप करता है, न पुण्य। पार्टी के लिए हम युवतियों को अपना सर्वस्व निछावर कर देना चाहिए। वह यह भी बतातीं कि हम स्त्रियों के पास भला इस शरीर के सिवा और है ही क्या! अगर यह शरीर पार्टी के किसी काम आ सके, तो इसके लिए हमें दुःख या पछतावा नहीं होना चाहिए। हमें एक न एक दिन किसी चीनी से शादी कर बच्चे जनना होगा। इस शरीर का कोई एक ही व्यक्ति उपभोग करे, इससे तो बेहतर है कि हम मुक्त होकर अपने शरीर का दान करें और उस दान के बदले में जो कुछ मिले, पार्टी को पित कर दें। इस काम में हमारी भी भलाई है, पार्टी की भी और अपने महान देश चीन की भी। कम्युनिस्ट तर्क के अनुसार हमें बताया गया कि साध्य मात्र पवित्र होता है। साधन अपवित्र नहीं होते।

"गुप्तचर्या-संबंधी प्रशिक्षण-काल में हमें यह बताया गया कि, चीन की सरकार ने एक ऐसी योजना तैयार की है, जिसके कार्यान्वित होने पर चीनी जासूस लड़कियां संसार के प्रायः सभी देशों में आसानी से पहुंच जाएंगी। वहां पहुंचकर वे उस देश के कम्युनिस्ट कार्यकर्ताओं की मदद से वहां की व्यापारिक एवं सामरिक महत्त्व की सूचनाएं आसानी से चीन भेज सकेंगी।...उन्हीं दिनों रेडियो पीकिंग से, विदेशों में रहनेवाले अविवाहित चीनी पुरुषों की शादी के लिए खत भेजने की सूचना प्रसारित की जाने लगी। एक-दो महीने में कई हज़ार खत आए। उन खतों में चीन की सरकार ने अपने 'काम के खत' छांट लिए। उन चीनी पुरुषों के खेतों को प्राथमिकता दी गई, जिनके द्वारा सैनिक महत्त्व की सूचना आसानी से मिल सकती थी।

"हमें यह भी बताया गया कि हम लोगों को अब शीघ्र ही विदेश में रहनेवाले चीनियों से शादी करने को भेजा जाएगा। शादी कर हम बड़े सुखमय दिन व्यतीत करेंगी। हमारे फर्ज़ी पति हमारी हर सुख-सुविधा का ख्याल रखेंगे। ...कुछ लड़कियों ने इस काम से आनाकानी की। वे दूसरे ही दिन कहां ले जाई गईं, हमें नहीं मालूम।...इसके बाद किस लड़की को कहां भेजना है—इसका

निश्चय होते ही हमें उस देश के थल, जल और वायु सैनिकों की वेशभूषा, उनके ओहदे आदि की पहचान के चिह्न की जानकारी चित्रों एवं फिल्मों द्वारा दी गई। हमें गुप्त ट्रांसमीटर पर संदेश भेजने, उन्हें ग्रहण करने, बिगड़े ट्रांसमीटरों को स्वयं दुरुस्त करने, छोटे-छोटे कैमरों का प्रयोग, फिल्म धोने, छोटे नक्शों पर फौजी महत्त्व के स्थानों को गुप्त संकेत से दर्शाने, दुश्मनों को ज़हर देने आदि सब कामों की बाकायदा ट्रेनिंग दी गई।...हमें पत्नी बनकर रहने, उस देश के सलीके, सेक्स, फर्ज़ी पति को अपने वश में रखने के उपाय तथा अन्य बातों की शिक्षा भी दी गई। ऐसी शिक्षा का प्रमुख उद्देश्य था कि हम किस तरह अपने पति को शय्या-सुख प्रदान कर उस देश का भेद प्राप्त कर सकेंगी। वेश्यालयों में भेजी जानेवाली लड़कियों को यह बताया गया कि वे अपने ग्राहकों से किस तरह पेश आएंगी।...हमें हरदम इस बात की चेतावनी भी दी जाती थी कि अगर कहीं उस देश में जाकर हम धन और मान के पीछे अपने उद्देश्य को भूल गईं, तो छद्मवेशी कम्युनिस्ट कार्यकर्ता हमें जीवित न रहने देंगे।...गुप्तचर्या-सम्बन्धी सारे प्रशिक्षणों के बाद धमकियों एवं प्रलोभनों से हमारी इस बात की परीक्षा ली गई कि पकड़े जाने पर हम कहीं अपना भेद तो नहीं खोल देंगी।

"ऐसी परीक्षा के बाद हम जासूस लड़कियों को दो गिरोहों में बांट दिया गया। साधारण सुन्दर लड़कियों को, चीन से सटे पड़ोसी देश बर्मा, थाइलैंड, मलाया और सिंगापुर आदि देशों में इसलिए भेजा गया कि, वे वहां के बन्दरगाहों में आने-जानेवाले विदेशी सैनिकों का मनोरंजन कर उनसे सैनिक महत्त्व के भेद प्राप्त करें और फिर वहां के कम्युनिस्ट गुरिल्लों तक पहुंचाएं। असाधारण सुन्दर लड़कियों को विदेशों में बसे धनी एवं कुंवारे चीनियों से शादी करने के पूर्व हांगकांग भेजा गया। वहां से वे अपने-अपने गन्तव्य स्थानों को गईं।..."

अन्नाकांग से जब यह पूछा गया कि चीनी अधिकारी जासूसी के काम के लिए अपने देश में कुशल लड़कियों का चुनाव किस प्रकार करते हैं, तब उसने बताया, "सारे चीन में युवक संघ का बोलबाला है। खेत-खलिहानों से लेकर विद्यालयों तक में युवक संघ हैं। विभिन्न क्षेत्रों में युवक संघ की परेडों का निरीक्षण करने के लिए लाल सेना के अधिकारी आते हैं। वे अपनी पैनी नज़रों से पन्द्रह-सोलह वर्षीया सुन्दर लड़कियों का वहीं चुनाव कर लेते हैं। और, दूसरे ही दिन ऐसी लड़कियों को यह कहकर जासूस विद्यालय में भेज दिया जाता है कि, वे अब

यहां से शीघ्र ही दुनिया के जंगखोरों का नाश करने के लिए रवाना होंगी।...”

इस प्रकार अन्नाकांग की पूरी कहानी सुनकर फिलिपाइन की पुलिस दंग रह गई। उन्हें इस जानकारी से लाभ उठाना था। कम से कम अपने देश में चीन की उस खतरनाक योजना को नाकामयाब करना था। अतः शादी के लिए चीन से भेजी गई लड़कियों की बड़ी सरगर्मी से खोज शुरू की गई।

हांगकांग के हवाई अड्डे से एकसाथ आनेवाली चार चीनी लड़कियों में से तीन तो विभिन्न देशों की पुलिस की गिरफ्त में आ चुकी थीं। ‘चौथी लड़की कहां गई ?’ यह प्रश्न कई देशों की गुप्तचर पुलिस को परेशान कर रहा था। किन्तु उनकी यह परेशानी अधिक दिनों तक कायम न रह सकी। चीन की चौथी जासूस रमणी गिरफ्तार की गई—मलाया में। गुप्तचर पुलिस इस युवती का भेद शायद नहीं पा सकती थी, मगर घटनाचक्र कुछ ऐसी तेज़ी से घूमा कि पुलिस का काम आसान हो गया। प्रतिशोध की भावना के वशीभूत हो उस चौथी लड़की—जिसका नाम ‘आइरीन हो’ था—ने उस देश में तोड़-फोड़ करनेवाले सारे कम्युनिस्ट कार्यकर्ताओं एवं चीन से आई हुई सारी लड़कियों के नाम-पते मलाया की पुलिस को बता दिए

उन दिनों मलाया बड़ी डांवांडोल स्थिति से गुज़र रहा था। उसके जंगलों में कम्युनिस्ट गुरिल्लों के अड्डे थे। मौका पाकर वे मलाया के सैनिकों पर हमले एवं तोड़-फोड़ किया करते थे। एक तरह से वहां भयंकर गृहयुद्ध छिड़ा हुआ था। कम्युनिस्ट गुरिल्लों में अधिकांश चीनी थे। हालांकि मलाया में बहुत बड़ी संख्या में ऐसे चीनी भी थे, जो कम्युनिस्ट नहीं थे और न उनका संबंध उन गुरिल्लों से था। ऐसे लोगों ने मलाया को ही अपना देश मान लिया था। मलाया की राजधानी—कुआलालुम्पुर—का सबसे बड़ा व्यापारी भी एक चीनी ही था, जिसकी पूरे शहर में अपनी प्रतिष्ठा और रोब-दाब था। बड़े-बड़े लोग उसके घनिष्ठ मित्रों में थे—डाक्टर, बैरिस्टर, राजधानी का मेयर, सैनिक कमाण्डर, पुलिस इंस्पेक्टर आदि। ऐसे लोग प्रायः रात्रि भोजन के समय उसके यहां आया करते। अपने उच्च-पदस्थ मित्रों को खिलाने-पिलाने में वह चीनी व्यापारी मुक्त हस्त से खर्च करता। नित्य होनेवाली पार्टी में वह खुद तो शरीक होता ही, मगर उससे अधिक उत्साह दिखाती उसकी खुले स्वभाववाली, अत्यन्त सुन्दर नवपरिणीता। वह अपने यहां आनेवाले मेहमानों को बड़े प्यार से भोजन कराती, प्यालों में स्वयं शराब उंड़ेलकर उनके होंठों से लगा देती।

मलाया के लोग कम्युनिस्ट गुरिल्लों के कारण आतंकित रहते। पार्टी में बातचीत का विषय प्रायः कम्युनिस्ट गुरिल्लों के ख़िलाफ किए जानेवाली सैनिक कार्रवाई से संबंधित रहता। सैनिक कमाण्डर अपने मित्रों को बताता कि अब उनके खिलाफ वह ऐसी कार्रवाई करने जा रहा है। मगर, उसे यह देखकर बड़ा आश्चर्य होता कि उसकी हर बात, हर योजना की जानकारी कम्युनिस्ट गुरिल्लों को पहले ही मिल जाती है। पार्टी में शरीक होनेवाले लोग यह समझ नहीं पाते कि उनके बीच ऐसा कौन व्यक्ति है, जो उन लोगों से सम्पर्क स्थापित किए हुए है। मगर, उन्हें क्या पता था कि चीन से आई, व्यापारी की यह ख़ूबसूरत पत्नी ही उन लोगों की जासूस है और उन्हें सारे भेद बताती रहती है !

मलाया में कम्युनिस्ट गुरिल्लों का ज़ोर दिनोंदिन बढ़ता ही जा रहा था। उनके विद्रोह को दबाने के लिए सैनिक कार्रवाई तेज़ कर दी गई। हर चौराहे पर सशस्त्र पुलिस के दस्ते तैनात कर दिए गए। इस कार्रवाई का परिणाम यह हुआ कि कुछ ही दिनों में कई जगहों पर कम्युनिस्ट गुरिल्लों को मुंह की खानी पड़ी। उन्हें भयंकर जान-माल की हानि हुई। चीनी व्यापारी की पत्नी से यह बात छिपी न रह सकी। पुलिस-कार्रवाई के सारे भेद प्राप्त करने के उद्देश्य से वह एक दिन घर से बाहर निकली। उसके खुले स्वभाव और मिलनसारिता से बहुत से सैनिक अफसर परिचित थे। अपनी जान-पहचान के एक सैनिक अफसर को चौराहे पर देखकर वह उसके पास आ गई। बातचीत के दौरान उस सैनिक अफसर ने उसे बताया कि मलाया में चीन ने जासूसी का जाल बिछा दिया है। शीघ्र ही अमुक-अमुक रास्ते से कम्युनिस्टों का विद्रोह दबाने के लिए मलाया की सैनिक टुकड़ियां रवाना होनेवाली हैं। वह उन टुकड़ियों के रवाना होने के पूर्व इसलिए यहां तैनात है कि कोई इन रास्तों पर गड़बड़ न कर सके

मगर, सारी सतर्कता के बाद, कुछ ही घंटे में कम्युनिस्ट गुरिल्लों ने मलाया की कई सैनिक टुकड़ियों का सफाया कर दिया। मलाया की गुप्तचर पुलिस हैरान थी यह देखकर कि उसकी सारी सैनिक कार्रवाई को सूचना कम्युनिस्ट गुरिल्लों को कैसे मिल गई !

इससे पूर्व कि मलाया के कम्युनिस्ट गुरिल्ले अपने उद्देश्य में सफल हो पाते, उन्हें अपनी एक गलती की भयंकर सज़ा भुगतनी पड़ी। चीनी व्यापारी की पत्नी 'आइरीन हो' अक्सर अपने पति के माल पर चुंगी आदि माफ करवाने के लिए चुंगी अधिकारियों के पास जाया करती थी। अपने सुन्दर रूप और नखरे से वह

अधिकारियों को अपने वश में कर मनचाहा काम करा लेती थी।

एक दिन वह एक ठेकेदार के घर गई हुई थी, यह पता लगाने कि वह कौन-सा माल, किस रास्ते से, किस सैनिक टुकड़ी के लिए रवाना कर रहा है। ठेकेदार के शयन-कक्ष में उसके बदन से सटकर बैठी वह बातें कर ही रही थी कि एक बम आकर वहां गिरा। भयानक धमाका हुआ, जिससे ठेकेदार की सारी इमारत हिल गई। ठेकेदार तो मारा गया ही, आइरीन हो भी बुरी तरह ज़ख्मी हुई। उसे तुरत अस्पताल ले जाया गया। पुरुषों को आकर्षित करनेवाला उसका सुन्दर चेहरा कुरूपता का प्रतीक बन गया। बम-विस्फोट से उसकी एक बांह उड़ गई थी।

अपने को इस अवस्था में पाकर वह सोचती कि कम्युनिस्टों ने उसकी भलाई का उसे यह बदला दिया। अब जब वे मलाया पुलिस की पकड़ में आनेवाले हैं, तो उन लोगों ने उसे ही मार डालना चाहा। उसके अन्दर प्रतिशोध की अग्नि भड़की और उसने पुलिस को सारे कम्युनिस्ट कार्यकर्ताओं के नाम और उनके अड्डे के बारे में सारी बातें बता दीं। इतना ही नहीं, चीन से आई कौन-कौन लड़की, कहां-कहां के चीनियों से शादी कर जासूसी कर रही है, किसके पास ट्रांसमीटर आदि हैं—ये सब भेद भी उसने प्रकट कर दिए।

अपने देश में तोड़-फोड़ करनेवाले, मलाया की सरकार को तबाह करनेवाले सारे लोगों के नाम-पते जानकर, गृहयुद्ध के भीषण कगार पर खड़े मलाया की गुप्तचर पुलिस ने देर करना उचित न समझा। एक ही दिन और एक ही समय उन सारे स्थानों पर छापे मारे गए, जिनके बारे में आइरीन हो ने बताया था। पुलिस ने अपनी कार्यवाही के दौरान यह देखा कि मलाया में दर्जनों चीनी युवतियां शादी कर जासूसी कर रही हैं। एक चीनी युवती मलाया के सामरिक महत्त्व के स्थान पर तैनात एक सैनिक अधिकारी की पत्नी बनी थी, तो दूसरी ने एक रेडियो इंजीनियर से शादी कर ली थी। दर्जनों चीनी युवतियों को मलाया की राजधानी कुआलालुम्पुर के एक वेश्यालय में पकड़ा गया। वहां तलाशी लेने पर पुलिस को एक गुप्त ट्रांसमीटर भी बरामद हुआ। कई जगहों पर भयानक विस्फोटक सामग्री तथा हथियार आदि बरामद हुए। सारे मलाया में सोलह जगहों पर पुलिस को गुप्तचर ट्रांसमीटर मिले। लगभग सोलह सौ कम्युनिस्ट गुरिल्ले और चीनी गुप्तचर गिरफ्तार किए गए। उनमें चीनी लड़कियों की तादाद अधिक थी। उन लोगों से जो पूछताछ की गई,

उससे कई देशों की गुप्तचर पुलिस को चीन की जासूसी के बारे में अनेक बातें मालूम हुईं।

कुआलालुम्पुर के वेश्यालय में पकड़ी गई एक चीनी लड़की ने बताया, "पहले हमें जाली पासपोर्ट देकर एक बन्दरगाह में भेजा गया था मेरा काम वहां आनेवाले सैनिकों का मनोरंजन करना और उन्हें शराब के नशे में बुत बनाकर उनसे सामरिक महत्त्व की जानकारी प्राप्त करना था।" एक अन्य चीनी लड़की ने बताया कि मुझे पहले सिंगापुर में वहां के छोटे-छोटे लड़के-लड़कियों को गायब करने का काम सौंपा गया। ऐसे बच्चों को चीन में जासूसी की शिक्षा दी जाती है और फिर कई वर्षों के बाद उन्हें उसी देश में पक्का जासूस बनाकर भेज दिया जाता है।

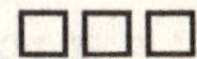

पति की हत्या करने वाली—

आजाद हिन्द फौज की जासूस : नीरा आर्य

[नीरा आर्य का विवाह ब्रिटिश भारत में सीआईडी इंस्पेक्टर श्रीकांत जयरंजन दास के साथ हुआ था। नीरा ने नेताजी सुभाष चंद्र बोस की जान बचाने के लिए अंग्रेजी सेना में अपने अफसर पति श्रीकांत जयरंजन दास की हत्या कर दी थी।]

5 मार्च 1902 को तत्कालीन संयुक्त प्रांत के एक छोटे से गांव खेकड़ा में एक प्रतिष्ठित व्यापारी सेठ छज्जूमल के घर जन्मी नीरा आर्य आजाद हिन्द फौज में रानी झांसी रेजिमेंट की सिपाही थीं, जिन पर अंग्रेजी सरकार ने गुप्तचर होने का आरोप भी लगाया था।

इन्हें नीरा नागिनी के नाम से भी जाना जाता है। इनके भाई बसंत कुमार भी आजाद हिन्द फौज में थे। इनके पिता सेठ छज्जूमल अपने समय के एक प्रतिष्ठित व्यापारी थे, जिनका व्यापार देशभर में फैला हुआ था। खासकर कलकत्ता में इनके पिताजी के व्यापार का मुख्य केंद्र था, इसलिए इनकी शिक्षा-दीक्षा कलकत्ता में ही हुई। नीरा छज्जूमल की गोद ली हुई बेटी थी।

नीरा नागिन और इनके भाई बसंत कुमार के जीवन पर कई लोक गायकों ने काव्य संग्रह एवं भजन भी लिखे।

नीरा आर्य का विवाह ब्रिटिश भारत में सीआईडी इंस्पेक्टर श्रीकांत जयरंजन दास के साथ हुआ था, जिन्हें नेताजी सुभाषचंद्र बोस की जासूसी करने और अवसर मिलने पर उनकी हत्या करने की जिम्मेदारी दी गई थी। लेकिन नीरा को जब अपने पति से यह बात पता चली कि नेताजी सुभाष की हत्या की जा सकती है तो वह घर छोड़कर सिंगापुर में नेताजी सुभाष की आजाद हिन्द फौज में भर्ती हो गई और रानी लक्ष्मी रेजिमेंट में उन्हें कैप्टन का पद मिला, लेकिन उन्हें मुख्य कार्य जासूसी का दिया गया था।

उन्होंने अपनी आत्मकथा भी लिखी है, जिसका एक अंश इस प्रकार है :

'मेरे साथ एक और लड़की थी, सरस्वती राजामणि। वह उम्र में मुझसे छोटी थी, जो मूलतः बर्मा की रहने वाली थी और वहीं जन्मी थी। उसे और मुझे एक बार अंग्रेजी अफसरों की जासूसी का काम सौंपा गया। हम लड़कियों ने लड़कों की वेशभूषा अपना ली और अंग्रेज अफसरों के घरों और मिलिट्री कैम्पों में काम करना शुरू किया। हमने आजाद हिंद फौज के लिए बहुत सूचनाएँ इकट्ठी की। हमारा काम होता था अपने कान खुले रखना, हासिल जानकारी को साथियों से डिस्कस करना, फिर उसे नेताजी तक पहुँचाना। कभी-कभार हमारे हाथ महत्वपूर्ण दस्तावेज भी लग जाया करते थे। जब सारी लड़कियों को जासूसी के लिए भेजा गया था, तब हमें साफ तौर से बताया गया था कि पकड़े जाने पर हमें खुद को गोली मार लेनी है। एक लड़की ऐसा करने से चूक गई और जिंदा गिरफ्तार हो गई। इससे तमाम साथियों और आर्गेनाइजेशन पर खतरा मंडराने लगा। मैंने और राजामणि ने फैसला किया कि हम अपनी साथी को छुड़ा लाएँगी। हमने हिजड़े नृतकी की वेशभूषा की और पहुँच गई उस जगह जहाँ हमारी साथी दुर्गा को बंदी बना के रखा हुआ था। हमने अफसरों को नशीली दवा खिला दी और अपनी साथी को लेकर भागी। यहां तक तो सब ठीक रहा लेकिन भागते वक्त एक दुर्घटना घट ही गई, जो सिपाही पहरे पर थे, उनमें से एक की बंदूक से निकली गोली राजामणि की दाई टांग में धंस गई, खून का फव्वारा छूटा। किसी तरह लंगडाती हुई वो मेरे और दुर्गा के साथ एक ऊंचे पेड़ पर चढ़ गई। नीचे सर्च आपरेशन चलता रहा, जिसकी वजह से तीन दिन तक हमें पेड़ पर ही भूखे-प्यासे रहना पड़ा। तीन दिन बाद ही हमने हिम्मत की और सकुशल अपनी साथी के साथ आजाद हिंद फौज के बेस पर लौट आई। तीन दिन तक टांग में रही गोली ने राजमणि को हमेशा के लिए लंगड़ाहट बख्श दी। राजामणि की इस बहादुरी से नेताजी बहुत खुश हुए और उन्हें आईएनए की रानी झांसी ब्रिगेड में लेफ्टिनेंट का पद दिया और मैं कैप्टन बना दी गई।

मैंने एक दिन राजामणि को मजाक में कहा, "तू तो लंगडी हो गई, अब तेरे से शादी कौन करेगा?"

तो बोली, "आजाद हिन्द में हजारों छोरे हैं, उनमें से कोई एक जो जंग में सीने पर और दोनों पैरों पर गोलियां खाएगा और दुश्मनों को ढेर करेगा उसी से कर लूंगी, बराबर की जोड़ी हो जाएगी।"

मेरी बोलती बंद!

नीरा ने नेताजी सुभाष चंद्र बोस की जान बचाने के लिए अंग्रेजी सेना में अपने अफसर पति श्रीकांत जयरंजन दास की हत्या कर दी थी, जब वह एक बार नेताजी सुभाष के करीब उन्हें मारने के लिए पहुंच गया था।

आजाद हिन्द फौज के समर्पण के बाद नीरा आर्य पर राजद्रोह और पति की हत्या के आरोप में एक साथ दो मुकदमे चले। मुकदमे के दौरान इन्हें कोलकाता जेल में रखा गया। जहां इन्हें घोर यातनाएं दी गई।

जेल के अंदर लोहे के किसी गर्म औजार से इनके स्तन भी काट दिए गए थे। परंतु इन्होंने आजाद हिन्द फौज के लापता सैनिकों और नेताजी सुभाष के रहस्यमय रूप से लापता होने की कोई भी जानकारी अंग्रेजों या बंदी अवस्था में जेलर को नहीं दी। अंग्रेजों का मानना था कि नेताजी की विमान दुर्घटना में मौत नहीं हुई, वे लापता हैं, जिसके बारे में नीरा जानती थी।

इस संबंध में उन्होंने अपनी आत्मकथा में लिखा है :

"मैं जब कोलकाता जेल में थी, तो हमारे रहने का स्थान वे ही कोठरियाँ थीं, जिनमें अन्य महिला राजनैतिक अपराधी रही थी अथवा रहती थी। हमें रात के 10 बजे कोठरियों में बंद कर दिया गया और चटाई, कंबल आदि का नाम भी नहीं सुनाई पड़ा। मन में चिंता होती थी कि क्या इसी प्रकार की स्वतंत्रता गहरे समुद्र में अज्ञात दवीप में मिलेगी कि अभी से ओढ़नी अथवा बिछाने का ध्यान छोड़ने की आवश्यकता आ पड़ी है? जैसे-तैसे जमीन पर ही लोट लगाई और नींद भी आ गई। लगभग 12 बजे एक पहरेदार दो कम्बल लेकर आया और बिना बोले-चाले ही ऊपर फेंककर चला गया। कंबलों का गिरना और नींद का टूटना भी एक साथ ही हुआ। बुरा तो लगा, परंतु कंबलों को पाकर संतोष भी आ ही गया। अब केवल वही एक लोहे के बंधन का कष्ट और रह-रहकर भारत माता से जुदा होने का ध्यान साथ में था।

"सूर्य निकलते ही मुझको खिचड़ी मिली और लुहार भी आ गया। हाथ की सांकल काटते समय थोड़ा-सा चमड़ा भी काटा, परंतु पैरों में से आड़ी बेड़ी काटते समय, केवल दो-तीन बार हथौड़ी से पैरों की हड्डी को जाँचा कि कितनी पुष्ट है। मैंने एक बार दुःखी होकर कहा, "क्या अंधा है, जो पैर में मारता है?"

"पैर क्या हम तो दिल में भी मार देंगे, क्या कर लोगी?" उसने मुझे कहा था।

"बंधन में हूँ तुम्हारे कर भी क्या सकती हूँ..." फिर मैंने उनके ऊपर थूक

दिया था, “औरतों की इज्जत करना सीखो?”

जेलर भी साथ थे, तो उसने कड़क आवाज में कहा, “तुम्हें छोड़ दिया जाएगा, यदि तुम बता दोगी कि तुम्हारे नेताजी सुभाष कहाँ हैं?”

“वे तो हवाई दुर्घटना में चल बसे,” मैंने जवाब दिया, “सारी दुनिया जानती है।”

“नेताजी जिंदा हैं...झूठ बोलती हो तुम कि वे हवाई दुर्घटना में मर गए?” जेलर ने कहा।

“हाँ नेताजी जिंदा हैं।”

“तो कहाँ हैं... ।”

“मेरे दिल में जिंदा हैं वे।” जैसे ही मैंने कहा तो जेलर को गुस्सा आ गया था और बोले, “तो तुम्हारे दिल से हम नेताजी को निकाल देंगे।”

और फिर उन्होंने मेरे आँचल पर ही हाथ डाल दिया और मेरी आँगी को फाड़ते हुए फिर लुहार की ओर। संकेत किया...लुहार ने एक बड़ा सा जंबूड़ औजार जैसा फुलवारी में इधर-उधर बढ़ी हुई पत्तियाँ काटने के काम आता है, उस ब्रेस्ट रिपर को उठा लिया और मेरे दाएँ उरोज को उसमें दबाकर काटने चला था...लेकिन उसमें धार नहीं थी, ठूँठा था और उरोजों (स्तनों) को दबाकर असहनीय पीड़ा देते हुए दूसरी तरफ से जेलर ने मेरी गर्दन पकड़ते हुए कहा, “अगर फिर जबान लड़ाई तो तुम्हारे ये दोनों गुब्बारे छाती से अलग कर दिए जाएँगे...”

उसने फिर चिमटानुमा हथियार मेरी नाक पर मारते हुए कहा, “शुक्र मानो महारानी विक्टोरिया का कि इसे आग से नहीं तपाया, आग से तपाया होता तो तुम्हारे दोनों उभार पूरी तरह उखड़ जाते।”

कोलकाता से इन्हें कालापानी ले जाया गया। वहां भी इन्हें यातनाएं दी गई। कुछ आदिवासियों की मदद से ये इंडोनेशिया चली गई और अभेदय जेल को भी इन्होंने अंगूठा दिखा दिया। वहां से ये हैदराबाद में आकर बस गई और यहां भी हैदराबाद मुक्ति आंदोलन में भाग लिया और जासूसी का कार्य किया। हैदराबाद के भारत में विलय के बाद इन्होंने फूल बेचकर जीवन यापन किया, लेकिन कोई भी सरकारी सहायता या पेंशन स्वीकार नहीं की।